CB042943

ELLIE WADE

um amor agradecido

Traduzido por Carol Dias

1ª Edição

2022

Direção Editorial: Anastacia Cabo
Gerente Editorial: Solange Arten
Preparação de texto: Marta Fagundes
Revisão final: Equipe The Gift Box
Arte de Capa: Bianca Santana
Diagramação e tradução: Carol Dias

Copyright © Ellie Wade, 2019
Copyright © The Gift Box, 2022

Todos os direitos reservados.
Nenhuma parte do conteúdo desse livro poderá ser reproduzida em qualquer meio ou forma – impresso, digital, áudio ou visual – sem a expressa autorização da editora sob penas criminais e ações civis.

Esta é uma obra de ficção. Nomes, personagens, lugares e acontecimentos descritos são produtos da imaginação da autora. Qualquer semelhança com nomes, datas ou acontecimentos reais é mera coincidência.

Este livro segue as regras da Nova Ortografia da Língua Portuguesa.

CIP-BRASIL. CATALOGAÇÃO NA PUBLICAÇÃO
SINDICATO NACIONAL DOS EDITORES DE LIVROS, RJ
Gabriela Faray Ferreira Lopes - Bibliotecária - CRB-7/6643

W122a

Wade, Ellie
Um amor agradecido / Ellie Wade ; tradução Carol Dias. - 1. ed. - Rio de Janeiro : The Gift Box, 2022.
236 p.

Tradução de: A grateful kind of love
ISBN 978-65-5636-146-8

1. Romance americano. I. Dias, Carol. II. Título.

22-75989 CDD: 813
CDU: 82-31(73)

Para Amy, uma das mulheres mais incríveis e gentis do mundo. Seu amor e apoio desde o começo têm sido uma bênção. Sou mais do que grata por ter você, do que pode imaginar.

Prólogo

Sempre fui de planejar. Desde pequena, minhas bonecas recebiam avisos de "anotem na agenda" para nossas tardes de chá. Para mim, a vida tem uma ordem definida — cada passo deliberado me leva ao próximo, que me leva ao seguinte, até eu atingir o destino.

Aquele que sempre sonhei.

A vida.

Incluindo a melhor experiência na faculdade, uma carreira, um marido e uma família.

Visualizei tudo aquilo por anos e o caminho que eu precisava tomar para chegar lá.

Landon Porter tem sido uma constante na trajetória da minha vida — um amigo charmoso, espirituoso e bonito — que é, convenientemente, alguns anos mais velho para poder me introduzir a novas conexões e me dar conselhos que ajudarão a pavimentar o caminho.

Sempre adorei Landon, e acho que sempre vou adorar.

Ainda assim, o que aprendi é que a vida é cheia de escolhas e, apesar de fazer aquelas que deveriam render o resultado desejado, algumas têm consequências que estão fora do meu controle.

O destino pode ser incrivelmente cruel e a lógica não é confiável quando o coração de alguém está partido.

Sei que o que aconteceu não foi minha culpa. Não havia nada que pudesse fazer para prevenir, mas aquilo não evitou que eu me ferisse. Além disso, percebo que não deveria odiá-lo, porque também não era culpa dele.

De todo jeito, a dor ainda está aqui. Não quero mais me sentir assim. Quero deixá-la sumir. Apenas não consigo. Encontro-me afogando em águas turvas de incerteza, procurando desesperadamente por uma saída para poder respirar de novo.

É difícil estar tão perdida. Não tenho muita certeza de nada, exceto da verdade gritante — isto não era parte do plano.

Parte Um

Um

AMY

Dezesseis anos de idade.

Puxo a chapinha pelo meu cabelo grosso mais uma vez para garantir o efeito antes de decidir que está bom. Estudando meu reflexo no espelho do quarto, dou uma atenção especial às sedosas mechas ruivas. Amo meu cabelo liso. Tenho que silenciar a voz que me lembra de que, no segundo que eu sair para o ar noturno e úmido de junho, todo meu esforço para alisá-lo terá sido em vão, porque estes fios vão se encher de *frizz* como se fossem uma peruca de palhaço.

Okay, espero que não fique tão ruim assim.

Meu telefone vibra na cômoda.

Pegando, leio a mensagem.

Landon: Aqui fora.

Ele chegou.

Digito uma resposta.

Eu: 1 seg.

Pego o celular e deslizo no bolso traseiro do jeans. Dou mais uma olhada rápida no espelho. Satisfeita, apago a luz e silenciosamente saio do quarto, fechando a porta em seguida.

— O que você está fazendo?

Pulo, com um grito.

Minha mão pressiona o peito e eu levanto a cabeça, deparando com minha irmã, Lily, parada no banheiro, os longos cachos dourados esmagados no lado esquerdo da cabeça por causa do travesseiro. Ela boceja e pergunta de novo:

— O que você está fazendo?

Levo o dedo aos lábios. Meus olhos estão arregalados, pedindo que ela fique quieta enquanto a empurro para o banheiro e fecho a porta.

— Você precisa ficar quieta, Lil. Não quero que a mamãe e o papai acordem.

Compreensão passa por sua expressão, conforme sua mente cansada acorda.

— Ah, você está fugindo — sussurra, antes de dar uma risadinha.

— Sim, então… shhh. — Levo o indicador aos lábios de novo.

— Aonde você vai? — indaga.

— Danny Buchanan está dando uma festa na fogueira no campo atrás da casa dele — conto, animada. — Os pais dele saíram da cidade.

— Ai, meu Deus! Você vai na casa do Danny? — sussurra, meio estridente, e eu rio baixinho.

Lily é três anos mais nova que eu, mas, apesar da nossa diferença de idade, somos sempre confidentes. Ela está perfeitamente ciente da minha obsessão pelo Danny.

Aceno, confirmando.

— Como você vai?

— Landon está lá fora, me esperando — explico.

— Jax vai? — pergunta sobre o irmão mais novo do Landon, melhor amigo dela.

— Não. — Balanço a cabeça. — Se fosse, você já saberia.

— Verdade — concorda. — Okay, tome cuidado.

— Claro que vou.

— Não se esqueça da tábua que range ao lado da porta — relembra.

— Ah, verdade. Você pode dar descarga quando eu chegar no final das escadas? Sabe, me dar um barulhinho de distração, apenas no caso de eu pisar no lugar errado.

— Sim, claro.

— Okay, amanhã te conto tudo. — Dou um largo sorriso antes de sair na ponta dos pés do banheiro.

Assim que entro na cozinha e fecho a porta da minha rota de escape, ouço a descarga do banheiro e sorrio. *Bom trabalho, Lily.*

A coisa inteira é ridícula, mas, enfim, cautela nunca é de menos. Minha mãe tem um sono bem leve.

Corro pelo jardim da frente e desço a rua para onde Landon estacionou.

— Ei, Ames! — cumprimenta quando entro. — Tudo bem?

— Tudo bem! — digo a ele.

— Não esqueça: se você for pega, não coloque a culpa em mim — diz, rindo para si mesmo, enquanto se afasta. — Não preciso irritar meu pai essa semana mais do que já irritei.

— Ah, não. O que você fez?

— Só falei para ele que não vou jogar futebol americano na Michigan. — Ele dá de ombros casualmente, como se não fosse grande coisa. Mas eu sei que, para o senhor Porter, o fato de seu filho não entrar no time da Universidade de Michigan é um grande negócio, especialmente por ele ter preparado Landon para este feito grandioso desde que segurou uma bola pela primeira vez.

— Oh, oh. Essa conversa deve ter sido uma droga.

— É, não foi legal. Mas ele vai viver. Ainda tem o Jax.

— É verdade — concordo.

Seu irmão mais novo, Jax, nasceu para jogar futebol americano. Ele é maravilhoso. Sei disso e quase não entendo do esporte. Ele é tão bom que tenho certeza de que vai jogar pelo time do colégio mesmo sendo calouro daqui a um ano.

— Ainda assim, você deveria ter esperado para dizer a ele quando estivesse lá. Afinal, você vai embora em menos de dois meses — comento.

— Eu sei. Eu deveria, mas ele estava sendo um idiota de primeira classe e eu só queria jogar isso nele. — Landon passa pela estrada deserta.

Conheço os Porter por toda a minha vida. Susie, a mãe do Landon, é melhor amiga da minha. Fazemos tudo com eles — feriados, férias, almoços de domingo. Landon é basicamente meu irmão mais velho. Ele nasceu dois anos antes e temos sido próximos. Não estamos grudados como a minha irmã, Lily, e o seu irmão, Jax, mas eles têm a mesma idade e estão na mesma série, então é diferente.

Seco as palmas das mãos contra o short jeans ao passarmos pela entrada do Danny, e continuamos por sua casa até o campo aceso com a luz de uma enorme fogueira. Landon prometeu me levar a algumas festas este verão antes de ir embora para a faculdade, e estou mais ansiosa do que achei que estaria ao chegarmos à minha primeira.

— Estamos atrasados? — pergunto, sem saber da etiqueta em uma fogueira.

— Não, vai acabar tarde da noite ou no início da madrugada, depende de como você olha para isso. Estamos bem. — Ele para a caminhonete atrás de alguns fardos de feno e desliga a ignição.

Do nada, fico incrivelmente consciente de que estou em uma festa — com bebida alcóolica — de uma maioria de veteranos formados que irão viver suas vidas pós-ensino médio em breve, e aqui estou eu, mal no segundo ano. Sinto-me estranha e deslocada, e ainda nem desci do carro.

No que eu estava pensando?

Observo os rostos iluminados pelo fogo das pessoas conversando, copos vermelhos nas mãos, e o fato de quase todo mundo aqui estar formado me atinge. Eu os conheço porque vamos a uma escola de cidade pequena, mas não passo muito tempo com nenhum deles.

Agarro sua mão.

— Landon, estou nervosa. Não estou vendo ninguém da minha série aqui. É estranho eu estar aqui?

— De jeito nenhum. Está totalmente de boa. Você está bem. Apenas fique comigo se estiver se sentindo desconfortável. — Para e me observa por um momento. — Você queria vir, certo?

— Sim, queria. Eu quero. Só fiquei estranhamente nervosa.

— Não fique — garante outra vez. — Está tudo bem.

Concordo e contraio os lábios de leve em um sorriso antes de descer do carro. Festas secretas estavam na minha lista de afazeres do ensino médio. Elas são um rito de passagem e sou grata por Landon ter me trazido. As conexões sociais construídas em reuniões como essa vão me ajudar na escola. Muitas das coisas que enchem currículos, como representantes de turma, são votados por meus colegas. Meu colégio em Athens, Michigan, é tão de cidade pequena quanto possível e acho que, em uma comunidade como a nossa, o status social é ainda mais importante, de alguma maneira.

O céu está escuro e cheio de estrelas. O canto dos grilos ecoa ao nosso redor, meu coração se acelera a cada passo e meus nervos dançam de antecipação ao caminharmos para a fogueira acesa.

Sigo Landon, e ele vai se movendo entre as pessoas ao redor, todos conversando em seus diferentes grupos. Ele é cumprimentado por todo mundo com animação, pois é uma daquelas pessoas que todo mundo ama. Ele é uma mistura do palhaço do grupo com o atleta gostoso, e este combo cai bem nele.

— Amy Madison! — uma voz pronuncia meu nome antes de eu sentir a mão passando em minha cintura. — Quando você ficou tão gostosa? — Clark pergunta, apertando minha lateral mais forte a ponto de se tornar desconfortável.

Imediatamente me arrependo da escolha de roupas. Sabia que esta camiseta com o short eram apertados e curtos, mas não liguei. Queria que Danny pensasse que eu era gostosa, mas agora só me sinto exposta e, honestamente, meio estúpida.

Landon agarra o pulso dele e arranca sua mão para longe de mim.

— Não toque nela de novo, porra — diz, em uma voz grave, um tom que não estou acostumada a ouvi-lo usar.

— Ah, fala sério, Porter... só estou me divertindo — Clark diz, as palavras arrastadas.

Landon pega o copo de plástico e esvazia antes de jogar no chão.

— Pare de beber, Clark — sugere, segurando minha mão. — Vamos, Ames.

Ele nos guia até o barril. Enche um copo com cerveja e me oferece. Eu aceito.

— Quantas dessas antes de eu agir assim? — Aceno em direção ao Clark.

Landon ri baixinho.

— Muitas mais que essa. Embora, mesmo bêbada, você não agiria assim. Clark é um babaca.

Aceno e tomo um gole da cerveja. *Ai, meu Deus... esse negócio é tão nojento.*

Meu olhar furioso para o líquido em meu copo é interrompido pela risada do Landon. Ergo o rosto para o dele.

— Tão ruim assim?

Acho que o desgosto que tenho pela cerveja é evidente.

— Hmm, não vou mentir. É nojento pra caramba.

Landon nega, os olhos brilhando com humor.

— Você se acostuma. É um gosto que se adquire.

— Se você diz. — Dou uma olhada antes de tomar outro gole, que é tão ruim quanto o primeiro.

Sigo Landon e nos sentamos em um fardo de feno, alguns metros de distância do fogo. Quanto mais minha bebida esquenta, mais nojenta fica, então engulo o mais rápido possível.

Os amigos do Landon vêm para conversar com ele, que faz o melhor para me incluir. Honestamente, estou apenas me divertindo, absorvendo tudo. Observar as pessoas, especialmente as bêbadas, é bem interessante.

— Achei que você nunca chegaria aqui — Cassie, uma das aventuras de Landon, reclama ao se aproximar de nós.

— Ei, Cass — cumprimenta. — Conhece a Amy Madison, né? — apresenta-me.

— Claro. Oi, Amy — diz, antes de voltar a atenção para Landon. — Por que não me ligou na noite passada como disse que iria? — indaga, sua voz subindo uma oitava.

— Não sei. Fiquei ocupado, acho — responde.

— Senti sua falta — lamenta, montando em seu colo.

— Cassie. — A voz do Landon carrega um ar de aviso.

Vigorosamente nega com a cabeça.

— Não. Não quero ouvir isso. Escuta, só quero dizer uma coisa.

Suponho que nunca saberei o que é essa coisa, pois ela pressiona os lábios contra os dele. As mãos de Landon passam por sua cintura e ele retribui o beijo, antes de se afastar e olhar para mim, pedindo desculpas.

Dou um sorriso largo.

— Tudo bem. Vou ali pegar outra cerveja.

Landon concorda e, enquanto me afasto, posso vê-lo em minha visão periférica.

Encho o copo e engulo o líquido desagradável antes de pegar mais de novo.

— Vai com calma, assassina — Danny Buchanan (sim!!!) diz, parado na minha frente.

Tenho que me segurar para não derreter na terra debaixo dos meus pés. Dou uma risadinha, inquieta.

— Oi — digo.

— Aproveitando o verão? — questiona.

— Sim. Você?

— Não muito. Tenho trabalhado bastante, tentando guardar o máximo possível de dinheiro para a faculdade, sabe?

Assinto e absorvo as feições de seu rosto, que é tão lindo que dói.

— Para onde você vai?

— A Estadual.

Ergo a sobrancelha.

— Ah, os inimigos.

— Então você torce pela Michigan? — Lança um sorriso afetado.

— Claro. — Dou de ombros. — O único jeito de torcer.

Não conversamos sobre um destino, mas começamos a caminhar juntos.

— Sabe, a Estadual é uma boa faculdade. Arrisco dizer que é melhor em várias áreas — explica.

— Bem, fui criada para sangrar em azul e amarelo pelo resto da vida. Você não vai me convencer do contrário — provoco.

Paramos de andar e sentamos em um fardo de palha que foi colocado longe do fogo principal e das pessoas reunidas.

— Que tal isso? — Danny começa. — Você gosta das duas escolas, porque, afinal, as duas representam seu estado natal, exceto quando jogam contra, que você obviamente torcerá pela Michigan. Quero dizer, quando não estivermos de lados opostos em um esporte, no que isso importa? Certo?

Penso no que ele disse, e faz sentido.

— É, acho que é verdade.

Ele dá um largo sorriso, que é perfeito.

— Tudo bem então.

— O que você vai fazer na faculdade? — questiono.

— Quero ser veterinário.

Ele é gostoso e quer salvar animais. Não esperaria nada menos dele.

— Ouvi que a Estadual tem um curso de veterinária maravilhoso — comento.

— Eles têm.

Tomo um longo gole da bebida. Ainda não passei a gostar como Landon sugeriu, mas estou começando a desgostar cada vez menos conforme o tempo passa.

— Quais são os seus planos para o verão? — Danny pergunta.

Penso por um momento.

— Uma coisa ou outra. Nada muito empolgante. — Planejo passar boa parte do verão deitada na piscina, tomando banho de sol, mas opto por não contar ao Danny. Parece imaturo de alguma forma.

— Estou feliz por você ter vindo hoje, Amy. Esperava que viesse. — Sua voz é baixa e ridiculamente sexy.

Estou com dificuldade de respirar. Engulo em seco.

— Sério? — Esforço-me para que a pergunta saia com firmeza, mas está um pouco estridente.

— Sério — declara, levando a mão ao meu rosto. Ele passa o polegar pelo meu lábio inferior. — Você é tão bonita, Amy.

Há uma boa chance de eu estar prestes a morrer por falta de ar, mas, conforme seu rosto se aproxima do meu, sei que, se eu tiver que partir, será com Danny Buchanan me beijando, e estou mais do que bem com isso.

Tremo, apesar do calor do ar noturno. O rosto dele está perto o suficiente para eu sentir seu hálito contra a minha pele. Encaro seus olhos. Eles estão presos em mim e determinados.

Estremeço, então os fecho, antecipando o momento que mudará a minha vida.

Danny enfia a mão pelo cabelo em minha nuca e gentilmente me puxa para ainda mais perto. Seus lábios macios alcançam os meus.

É isso.

— Amy! — Landon chama por trás de mim, e eu pulo, sobressaltada.

Você só pode estar de brincadeira.

A mão do Danny solta o meu cabelo e nós dois nos viramos para encará-lo.

— Ei, temos que ir — Landon diz, abruptamente.

— Agora? — indago, tentando evitar que soe como uma garotinha de cinco anos petulante que acabou de saber que não pode tomar uma casquinha de sorvete.

— Sim, vamos lá — ele me diz. — A gente se vê, Buchanan — dirige-se ao Danny.

— Uh, sim — responde, limpando a garganta. — A gente se vê, Porter.

Olho para Danny, meio me desculpando, meio envergonhada.

— Tchau — falo rapidamente antes de andar em direção ao Landon.

Não digo nada a ele enquanto o sigo para o carro, mas, a cada passo, fico mais brava.

Quando estamos lá dentro, viro-me para encará-lo.

— O que foi aquilo? — disparo.

— O quê? — Finge inocência, o que me deixa mais brava.

— Por que você tinha que ir lá e me levar agora? Não estamos aqui há tanto tempo.

Ele liga o motor do carro e dá ré antes de nos guiar para o campo.

— Ficamos o suficiente — diz, com naturalidade. — Coloque o cinto.

Prendo o meu, bufando, e cruzo os braços no peito.

— Landon, por que você fez isso? Você obviamente viu que eu estava prestes a beijar o Danny. Não poderia ter esperado dois segundos?

Ele ri baixinho.

— Dois segundos. Sim, acho que seja isso mesmo com o menino Danny.

— Você sabe o que quis dizer. Por que não esperou? Você estava lá, se pegando com a Cassie, mas eu não posso beijar ninguém? Isso é justo?

— A vida não é justa, Ames. Você precisa se acostumar com isso. — Acelera pela estrada abandonada.

— Argh... — rosno. — Estou tão brava com você, Landon. Sabe que gosto do Danny. Não consigo acreditar que você estragou isso para mim.

— Danny é um mulherengo. Você não o quer.

— Você é um mulherengo. Devo avisar a Cassie?

— Cassie sabe. Ela apenas não escuta.

— Você não conhece o Danny. Ele é legal, doce e...

— Um idiota — Landon termina minha frase. — Você consegue alguém melhor.

— Ele não é um idiota — argumento.

— Deixe-me adivinhar? Ele falou manso com você? Disse quão bonita você é. Talvez tenha dito algo sobre como esperava que você aparecesse hoje à noite.

Não respondo, fervendo em uma nuvem de fúria. Landon continua:

— Eu conheço o Danny, Amy. Bem melhor que você. Ele só está interessado em você *hoje à noite*. Ele não te ligaria amanhã. O que pensou? Que você e ele se dariam bem e passariam um romântico verão juntos antes de ele ir para a faculdade e sofrer pela namoradinha do colégio enquanto estiver longe? Esta não é a narrativa que aconteceria.

— Você não tem como saber — resmungo baixinho.

— Ah, eu tenho. Sei como o Danny funciona. Já o vi agir várias vezes antes e não vou deixá-lo fazer isso contigo. Você merece coisa melhor do que o Danny Buchanan, Amy.

Ainda estou brava com Landon, mas minha raiva definitivamente abrandou. É difícil ficar chateada com ele quando sei que, em sua cabeça, ele só estava cuidando de mim. Suspiro.

— Sei que você teve boas intenções, mas, sabe, vou ter que beijar alguns sapos antes de encontrar o meu príncipe. A vida é assim.

— Talvez sim, mas não quando eu estiver olhando. E mais, você só tem dezesseis anos. Não está pronta para o sofrimento que Danny traria.

— Já tenho quase dezessete — respondo, mal-humorada.

— Não muda nada.

Momentos depois, ele para ao lado da estrada perto do campo da minha casa onde me buscou no que parece ter sido há apenas alguns minutos.

— Você está bem? — pergunta.

— Sim. Ainda estou irritada, mas acho que vou sobreviver.

Ele me dá um largo sorriso.

— Vai sim, Ames. Vejo você amanhã no jantar. Não seja pega no flagra, entre sorrateiramente.

— Não serei pega. — Olho para o meu amigo, que conheço por toda uma vida, e sei que ele se importa. Suponho que, com um rosto como o do Danny, ele foi mesmo feito para ser um idiota mulherengo. — Obrigada por cuidar de mim hoje, acho.

— De nada. — Landon ri. — Só vou ficar durante o verão, mas prometo bloquear cada cara que vier no seu caminho até eu ir embora para a faculdade. Depois disso, você está por conta própria.

— Ótimo — digo, minha voz grossa com sarcasmo.

— Ames, não tente crescer tão rápido. Garotos no ensino médio só querem uma coisa, e não é um relacionamento de verdade.

— Isso é sério? Você é meu amigo ou meu pai? — Nego com um aceno. — Você estava no ensino médio, literalmente, há duas semanas.

— E é por isso que eu sei. — Ele sorri e me dá uma piscadinha.

— Você é maluco. — Rio baixinho. — Enfim, obrigada pela carona.

— Tchau.

— Tchau.

Rapidamente entro sem fazer barulho.

Deitada na cama, penso no que poderia ter tido com Danny Buchanan. *Tão perto.*

A sorte do Landon é que ele é muito importante para mim. Se fosse qualquer outro, eu o teria matado. Lá no fundo, sei que talvez ele esteja certo, mas não muda o fato de que eu estava tão perto de beijar o Danny e isso foi arrancado de mim, o que não fez doer menos.

Dois

AMY

Dezessete anos de idade.

Amy VanHoughton.

Soa bem.

Amy VanHoughton.

É clássico… elegante.

Okay, então talvez eu não esteja pronta para me amarrar amanhã. Terminar o ensino médio, óbvio, é a prioridade. Mas uma garota precisa se planejar, e o sobrenome do Everett se encaixa perfeitamente com o meu primeiro nome. Não estou dizendo que ele será meu primeiro e único amor, mas há uma boa chance de que sim. Este pensamento faz meu coração inchar de felicidade.

Respiro fundo e puxo o lençol em volta do meu corpo nu, um sorriso colado em meu rosto.

Não consigo acreditar que acabei de perder a virgindade com Everett VanHoughton.

Beijei muitos sapos — tudo bem, quatro —, mas encontrei Everett, então valeu a pena.

O evento em si foi… *okay*. Para ser honesta, doeu e, embora não tenha durado muito, pareceu uma eternidade. Todas as minhas amigas disseram que melhora, então não estou preocupada. Everett fez de tudo para tornar a minha primeira vez memorável. Ele me levou para um jantar legal e reservou um quarto em um hotel chique. Quando entramos, havia música suave tocando e pétalas de rosa na cama. Eu amo quão romântico ele é.

Ele me mandava flores na escola todos os meses para marcar nosso 'mêsversário'. Ele não frequenta a mesma escola que eu, pois mora na cidade de Kalamazoo e vai a uma escola particular de lá. Mas fica a menos de meia hora de carro da minha casa e vemos um ao outro algumas vezes por semana. Ter um namorado que não vive no mesmo lugar que eu, especialmente, aqui na cidade, é legal. Conheço todo mundo da minha turma — os cinquenta alunos — desde o jardim de infância. Tenho certeza que, se o amor da minha vida estivesse entre eles, eu saberia.

Conheci Everett na festa de Natal do trabalho do meu pai em dezembro passado. Ele estava com seu pai, dono da firma. O senhor VanHoughton dá as melhores festas.

Sempre ficamos ansiosos para as festas de fim de ano. É tipo uma festa de casamento sem a noiva e o noivo. Há uma comida fantástica, música boa, dança e, meu favorito, uma cabine de foto.

Já tinha visto o Everett antes e sabia que ele tinha minha idade, mas nunca me arrisquei a falar nada com ele. Na última, eu estava saindo da cabine com minhas irmãs e estávamos cobertas de acessórios — coroas, boás, óculos amarelos grandes. Estávamos rindo ao sair de lá e eu estava segurando uma flecha rosa choque de papelão que tinha escrito "coisa gostosa".

Bati direto em Everett. Ele me deu um sorriso afetado — aquele todo sexy que ele sempre me dá —, segurou minha mão e me empurrou de volta para a cabine comigo. Ele apertou o botão na tela antes de segurar meu rosto e me beijar. Tenho quatro fotos do nosso primeiro beijo em uma tirinha fofa, emoldurada na minha cômoda em casa.

Nosso primeiro beijo espontâneo e mágico.

Depois do nosso beijo na cabine, nós conversamos e dançamos pelo resto da noite. Estamos namorando desde então.

— Ei, coisa gostosa. — Everett me lança um sorriso ao sair do banheiro e coloca o telefone na mesinha de cabeceira antes de voltar para debaixo das cobertas comigo. — Como está se sentindo?

— Bem.

— Não está com dor? — Coloca uma mecha solta atrás da minha orelha.

— Não tanta — respondo, antes de seus lábios tocarem os meus suavemente.

Ele se afasta.

— Fico feliz. Você foi maravilhosa, Amy. Perfeita. Tão linda.

Ele passa os braços ao meu redor e me traz para perto. O calor do seu corpo me faz sentir toda quente e formigando.

— Eu estava pensando que precisamos decidir o que queremos fazer no seu aniversário de dezoito anos, mês que vem. Poderíamos ir para o Canadá, ficar bêbados e transar bastante. Sexo bêbado é o melhor. — Ele ri baixinho e meus olhos se arregalam. Uma onda de desconforto me toma. Everett sente minha reação às suas palavras. — Não queria ser insensível, baby. Só estou dizendo que, agora que finalmente transamos, vamos querer fazer mais vezes.

É, acho que ele está certo.

— Já foi ao Canadá? — pergunto.

— Claro. Você não?

— Sim, com a minha família. Mas, quero dizer, você já foi lá para festejar?

— Algumas vezes. Foi ótimo. Você vai amar.

Ele sorri e não consigo evitar sorrir também. Ele fica ainda mais bonito assim.

Não me lembro de Everett já ter dito que foi festejar no Canadá. Sei que ele não me conta tudo, mas imaginei que teria surgido. Tento não pensar demais nisso.

Ele fez dezoito em janeiro. Eu o levei para comer no *Red Lobster*, então fomos assistir ao último filme de ação do Tom Cruise. Um aniversário bem mais tranquilo do que ser levado para outro país.

Ah, merda, penso.

— Não sei se vai rolar ir ao Canadá. Meus pais podem não concordar porque teremos que passar a noite.

— E daí? Você vai ter dezoito anos.

— Eu sei, mas ainda estou no ensino médio. É diferente.

Ele geme.

— É tão estranho que você ainda tenha outro ano no ensino médio.

— Eu sei — concordo.

Minha irmã, Lily, e eu fazemos aniversário no verão. Nossa mãe sentiu, já que tínhamos acabado de fazer cinco anos, que não estávamos prontas para começar o jardim de infância, mesmo já tendo idade o suficiente. Então nós duas entramos na escola quando fizemos seis.

— Vai ficar tudo bem, na verdade, não vai mudar nada — afirmo. — Vamos conversar e mandar mensagem o tempo todo, e posso te ver nos fins de semana quando você estiver na faculdade.

— Sim — concorda, embora não pareça convencido.

— Obrigada por hoje. Eu te amo — digo, mudando de assunto.

— Eu te amo, baby. — Ele me beija antes de descer da cama. — Vou tomar um banho e te levar para casa.

Observo-o se afastar, sentindo-me tanto animada quanto estranha de olhar um garoto nu. Claro, ele é meu namorado, mas ainda é estranho que ele ande na minha frente sem nenhuma roupa. Sei que é o que casais sexualmente ativos fazem. Só tenho que me acostumar.

Depois que ele entra no banheiro e ouço a água do chuveiro, saio da cama e começo a me vestir. Tomo banho quando chegar em casa. Voltar de banho recém-tomado pode gerar perguntas. Meus pais são bem de boa, mas não estou disposta a entrar na conversa de "ei, eu fiz sexo" com eles hoje.

Estou terminando de fechar o zíper na lateral do vestido quando o telefone do Everett vibra sobre a mesinha. Chama minha atenção, pois meu namorado leva o telefone consigo para todo lado. Ele é meio que obcecado, sempre mandando mensagem para os amigos. O cara é extremamente social.

Não sei explicar o motivo, mas sinto a necessidade de virar o telefone para ver de quem é a mensagem. Geralmente, não sou uma pessoa intrometida, mas giro e olho a tela.

É um nome de garota.

Não é grande coisa. Everett tem todo tipo de amigos, incluindo meninas. A mensagem não aparece.

Talvez ela tenha mandado uma foto para ele?

O telefone está bloqueado, mas eu o vi digitar o código milhões de vezes. É impossível não lembrar os quatro dígitos, já que é o número da camisa de basquete dele, repetido — 2727.

Antes que possa me conter, estou apertando o dois e o sete duas vezes.

Abro as mensagens. Vejo o nome dela — Mariah.

Meu dedo paira ali em cima.

Não faça isso. Você confia nele.

Confio mesmo.

Ele tem sido um namorado incrível. Sempre tão generoso e compreensivo. Esperou por sete meses até que eu estivesse pronta para transar. Ele é uma boa pessoa e me ama. Mariah poderia ser uma prima, enviando uma foto de seu novo cãozinho. Estou prestes a cruzar uma linha. Não é isso que casais maduros fazem. Eu o amo. Deveria respeitar sua privacidade.

Meu dedo ainda paira sobre seu nome, mas decido confiar nele. É a coisa certa a se fazer. Não vou olhar suas mensagens porque não preciso. Everett não tem nada a esconder. Começo a abaixar o telefone para guardar, mas meu dedo esbarra na tela e abre a mensagem.

É impossível não ver.

E… não é um cãozinho.

Ofego e deixo o celular cair. Minhas mãos cobrem a boca e fico lá, parada, em choque. Só vi a foto por um segundo, mas naquele curto espaço de tempo, a imagem se infiltrou em meu cérebro e, embora eu fizesse qualquer coisa para tirá-la de lá, tenho a sensação de que sempre ficará.

Não foi solicitada — claro que não.

Não tenho muito tempo e preciso ser corajosa, porque não saber a verdade seria uma tortura.

Respiro devagar algumas vezes e recolho o celular do chão. Olho a mensagem de Mariah. Tenho que assumir que a imagem é dela — quem quer que ela seja. É uma foto próxima da sua… virilha… nua, e sinto-me doente.

Meu estômago revira e sinto que vou vomitar.

Tão nojento.

O telefone vibra na minha mão e outra mensagem chega.

Mariah: Vem logo. Estou esperando.

Isso não é bom.

Volto, olhando as mensagens antigas. Não há nada de inocente em sua conversa. É nojento, sujo e apenas… errado.

Lágrimas descem por meu rosto e meu peito incha com um soluço quando vejo a foto que Everett mandou. Olho para o horário da mensagem e percebo que ele enviou enquanto estava aqui, há poucos momentos. Deve ter sido quando ele foi ao banheiro mais cedo.

É uma foto do pênis dele em sua mão, acompanhada de várias coisas vulgares que ele vai fazer com ela.

Lentamente nego com a cabeça, o telefone tremendo junto com a minha mão.

Isso não faz nenhum sentido.

Não consigo acreditar no que estou vendo. Este não é o meu Everett. Percebo agora que ele não é meu e que fui ingênua de achar que fosse. Ele não me ama.

Isto — jogo o telefone na cama — *não é amor.*

O chuveiro é desligado e começo a entrar em pânico, pegando minha bolsa e sapatos. Rapidamente examino o cômodo para ver se algo mais aqui é meu. Vejo o champanhe que continua lá, aberto, em um balde de prata com gelo derretido. O champanhe que Everett pediu para brindar a ocasião especial de, finalmente, ter tirado minha calcinha. Ainda que nunca tenhamos bebido nada daquilo, porque ele estava muito apressado para completar aquilo que foi conduzido por toda esta noite.

E ele conseguiu. Não sou mais virgem.

Um brinde!

Sinto-me uma tonta, uma completa idiota.

Rapidamente, pego o seu telefone da cama e jogo dentro do balde de gelo derretido. Pegando a garrafa de champanhe, derramo sobre o telefone submerso apenas para garantir que está bem estragado, jogando a garrafa na lixeira quando ela fica vazia.

Pego algumas pétalas de rosa nos meus pés e jogo lá dentro para completar. Everett sempre foi detalhista. Espero que goste do toque que adicionei.

Queria que houvesse mais que eu pudesse fazer, mais que pudesse destruir. Quero machucá-lo, porque ele me devastou, mas não há mais nada no quarto que não seja dele.

Não tenho mais tempo, de todo jeito. Corro para a porta. Não vou suportar vê-lo. Eu deveria querer gritar com ele e exigir respostas. Mas nunca ouviria a verdade e não importa. Saio antes que ele deixe o banheiro. Fecho a porta e sigo pelo corredor. Corro, descalça, segurando os saltos na mão e abro a porta das escadas. Não posso arriscar esperar por um elevador.

Lágrimas involuntárias escorrem pelo meu rosto ao sair do prédio. Deixo alguns quarteirões para trás e viro em algumas esquinas até estar confiante de que ele não me encontrará.

A quem estou enganando?

Ele provavelmente nem vai me procurar. Está claro que não se importa.

Apoio-me contra uma parede de tijolos de um escritório vazio e abaixo-me até sentar na calçada. Preciso de uma carona de volta para Athens. Não posso ligar para os meus pais, com toda certeza. É vergonhoso demais, e o que eu diria? Vi uma foto da vagina de uma garota no telefone do Everett depois que ele tirou minha virgindade.

Quanta classe.

Abro as mensagens e vejo o nome do Landon, lembrando que ele voltou para casa da faculdade. Digito:

Eu: Preciso que venha me buscar, por favor.

Landon: Onde você está?

Envio a localização, e ele responde dizendo que está a caminho.

Chorei tanto que meus olhos estão quase inchados de tantas lágrimas. Tenho certeza de que borrei toda a maquiagem. Um casal jovem para e pergunta se preciso de dinheiro, então sei que devo parecer uma bagunça. Confirmo para eles que estou bem e que a ajuda está a caminho.

Cerca de cinco mil lágrimas mais tarde, Landon para ali. Ele está fora do veículo, vindo até mim, antes que eu possa me levantar.

— Ames? — Sua voz está preocupada e ele me puxa para um abraço. — Você está bem? O que aconteceu?

— Everett — digo, em um soluço, incapaz de terminar meu pensamento.

O corpo de Landon enrijece.

— Onde ele está? Vou chutar a porra da bunda dele. Ele te fez fazer algo que você não queria?

Nego, porque ele não me fez fazer nada. Eu quis. Quis fazer amor com meu namorado. Achei que ele poderia ser o cara. É tudo uma grande piada agora. Em alguns minutos, enquanto lia a troca de mensagens, percebi que ele não era realmente meu namorado. Como você fica com alguém por sete meses e não o conhece de verdade?

— Vamos lá — Landon diz, suavemente, levando-me para a caminhonete. — É um código 411?

Assinto, meus lábios se transformando em um sorriso fraco, porque Landon se lembrou do nosso antigo código.

Os pais dele compraram a propriedade ao lado da deles anos atrás. A terra possui um riacho e um antigo chalé. Acho que o plano era destruir a cabana e construir um pequeno refúgio chique, bem ao lado da sua casa. Mas, logo depois que compraram aquela propriedade, também compraram a casa no Lago Michigan, que é para onde eles vão quando querem descansar. Nenhum laguinho de pesca tem chance contra a beleza da água e das areias do Lago Michigan. Por alguma razão, os Porter nunca venderam a propriedade e Landon e eu usamos como nosso esconderijo secreto.

Quando éramos mais novos, decidimos usar o chalé para emergências, quando fosse necessário escapar para discutir assuntos importantes.

Queríamos um código e, de primeira, pensamos em usar 911, mas mudamos de ideia, decidindo que era necessário algo original. Então, trocamos o nove por um quatro. Claro, fomos incrivelmente inteligentes. Anos depois, descobrimos que, na verdade, 411 é uma expressão que as pessoas usam para *a verdade*. Também é um número que as pessoas ligam para conseguir informações. Então, aparentemente, não éramos tão bons em inventar códigos como pensamos. Mas meio que é legal que *o 411* signifique a verdade, pois o chalé era onde Landon e eu íamos para conversar sobre coisas difíceis, as verdades que pareciam importantes para ser ditas em qualquer outro lugar.

Landon para em um posto de gasolina antes da estrada da sua casa e entra. Não estou surpresa quando ele sai de lá com um pote de sorvete e colheres de plástico. Sorvete está sempre envolvido quando temos um código 411 — e não qualquer um, é sempre cookies com creme. É o sabor que ele tinha na geladeira de casa na nossa primeira viagem para o chalé em uma emergência, quando éramos apenas crianças.

Ele dirige pelo campo e estaciona perto da linha das árvores antes da clareira que dá no chalé. Qualquer estrada que este caminho já teve foi substituída por flores silvestres e grama alta.

Não conversamos até aqui. Landon deve ter sentido que eu precisava de tempo para organizar meus pensamentos. Mandei mensagem para avisar minha mãe que estava com Landon. Toque de recolher nunca existe quando estou com os garotos Porter. Meus pais confiam neles completamente.

Entramos na pequena casa e Landon começa a acender algumas velas, já que o lugar não tem energia. Suspirando, jogo-me no sofá antigo, cobrindo a boca quando a nuvem de poeira sobe das almofadas gastas.

A sensação de escuridão e sujeira deste local há muito esquecido sempre foi parte do fascínio. Ninguém vem aqui há vinte anos, além de nós dois. Nossos segredos sussurrados foram mantidos em segurança por entre paredes solitárias.

As imagens no telefone do Everett brilham na minha mente e eu estremeço. Quando foi que os eventos de hoje se tornaram minha realidade? Lá se foram os problemas de infância de pais rígidos ou professores injustos, reclamações que só eram válidas na mente de uma criança. Queria estar chorando porque meu melhor amigo levou alguém para o parque aquático em vez de mim; ou chateada, pois o senhor Schmidt me deu uma nota C em um trabalho que claramente valia A. Queria mais do que qualquer coisa que não tivesse me entregado a alguém hoje, apenas para ter meu coração partido além do normal.

— Ei. — Landon senta na minha frente com o pote recém-aberto de sorvete na mão. Ele me entrega uma colher. — Me conta.

Pego um pouco, certificando-me de incluir na colher um pedaço grande de cookie. E conto a ele.

Conto tudo.

Não sei por que me sinto tão segura, revelando todos os meus segredos para o Landon, mas sinto. Sempre foi assim. Ele é tipo um irmão mais velho legal, que nunca me julga e quer o melhor para mim. Também é, definitivamente, uma das minhas pessoas favoritas no mundo.

Landon apenas escuta e eu passo por cada detalhe deste dia horrível.

Quando termino, ele franze o cenho e balança a cabeça de leve.

— Sinto muito mesmo, Amy. Everett é um babaca completo. Você merece alguém muito melhor que ele.

— Por que os caras são assim? Por que uma garota não é suficiente para vocês? Por que não dizem o que sentem? Por que são mentirosos? — lanço as perguntas, brava com Everett e todos os outros idiotas como ele.

— Nem todo cara é assim. Everett é um babaca imaturo, Amy.

— Como eu não vi isso? Fiquei com ele por sete meses. — Estou envergonhada por ter sido tão ingênua ou idiota por ter perdido os sinais. Tem que ter havido sinais.

— Everett é um mentiroso, e é bom nisso. Algumas pessoas são mestres na manipulação e ele é um deles. Ele é um cuzão, Ames. Nunca teria sido o seu "para sempre". Você é muito jovem para encontrar o seu, de todo jeito. Sinto muito por ter dado algo especial a ele quando ele não te respeitou. Embora não seja sua culpa. É culpa dele.

Solto um suspiro derrotado.

— Eu me sinto tão estúpida, mais do que qualquer coisa.

— Não é sua culpa — Landon me diz de novo. — Não vou mentir, Amy. O que você passou hoje é uma droga. Não é como você queria que fosse. Mas aconteceu e não há nada que se possa fazer para mudar. Sinto muito mesmo. — O tanto que Landon sente por mim pode ser expresso em suas palavras. É um amor tangível que me envolve, dando-me a esperança de que o amanhã será melhor.

— Também sinto. — Largo a colher no pote de sorvete perto dele, incapaz de comer mais. Ergo o olhar até ele. — Você meio que é um mulherengo. — A declaração deixa meus lábios antes que eu possa evitar.

Landon solta uma risada forçada.

— Não sou como o Everett, Amy.

— Tem certeza? — A pergunta é hesitante.

— Sim, tenho certeza. Everett e eu somos muito diferentes. Ele é um mentiroso. Eu sou honesto sobre minha falta de vontade de ter um relacionamento. Eu fico com várias, sim. Mas as garotas com quem eu saio sabem o que estou procurando e o que não quero. Não tento enganar ou ferir ninguém. E eu apenas fico com garotas que sintam o mesmo. Vê a diferença? — Abaixa a sobrancelha e me prende com seu olhar.

— Sim — respondo, de verdade, porque vejo mesmo a diferença.

Suponho que eu só quisesse uma garantia. Landon não é como Everett, e este fato me traz algum alívio. Partiria meu coração se meu amigo fosse como o monstro que eu chamava de namorado.

— Tem certeza? — questiona.

— Sim. Você não é nada como ele.

— Isso mesmo — Landon resmunga.

Forço um sorriso.

— Não quero mais falar sobre minha vida patética. Me conte algo bom. Me dê os melhores momentos do seu primeiro ano na faculdade. Mal falei com você enquanto estava lá.

— Primeiro, sua vida não é patética. Sua escolha de primeiros amores é questionável, mas, ei, ninguém é perfeito. — Ele sorri.

— Afe, obrigada. — Empurro seu joelho com o meu.

— A faculdade é ótima, Ames. Você vai amar.

Três

AMY

Dezenove anos de idade, início do ano de caloura.

Minha irmã, Lily, está de pé no meu novo colchão, seus braços erguidos para segurar um pisca-pisca branco.

— Mantenha assim. Estou quase lá. — Estou de pé do outro lado do pequeno quarto, prendendo as luzes na parede de cimento.

— Tudo bem, mas vai logo. Meus braços estão tremendo de cansaço.

Pulo do banquinho e subo na minha nova cama de solteiro. Pegando o pisca-pisca de Lily, prendo a parte final na parede acima da cama.

— Pronto. Perfeito — digo.

Nós duas olhamos o quarto. O leve brilho das luzes faz o local frio parecer bem mais acolhedor.

— Que avanço. Vai ficar tão bonito quando você colocar suas fotos. Quer que eu te ajude com elas? — Lily pergunta.

— Não, está tudo bem. Eu posso fazer isso depois. Sei que o papai não quer voltar muito tarde.

Caio na cama, balançando um pouco e rindo durante a queda. Lily pula ao meu lado. Nós duas nos deitamos e encaramos o teto.

— Eles pintaram o teto de amarelo de propósito? — pergunta, sua voz subindo um tom com a dúvida.

— Tenho certeza de que, anos atrás, era branco. — Rio.

Viro a cabeça na direção da Lily e ela torce o nariz.

— Eca.

— Não julgue. Você vai encarar esses tetos envelhecidos em três anos. — Dou uma cotovelada nela de brincadeira.

— Talvez. Se eu vier para cá. Mas você não acha que, pelo tanto que este lugar custa, eles deveriam pintar os tetos todo ano?

— Não é? — concordo. — Ah, bem. Aqui estou eu. Consegue acreditar?

— Sim, consigo. Você sabia desde os cinco anos que viria para a Universidade de Michigan algum dia — Lily comenta. — Está no seu quadro dos sonhos, afinal. — Ela dá uma risadinha.

Pressiono os lábios um no outro em uma falsa irritação.

— Ei, não faça piada com o quadro dos sonhos. É algo sério. — Sento-me, as mãos apoiadas no colchão em cada lado dos meus quadris.

Lily também se senta ao meu lado.

— Só estou brincando. Tenho orgulho de você, mana.

— Obrigada. — Apoio a cabeça na dela. — Vou sentir sua falta.

— Também — diz, antes de chamar Keeley, nossa irmã mais nova, que está deitada no meu *futon*, os dedos digitando freneticamente no celular. — Vamos sentir muito a falta da Amy, não vamos, Kiki?

— Sim — Keeley responde, sem tirar os olhos da tela.

— Estou sentindo todo seu amor, Kiki. Obrigada — brinco.

— Você sabe que vou sentir sua falta, Ames. Mas Justin está em um grupo com a gente agora, dizendo que é melhor do que nós porque tem sapatos da Gucci. Que babaca, né? — explica, sua voz exasperada.

— Ele não parece uma pessoa legal. Quem liga para a marca do sapato que alguém usa? Sério, ele não parece legal — digo a ela.

— Eu sei. É o que estou dizendo para a Karlie agora. Não vou mais falar com ele. O garoto é um esnobe. — Bufa.

— Parece uma boa ideia — garanto a ela, com um sorriso leve. Vou sentir falta de vê-la passar pelo último ano do ensino fundamental, mas sei que ouvirei tudo a respeito. E mais, Ann Arbor só fica a uma hora e meia de distância de Athens, então posso ir para casa diversas vezes.

A voz do meu pai vem da sala comum, que é um espacinho entre os dois quartos que pertencem à minha colega de quarto e a mim. Desço da cama e vou até ele.

— Última caixa. Onde quer que eu coloque? — meu pai pergunta, segurando uma caixa com minhas fotos nos braços.

— Essa pode ficar na minha cama. Obrigada, pai — digo a ele.

Olho para o lado e vejo minha mãe descarregando uma bolsa de tecido cheia de alimentos. Ela está com meu frigobar aberto e jogando Tetris para tentar encaixar os conteúdos lá dentro. Rio internamente.

— Mãe, você sabe que tenho um pacote de refeições aqui. Não preciso deste tanto de comida.

Ela acena.

— Eu sei, mas você deve ter sempre lanches saudáveis disponíveis. Não vai querer ter que sair correndo todas as vezes que estiver com fome.

— Você é tão boa para mim. O que vou fazer sem você?

— Visitar a gente em casa com frequência — declara.

— Claro que vou.

— Oi! Você deve ser a Amy.

Viro-me para encontrar uma garota com um cabelo ruivo longo e elegante parada na porta. Ela está com um grande sorriso e tem olhos azuis profundos.

— Sim, sou a Amy — respondo-a.

Dá um passo até mim, estendendo a mão.

— Sou a Megan, sua colega de quarto. Que bom que chegou. Eu fui, tipo, uma das primeiras do prédio a me mudar. Acho que estava empolgada demais. — Ri baixinho. — Estou andando por aí, conhecendo as pessoas. Fico feliz por você finalmente estar aqui.

— Obrigada — falo para ela. — Estou bem animada também.

— Olá, família da Amy. — Ela acena em direção aos meus pais e irmãs.

Conversamos por alguns minutos com a Megan, a quem posso dizer que vou realmente gostar. Ela é uma daquelas pessoas que são tão animadas que ninguém consegue deixar de ficar feliz também. Meus pais indicam que precisam ir e Megan se despede, antes de ir para o quarto.

Sei que estarei a menos de duas horas de casa, mas dizer adeus agora me deixa triste.

— Amo você. — Dou um abraço apertado no meu pai.

— Amo você, garotinha. Você vai ser ótima. Estou tão orgulhoso — afirma.

Abraço a Keeley.

— Mantenha-me atualizada sobre a sua vida, especialmente agora que ganhou um telefone. Quero ligações de vídeo.

— Sem dúvidas — Kiki diz.

Troco abraços com a Lily e minha mãe antes de todos irem embora. Minhas irmãs se viram para acenar e retribuo o gesto até que virem o corredor, fora de vista.

Fecho a porta e apoio-me contra ela, suspirando.

Megan vem saltitando para fora do quarto.

— A família foi embora? — pergunta.

— Sim.

— Maravilha! Vamos começar a nos arrumar. — Continua pulando e batendo palmas.

— Para...? — Dou uma risadinha.

— Nossa primeira festa de faculdade, claro. — Pisca para mim.

— Tem uma festa hoje?

— Ah, sempre tem uma festa — garante, com um sorriso afetado. — O que você tem para vestir?

Passo os próximos minutos vendo a Megan tirar todas as minhas roupas dos sacos plásticos onde estavam embaladas para a mudança e jogar na minha cama.

— Não. Não. Hmm, não. Definitivamente, não — fala, torcendo o nariz e continuando a jogar minhas roupas em uma pilha. Ela larga a sacola vazia e me observa da cabeça aos pés. — Na verdade, tenho algo perfeito para você usar.

— Okay, mas tenho que tomar banho primeiro. — Sorrio para Megan.

Depois de procurar nas caixas por uma toalha e minhas coisas de higiene pessoal, calço os chinelos e sigo Megan para fora do quarto até os chuveiros no final do corredor. Chuveiros coletivos definitivamente não são bônus de se viver no *campus*, mas, quando entro debaixo do jato quente, não dou a mínima para o fato de que passarei os próximos nove meses tomando banho ao lado de outras pessoas, separada apenas por uma fina cortina, porque, hoje à noite... vou à minha primeira festa universitária.

Mal posso esperar.

Puxo a saia preta e curta para baixo conforme navego pelas calçadas irregulares de Hill Street.

Sinto-me uma impostora. Eu deveria estar carregando uma placa de neon brilhante onde está escrita: *garota de cidade pequena e deslocada.*

Soltando a saia por um momento, alterno minha atenção para o pedaço de tecido vermelho e apertado cobrindo a metade de cima — embora *cobrir* seja um exagero.

Curvo os ombros para baixo e puxo a blusa com a mão, empurrando o decote com a outra.

Megan ri ao meu lado.

— Para com isso, Amy. Você está gostosa. — Ela pausa e me encara dos saltos aos seios. — Bem, isso quando você não está se mexendo como uma garotinha de treze anos sem confiança.

Solto um suspiro.

— Não tem nada a ver com confiança. Você verá que, normalmente, eu tenho uma autoestima bem positiva. Mas esse *look* não grita um "preciso de atenção"?

Paramos de andar e ela se vira para me encarar, séria.

— Não, você está maravilhosa — diz, acenando em aprovação. — Escute, sei que não é assim que você se veste nas fogueiras em plantações de milho lá na sua cidade, mas é isso que a gente usa em uma festa na faculdade.

Passo os braços na cintura.

— Como você sabe? É a sua primeira festa aqui também. — Meus lábios se transformam em um sorriso.

Ela joga as mechas longas de fogo por cima do ombro e posiciona as mãos nos quadris.

— Porque eu sei. — Abre um sorriso largo. — Confie em mim.

Conheço Megan há um total de seis horas, mas acho que seremos ótimas amigas. Ela é uma pessoa enérgica, divertida e gentil. Temos nos dado bem, o que é maravilhoso, considerando que ela também vai estudar enfermagem, o que significa que vamos passar bastante tempo juntas pelos próximos quatro anos. Sei que ela acredita que me fez um favor ao me emprestar este conjunto e insistir que eu usasse, porque, aparentemente, é um dos seus favoritos. Mas, ao olhar para ela, parada na minha frente em um vestido de couro falso sem alças, não posso deixar de notar que, embora tenhamos a mesma altura e constituição, ela não tem os quadris e os peitos que eu tenho.

Abaixo o queixo para conferir meu *look* e sou cumprimentada por meus seios.

— Sinto que estou sobrando para fora da roupa.

— Apenas nos lugares certos. — Ela me lança uma piscadinha. — Vamos lá. — Passa o braço pelo meu e continuamos na calçada. — Amy, esta é a nossa primeira festa na faculdade. Isto é importante e empolgante. Pare de se preocupar e apenas se divirta.

A festa de hoje é um grande *check* na minha lista do que fazer no primeiro semestre e eu já estou conseguindo isso no primeiro dia. Não gosto de entrar nisso com este sentimento de desconforto. Só preciso arrumar a postura e dominar a situação.

Inspiro, enchendo meus pulmões com o ar quente da noite, e movimento os ombros para trás.

— Okay, você está certa. — Sinto-me mais controlada a cada passo.

Uma casa de fraternidade enorme passa após a outra, a maioria cheia de vida com as atividades de universitários se soltando antes do início da primeira semana de aulas.

Deixo tudo se assentar. Sempre foi meu sonho conseguir um diploma de enfermagem da Universidade de Michigan e esta é a primeira semana deste sonho. Embora seja diferente. Estou prestes a entrar em uma festa onde não conheço ninguém. Festas e bebidas não são coisas estranhas para mim, mas, em casa, eu me reúno com pessoas que conheço desde a pré-escola. Eu me formei em uma turma de cinquenta alunos. Vinte e seis garotas e vinte e quatro garotos, a maioria que conheço desde que era obcecada por um dinossauro roxo na TV, usava maria-chiquinha e sandálias de plástico, carregando minha mochila dos Ursinhos Carinhosos para a escola todos os dias. Posso dizer com honestidade que nunca entrei em uma festa cheia de estranhos. É empolgante e aterrorizante ao mesmo tempo.

— Como você sabia sobre esta festa mesmo? — pergunto para Megan.

— Samantha, do final do corredor. O amigo do irmão dela trabalha na pizzaria com o primo de um garoto que é amigo de um dos caras que está dando a festa. Então, fomos convidadas.

Rio.

— Parece legítimo.

Ela ri sozinha.

— Não importa. Poderíamos aparecer em qualquer dessas casas e seríamos bem-vindas. Uhul, faculdade!

Balanço a cabeça, sorrindo.

Conforme nos encaminhamos para a grande casa, Megan sussurra instruções ao meu lado:

— Apenas pareça casual, como se você já tivesse ido a várias dessas. Uma coisa de cada vez. Precisamos encontrar uma bebida.

Concordo.

— Bebida... entendi.

Música alta explode nas paredes e Megan e eu deslizamos por entre as pessoas em direção ao pseudobar montado em um canto lá no fundo. Há um grupo de garotos segurando uma menina com as pernas para cima enquanto ela se apoia em um barril. A voz profunda deles faz uma contagem regressiva e ela toma a cerveja.

— Nada de plantar bananeira no barril — Megan define. — Só vai nos meter em problemas.

— Concordo. — Encho um copo vermelho com ponche de uma grande bacia sobre a mesa. Tomo um gole. — Não é ruim — grito para Megan por sobre a música. — Forte, mas não é ruim.

— É o ponche misterioso. — Megan enche um copo para si mesma.

Estamos ao redor da pista de dança improvisada no centro da sala quando ouço meu nome.

— Ames!

Viro para direita e Landon me puxa para um grande abraço, afastando todos os nervos que estavam me consumindo há momentos atrás.

Alguém conhecido.

Landon me solta do abraço de urso.

— O que você está fazendo aqui? — pergunta, seu sorriso de menino se espalhando pelo rosto.

Ergo o copo vermelho.

— Minha primeira festa na universidade, baby!

— Cara, por que não me mandou mensagem? Eu teria passado para te pegar. — Corre a mão pelo cabelo dourado, os fios desgrenhados caindo perfeitamente no lugar conforme ele passa a mão.

— Eu vim com a minha colega de quarto, Megan. Ah... — Sacudo a cabeça. — Desculpa, Megan. Esse é o Landon, meu amigo de infância. Landon, essa é a Megan, minha nova colega de quarto.

Os dois se cumprimentam e não perco a forma como seus olhos se arregalam quando ele sorri para ela. A garota instantaneamente começa a dar risadinhas e não tenho certeza do que é tão engraçado.

Esticando-me, toco seu braço.

— Esse é o amigo que eu estava te dizendo que está no terceiro ano.

Mesmo com meu toque, Megan está perdida no transe de Landon. Não é a primeira vez que vejo esta reação com um dos garotos Porter e, definitivamente, não será a última. Ele e seu irmão exalam charme e meio que são lindos... então as meninas sempre ficam todas estranhas ao redor deles. Eu continuo:

— Lembra, a família dele e a minha são melhores amigas, eu o conheço desde que era um bebê, ele é tipo um irmão — relembro alguns pontos da nossa conversa anterior na tentativa de fazer Megan o reconhecer.

Ela acena lentamente.

— Certo... sim. — Mesmo com a música alta ao nosso redor, ainda consigo ouvir a falta de ar em sua voz. Seu olhar não se desvia de Landon.

— Então você mora aqui, nessa casa?

— Não, um dos meus colegas mora — ele responde.

— Talvez o amigo dele seja o cara que conhecemos que mora aqui. — Um sorriso brincalhão encontra o meu rosto quando brinco com ela.

Com esse comentário, ela ri.

— Eu não saberia dizer.

Landon volta sua atenção para mim.

— Vamos. Vou te apresentar a algumas pessoas.

Ele apoia a mão na parte inferior da minha coluna e nos leva pela sala, apresentando-nos a todos os seus amigos. Não vou me lembrar de nenhum deles amanhã, mas todos parecem bem legais.

Quando meu rosto já está doendo de sorrir com todas as apresentações, paramos na mesa dos fundos para encher nossos copos do ponche misterioso.

— Esse negócio é bom — digo a ele.

— Esse negócio é letal. Cuidado — avisa, com um sorriso malicioso.

Megan dá um gritinho quando uma de suas músicas favoritas toca e nos arrasta para a pista de dança. Ela tenta se mover para perto de Landon, mas ele não morde a isca. O fato de ele não parecer notá-la ou se importar me enche de contentamento.

Um cara ao nosso lado se interessa por ela, o que deixa Landon e eu dançando de frente um para o outro sem a estranheza da bunda da Megan estar *inocentemente* empinada na direção dos quadris do meu amigo.

— Ela é legal. — Ele franze os lábios.

Rio e pressiono a mão em seu peito.

— Você só é fofo demais para o seu próprio bem. É bom ver que seu charme não se perdeu agora que está longe de casa.

— Eu sou fofo? — Ele balança as sobrancelhas.

— Um pouco — zombo.

Termino minha bebida e coloco o copo no parapeito da janela.

Respiro fundo algumas vezes. Estou começando a sentir a cabeça bem confusa. Não quero ser uma daquelas calouras clichês que vomitam na primeira festa na faculdade.

— O que tem no ponche? — pergunto a Landon, passando os braços por seu pescoço para me ajudar a ficar equilibrada.

— Chamam de *Jungle Juice*. Basicamente, você despeja todas as garrafas de licor que sobraram das festas anteriores com um monte de frutas fatiadas, adiciona um pouco de suco e deixa por uma noite. O gosto fica diferente todas as vezes, mas sempre consiste em algo com noventa por cento de álcool.

Eu assinto.

— Ei, acabei de ver a Samantha. Vou lá dar um oi — Megan diz.

— Okay — respondo e ela sai correndo. Eu deveria, provavelmente, ir lá dizer oi a ela também, mas estou me sentindo muito mole. — Estou feliz de ter te encontrado aqui. É estranho estar em algum lugar e não conhecer ninguém — digo a ele. — Tão diferente lá de casa.

Ele aperta minha cintura e continuamos a nos balançar com a música.

— Sim, também me lembro dessa sensação na primeira vez que eu vim, mas em duas semanas você vai conhecer tanta gente que sempre terá alguns amigos em qualquer festa que for.

— Ah, é? Isso é bom.

— Quase não a reconheci quando a vi hoje. — Sua voz se torna mais profunda, algo que nunca o ouvi usar comigo antes.

Encaro seus olhos, aqueles que sei desde pequena que são de um tom avelã deslumbrante, geralmente mais castanhos do que verdes, embora atualmente eles mudem com a cor das luzes multicoloridas ao redor da sala. Mesmo com os tons alternantes de rosa, azul e roxo da iluminação, seu olhar é hipnotizante.

— Por quê? — questiono.

Seu olhar pousa nos meus lábios antes de voltar para os meus olhos.

— Não sei. Você só parece diferente. Mais velha.

— Ah, você diz por conta do meu *look* vadia.

Landon inclina a cabeça para trás em uma risada.

— Você não parece vadia, Amy.

— Sim, claro. Eu pareço muito, mas quer saber? Eu nem ligo. O *Jungle Juice* me fez não ligar. É minha primeira festa de faculdade e eu pareço uma prostituta. E daí? — Rio, erguendo os braços sobre a cabeça.

Landon desliza as palmas das mãos pela minha cintura, pelas costelas, depois sobe pelos braços até seus dedos envolverem os meus. Acho que esqueci como se respira enquanto o encaro, olhos arregalados.

— Você está bonita, Amy. — Guia nossos braços para baixo até eles estarem de lado. Soltando meus dedos, espalma minhas costas e nos movemos com a música.

Meu corpo começa a se mover de acordo com o dele, aproveitando seu toque.

O que está acontecendo?

Por que estou me sentindo assim?

Por dentro, estou congelada. Estou com dificuldades de respirar ou pensar. Percebo que estou dançando com Landon... mas não o meu Landon.

Meu Landon é meu amigo, minha família, alguém que conheço desde pequena. Ele é engraçado e pateta. E me faz rir em um minuto e me deixa doida no outro. É o irmão mais velho irritante que nunca tive. Claro, ele é um colírio para os olhos. Os garotos Porter são. Minha irmã Lily é obcecada pelo mais novo, Jax, desde que eles eram bebês. Mas Landon e eu não somos assim. Não estamos conectados da forma que Jax e Lily estão. Ele é mais velho que eu e, embora sempre estivesse na minha vida, nunca fomos inseparáveis. Eu faria qualquer coisa por ele, pois o amo. Somos família.

Ainda assim, não conheço este Landon. Ele é gato de um jeito que eu não tinha percebido. É alto, firme e forte.

Minhas mãos deslizam por sua camisa, ansiando por mais. O contato queima, mas ainda preciso ir além. O calor que sai de sua pele por baixo do tecido é quente e, embora eu não devesse, quero aquilo — tudo aquilo.

Em seus braços, sou tomada pela sensação de ser necessária, desejada, querida e segura. Não quero que os braços de Landon me soltem em um espaço onde eu não sinta todas essas coisas. Quero ficar aqui, dançando, envolvida em seu abraço.

Quero colocar a culpa no ponche. Mas essas sensações não têm nada a ver com o *Jungle Juice*. Estou vendo Landon de uma forma que nunca vi antes. É absolutamente petrificante.

Seu olhar se foca na minha boca.

— Amy — sussurra.

Seus lábios tomam os meus.

Ofego em sua boca. Minha mente está girando e tendo problemas para acompanhar, mas meus lábios não precisam de nenhuma instrução. Movem-se propositadamente contra os de Landon, querendo sentir e provar tudo que ele tem a oferecer. O beijo acontece à base da luxúria e instinto.

Conforme a língua de Landon dança com a minha, explorando minha boca com tanta paixão, minha pele se arrepia e começo a tremer.

Abruptamente, ele se afasta e levo um segundo para me orientar. Abro os olhos e encontro o olhar incerto de Landon na minha direção. Ele parece tão nervoso.

— Sinto muito — diz, erguendo a mão para afagar a nuca.

— Está tudo bem.

Meu cérebro ainda não retornou.

Landon passa a mão pelo cabelo e segura a nuca. Acabo encarando os músculos de seu braço, perguntando-me se ele sempre foi gostoso assim.

— Não sei. — Sacode a cabeça, abaixando a mão. — Não sei o que deu em mim.

Entendo por que Landon está dividido. Nós dois não nos pegamos... não é a gente. Este não é o relacionamento que temos ou que já quisemos ter um com o outro. Mas, por algum motivo, nada daquilo importa neste momento. Quero beijar Landon de novo e posso dizer que ele também quer me beijar.

Pressiono as palmas das mãos nas bochechas de Landon e fico na ponta dos pés, trazendo seu rosto para o meu. Ele deixa. Meus lábios tocam os seus de leve no começo, beijando-o lentamente.

Landon solta um gemido profundo e entrelaça as mãos em meu cabelo. Ele aproxima nossos rostos e aprofunda o beijo. Nunca fui beijada assim na minha vida e não quero que pare. Tudo está perto da perfeição.

Ele se afasta e eu choramingo.

— Quer sair daqui? — questiona, o rosto a uma respiração do meu, já que suas mãos em meu cabelo ainda nos mantêm próximos.

Só consigo acenar.

— Avise para sua colega de quarto, para ela não ficar preocupada. — Ele me solta, mas meu corpo não quer se mover.

Aceno de novo, mas continuo parada na frente dele. Landon acaba de me mostrar o que um beijo de verdade deveria ser e meu corpo está em choque. Ele ri baixinho e planta um selinho em meus lábios.

— Vá dizer a ela, e sairemos daqui.

Encontro Megan e aviso que vou sair com Landon. Ela me garante que vai voltar andando para os dormitórios com Samantha e que não estará sozinha. Despeço-me rapidamente das duas e percorro a casa lotada até Landon.

Ele sorri e segura minha mão.

Deixo a minha primeira festa de faculdade de mãos dadas com meu amigo de longa data. É minha primeira grande noite fora como universitária e a única coisa que quero é me perder no pedacinho de lar que tenho aqui.

Encaro nossos dedos entrelaçados, depois volto a olhar para Landon e meu coração bate com força no peito. Ele é tão lindo. Virando-se para mim, ele sorri e meu interior se derrete.

— Estamos quase lá — avisa, na voz mais sexy que já ouvi.

Como é que conheço Landon por dezenove anos da minha vida e, ainda assim, só estou vendo-o de verdade pela primeira vez hoje à noite? Uma coisa é certa: agora que o vi, não posso voltar atrás.

Quatro

AMY

A casa que Landon divide com o amigo fica a apenas um bloco de distância de onde houve a festa. Mal me lembro da caminhada, ocupada demais flutuando em uma nuvem de luxúria e ansiedade.

Está escuro e silencioso quando entramos. Imagino que seu colega esteja na festa que acabamos de sair. Landon pigarreia.

— Posso pegar algo pra você? Está com sede? — Esfrega a mão na coxa coberta pelo jeans.

Não quero que ele fique nervoso. Não quero que fique pensando sobre o que deve ou não fazer. Quero que faça o que quiser, que está completamente alinhado com o que eu quero.

— Onde é seu quarto? — respondo sua pergunta com outra.

Seu peito sobe ao inspirar.

— Tem certeza, Amy? Não temos que fazer isso. Você não tem que fazer isso.

— Sei que não tenho. Mas, meu Deus, eu quero. Você não? — Dou um passo até ele. Espalmando as mãos em seu abdômen, sinto os músculos por baixo da camiseta.

Ele não fala nada, mas sua resposta é clara. Esmaga a boca na minha, beijando-me com voracidade. Ele me ergue, envolvendo meu corpo com os braços, e eu enlaço sua cintura com as pernas. Os lábios nunca deixam os meus ao me levar para a parte dos fundos da casa, o que suponho ser o quarto.

A porta se fecha por trás de nós e Landon me empurra contra a parede, minhas pernas ainda rodeando seu quadril, e me beija mais profundamente.

Milhões de pensamentos estão tentando penetrar minha mente. Estou vagamente consciente deles — as perguntas, as dúvidas, a voz da razão. Elas estão abafadas, como se estivessem debaixo de um vasto mar. Landon é um oceano turbulento pressionado contra mim, demandando toda minha atenção, que dou a ele alegremente.

Estou mergulhando direto.

Ele me leva para a cama e me deita, seus lábios continuam dançando com os meus.

É uma questão de segundos até nossas roupas estarem jogadas no chão. Eu deveria me sentir nervosa ou assustada, mas não sinto. Parece certo, tão certo que não consigo acreditar que nunca estivemos nesta posição antes.

Suas mãos estão apoiadas ao lado dos meus ombros enquanto ele paira sobre mim. Meus olhos vagam sobre ele, roubando olhares famintos para todas as partes que nunca tive acesso visual. Em retorno, posso sentir seu olhar cálido me avaliando. Minha pele se arrepia em antecipação.

— Você é tão linda, Amy. Linda pra caralho — sussurra, sua boca tomando a minha. Só fica por um momento antes de começar a descer por meu corpo, beijando cada centímetro.

O espaço ao nosso redor está queimando com sussurros de necessidade.

Gemidos de desejo.

Gritos de prazer.

Quando nos juntamos, é tudo — é muito mais do que eu podia imaginar. E quando caímos, a satisfação carnal que me atinge vem da maneira mais deliciosa imaginável.

Quem poderia saber?

Caramba, quem poderia saber que seria assim?

Landon desaba ao meu lado. Suas respirações pesadas sincronizam com as minhas. Meu coração bate loucamente no peito e os arrepios que cobrem todo meu corpo lentamente começam a diminuir.

Minha mente vaga pelas minhas experiências anteriores — a primeira vez com Everett, com quem transei apenas uma vez, e o sexo de rebote que tive com meu amigo James depois de perceber que Everett era um babaca. Aqueles encontros não estavam nem no mesmo universo do que acabou de acontecer com Landon.

— Isso foi... — começo a dizer quando recupero o fôlego.

— Maravilhoso — ele termina meu pensamento.

— Foi — concordo. — Landon?

— Sim?

— Quero fazer tudo de novo.

Ele ri e segura minha mão, entrelaçando nossos dedos.

— Eu também. Só me dê alguns minutos.

Tento lutar contra, mas meu cérebro teimoso insiste em voltar à consciência. Meu corpo cansado protesta pelo dia e se recusa a se mover, enquanto deito de bruços, meus braços estendidos para o lado. Simultaneamente, duas revelações me atingem. A primeira, estou completamente nua. A segunda — e, provavelmente, a mais notável —, não estou sozinha.

Assusto-me quando a mão do Landon encontra a base das minhas costas, afagando gentilmente.

— Bom dia, Ames.

Memórias da noite passada voltam em cores vívidas — a festa, *Jungle Juice*, Landon e muito sexo. Sexo maravilhoso, de curvar os dedos dos pés... com meu amigo de longa data.

A mulher confiante e sedutora da noite passada foi substituída por uma garota nua, congelada, assustada demais para se mover.

Não sei como se deve agir depois de uma noite como aquela. *O que significou? O que eu faço?* Minha mente está correndo freneticamente em busca de respostas.

— Você está bem?

Sua pergunta me acalma. Não é a voz de um cara gostoso que me fez gozar pela primeira vez, mais vezes do que pensei ser possível. É o som calmo que vem de Landon, a pessoa que conheço desde sempre.

Rolo em direção a ele, puxando a coberta comigo.

— Ei — cumprimento, prestando atenção a ele.

Ele é cativante, deitado ao meu lado, e minha cabeça dói por desidratação ou pelo simples fato de que nunca estive mais confusa em toda a minha vida.

— Você está bem? — pergunta de novo.

Aceno e sorrio de leve.

Landon é bonito à luz da manhã. Já o vi milhões de vezes na vida e ainda sinto como se fosse a primeira vez que o vejo de verdade. Sempre pensei que a cor avelã de seus olhos tinha um tom mais castanho, porém, agora, eles brilham com fios verdes e dourados. Sua mandíbula forte é acentuada por uma barba curta que está fazendo algo louco com meu interior. Quando meus lábios recaem sobre os lábios cheios, revivo as memórias da forma como eles veneraram meu corpo, tremendo.

Milhares de olhares, conversas, risadas, sorrisos e toques nos últimos dezenove anos. Mesmo assim, nenhuma dessas coisas me deu a certeza de que Landon Porter é o homem mais lindo que já vi.

Ele sempre foi.

— Estou bem — garanto a ele, embora não tenha certeza se é verdade.

— Que bom. — Me dá um largo sorriso. — Está com fome?

Pensar em comida faz minha barriga roncar alto.

— Sim, eu também. — Ri sozinho. — Estou faminto.

Ele pula para fora da cama e fico embasbacada com sua bunda tonificada.

Eu preciso sair dessa.

— Vou te levar para este restaurante no *campus* que é inacreditável. Servem o melhor café da manhã daqui, a comida perfeita para ressaca. Os *waffles* — seus olhos reviram e ele sacode a cabeça — são bons pra caramba.

Puxo o cobertor mais apertado e observo-o recolher as embalagens de camisinha do chão e jogar na lixeira. Ele pega o pedaço de tecido que se disfarça de regata e entrega para mim. Olho para ela horrorizada.

— Quer vestir algo meu? — pergunta, um sorriso largo.

— Hmm, sim... por favor.

Ele procura na cômoda antes de me jogar uma camiseta e shorts de corrida.

— Acho que são as menores peças que tenho. Você ainda vai nadar dentro deles.

— É melhor do que a alternativa — falo, jogando os itens ofensivos do vestuário para o lado com uma careta.

Landon desaparece em uma porta do outro lado do quarto. Um segundo depois, ele volta com uma escova na boca. Aponta para o cômodo que acabou de deixar.

— Tem uma escova de dente nova debaixo da pia. Pode usar se quiser

— avisa, com a boca cheia de espuma de pasta antes de me dar uma piscadinha e sair do quarto.

Desabo de volta no travesseiro, cobrindo os olhos com a parte de trás do pulso.

Mas que inferno!

Rio baixinho. Não foi assim mesmo que imaginei que meu primeiro fim de semana seria.

Decidindo que é melhor me vestir antes que Landon retorne, desço da cama, pego as roupas que ele me deu e corro na direção do banheiro.

Ofego ao ver meu reflexo no espelho. Meu rímel criou um belo círculo preto ao redor dos olhos com listras descendo aleatoriamente pelas minhas bochechas.

Compre alguma máscara à prova d'água, Amy… sério.

Esfrego o rosto até limpar. Pego um pente e tento domar meu cabelo pós-sexo. Lembrando-me do elástico no pulso, opto por prendê-lo em um coque bagunçado. Escovo feliz o sabor da noite passada da minha boca, substituindo com menta. Há uma pontada de arrependimento em meu coração ao apagar todos os sinais de Landon, pois, honestamente, não sei se vou tê-lo daquela forma de novo?

Eu o quero daquela forma de novo?

Depois da noite passada, como eu poderia não querer? Não foi coisa de uma noite só ou um erro bêbado. Foi real, especial e muito esperado.

Eu o amei a vida inteira — não de uma forma romântica, mas profundamente. Ele sempre foi importante para mim. Sei tudo sobre ele. Eu o vi mudar de um garoto para um homem. É uma ótima pessoa. Nossas famílias são próximas. Quero dizer, fomos criados juntos, então isso faz sentido.

Certo?

Mas e se ele não me quiser?

Landon não é do tipo de ter relacionamentos. Sempre soube disso a seu respeito. Por que ele mudaria agora?

Rapidamente termino de enrolar o cós do short de ginástica em uma tentativa de impedir que ele caia. Nunca vou encontrar respostas se ficar enrolando aqui. Respirando fundo, saio do banheiro.

Landon está sentado na cama, digitando na tela do celular. Ele olha para cima.

— Pronta? — Sorri.

— Sim.

— Aqui — estende um par de chinelos cor-de-rosa —, pode pegar emprestado. A irmã do Tom, meu colega de quarto, deixou aqui.

— Obrigada — digo, aliviada, pegando-os dele, muito feliz por não ter que usar os saltos horríveis com que vim até aqui.

Saímos, caminhando em direção ao *campus.*

— Ei, que aulas você tem esse semestre? — Landon questiona.

Conto a ele, a conversa prossegue. Falamos de professores, cargas de trabalho de casa e as melhores rotas para chegar a diferentes prédios. A maioria das aulas que vou fazer este semestre é generalista e todo mundo pega. Landon teve alguns dos mesmos professores e me deu dicas sobre eles.

Sigo aquela direção de conversa por todo o café da manhã. Quando cansamos de falar da faculdade, falamos de casa. Há um elefante gigante sentado entre nós enquanto comemos, mas nós dois ignoramos. Pelo menos por enquanto.

Ao terminarmos, Landon caminha comigo até meu dormitório. Antes de entrar, viro-me para ele.

— Bem, obrigada pelo café da manhã.

— Quando quiser.

— Então... — É a minha chance de trazer à tona a situação. Preciso saber, mas me acovardo. — Acho que a gente se vê?

— Sim, definitivamente — responde, sorrindo.

— Okay. — Sorrio de volta, esperando. Torcendo. Viro-me para abrir a porta.

— Amy?

— Sim? — Volto-me para ele totalmente, rápido demais.

Distraidamente, ele morde o lábio.

— Só quero que você saiba que a noite passada foi ótima.

— Foi. — Aceno, concordando.

— Você foi... quero dizer, você é maravilhosa. — Parece mais nervoso do que já vi.

— Obrigada. — Estremeço. *Obrigada?* — Você também foi maravilhoso. — Ergo o queixo e arrumo a postura.

— Quer fazer algo essa semana? — indaga.

— Sim, seria ótimo. — Aceno.

— Okay, vou te mandar mensagem.

— Combinado.

Quando acho que vai se afastar, ele segura meu rosto entre as mãos, diminui o espaço entre nós e pressiona os lábios aos meus.

O beijo não é longo. Não é profundo. Não revela nada, mas responde as perguntas que meu coração tem estado com medo de fazer.

Não tenho certeza de onde a noite passada vai nos levar. Mas, conforme fecho a porta, sei que nos guiará para uma possibilidade de mais. E, por ora, é suficiente.

Cinco

AMY

Fecho a porta e inclino-me contra ela com um suspiro. Meus olhos se fecham e imagens da noite passada giram e dançam por trás deles. Sorrio.

— Ei!

Abro os olhos e grito, assustada.

Um cara que nunca vi antes está parado na minha frente, a meros centímetros do meu rosto, com um sorriso brega.

— No que você está pensando? — indaga.

— Vá para casa, Ross. — Megan sai do quarto usando apenas uma camiseta folgada. Seu rímel está igual ao meu um pouco mais cedo. Não sou a única que acordou parecendo um guaxinim com raiva.

— Tudo bem. Tchau, baby. Eu te ligo. — Ross diz para Megan.

Saio do caminho. Ele demora um pouco, os olhos deslizando dos meus pés e subindo pelo meu corpo até o rosto sem maquiagem e o coque bagunçado. Dá uma piscadinha assustadora para mim antes de ir.

Quando ele se foi, Megan fala:

— Acha que ele vai ligar?

— Você quer que ele ligue? — rebato, com um sorriso afetado.

Ela dá de ombros.

— Ah. — Olhando para mim, seus olhos se estreitam. — Parece que você se divertiu também. Cadê o meu *look*?

— Ah, esqueci. Nós fomos tomar café da manhã. Pego na próxima vez que o vir.

Ela acena com a mão, despreocupada.

— Relaxa. Então nós duas tivemos uma primeira noite de sábado na faculdade cheia de eventos, né?

— Acho que tivemos. — Dou uma risada, balançando a cabeça.
— Landon? — indaga.
— Sim.
— Landon, o seu *amigo* de infância?
— O primeiro e único.
— Você esperava por isso?
— Nem um pouco — admito.
— Bem, não estou surpresa. Ele é gostoso.
Assinto.
— Estou percebendo isso.
— Acha que *ele* vai ligar? — questiona.
— Meu Deus, espero que sim, ou nossos eventos de família serão bem estranhos. — Uma onda de exaustão me atinge. — Acho que vou tirar uma soneca e começar a desempacotar. Quer jantar mais tarde?
— Parece um bom plano — Megan concorda, e voltamos aos nossos quartos.
Desabo na cama. No momento que minha cabeça atinge o travesseiro, sinto o sono me puxar.

Jogando a alça da mochila sobre o ombro, corro até a porta, sem querer me atrasar para a aula.
— Para onde você vai? — Joey, novo ficante da Megan, me pergunta.
— Prédio de física — respondo.
— Droga. Lado oposto do meu.
— Droga — digo, tentando não revirar os olhos.
Tenho certeza de que Joey é um garoto legal, mas não tenho tempo para lidar com os caras da Megan quando estou tão preocupada com o meu próprio.
Joey e eu saímos do dormitório juntos e nos separamos. Olho a tela do celular mais uma vez para garantir antes de suspirar e colocar no silencioso.
Nada.
É manhã de quarta-feira e não tive notícias de Landon desde que ele me deixou aqui no dormitório no domingo de manhã.

Jogo o telefone na mochila antes de entrar no prédio de física. Minha ansiedade aumenta a cada passo que dou em direção à minha aula no segundo piso. Normalmente, eu teria ligado ou mandado mensagem para Landon sem hesitar. Mas eu tinha que dormir com meu amigo, né? Agora está tudo estranho.

Mordo o lábio, balançando a cabeça ao pensar na noite de sábado. Foi a noite mais incrível da minha vida.

Não é nenhum segredo que a minha lista de conquistas não seja longa. De fato, antes do Landon, era um sólido número dois. Duas pessoas. Duas vezes. Ainda assim, mesmo com a minha experiência limitada, sei que o que vivenciei com Landon não foi normal.

É como viver só tomando café preto. Na verdade, uma vida inteira é um pouco de exagero. Então, para mim, é como ter tomado dois únicos copos de café preto e depois provar um *cappuccino* cremoso de baunilha na prensa francesa. Como posso voltar para o café básico quando provei o melhor?

Preciso de café.

Estou exausta.

Meu cérebro tem estado sobrecarregado com pensamentos sobre ele nas últimas três noites. Ando tão preocupada que me esqueci de parar e pegar um café no caminho da aula.

Lá no fundo, quero estar desapontada comigo mesma por me aventurar tão longe da minha lista de coisas a fazer na faculdade, já que dormir com Landon estava bem longe do plano inicial. Mas não me arrependo da escolha que fiz no sábado. Não posso me arrepender de algo que parece tão certo. Landon deveria ter feito sempre parte do meu plano. Só levei um tempo para perceber.

Pauso, antes de chegar à sala de aula. Largo a mochila no chão, abro a mochila e pego o celular para ver se tem alguma mensagem dele, só mais uma vez.

Patético.

Nada.

Não consigo evitar pensar: *e se ele não me quiser desse jeito? E se ele recuperou a lucidez nos últimos dias e decidiu que foi um erro? Como volto a ser apenas sua amiga quando sei quão bem nossos corpos se encaixam? Eu acho que apenas voltaria. Tenho que voltar.*

Entro na sala. É minha segunda aula Psicologia do Sexo — e aqui estou eu, tendo apenas sexo na minha mente.

Escolho um lugar e retiro o caderno e a caneta, os estudantes continuando a entrar. Meu olhar é arrastado para um cara extremamente atraente que entra, colocando minha tristeza por Landon em espera. Ele é tipo uma versão italiana do Chris Hemsworth, completamente lindo. Sua pele bronzeada e o cabelo castanho-avermelhado me dão a impressão de que este Adônis acabou de sair da praia. Aposto que ele ficaria bem com o peito nu, segurando uma prancha de surf.

Minha nova distração atravessa a sala e eu internamente babo por ele. Cada segundo em que o encaro é um segundo que não estou agonizando pela falta de novas mensagens. Distrações são boas. Meu coração bate forte no peito à medida em que ele anda até a fileira que estou sentada e para diante do lugar vago ao meu lado.

— Este assento está ocupado? — pergunta, a voz uma oitava mais alta do que eu tinha imaginado originalmente, mas sexy de todo jeito.

Nego com um aceno.

Ele se senta ao meu lado e pega uma caneta e um caderno. Deixo o olhar cair para a capa vermelha em sua mesa, onde está escrito: *Sebastian Clearly.*

Ele repara.

Inclinando-se para mim, sussurra:

— Ei, eu sou o Sebastian, mas pode me chamar de Bass.

— Pode me chamar de Amy ou do que quiser. — Minha voz guincha.

Seus olhos cor de caramelo brilham de diversão e quero deslizar para baixo em minha cadeira e desaparecer.

A professora Owens começa a aula.

Depois de alguns minutos, Bass aponta para um garoto sentado a algumas fileiras na nossa frente e pergunta:

— Meu ou seu? — Olho para ele em dúvida, que repete mais devagar: — Meu ou seu?

Pisco e quase consigo ver a névoa induzida pelos hormônios que estava encobrindo minha visão escapulir pelo chão. Encaro bem fundo nos olhos de Bass e, subitamente, estou vendo-o por uma luz totalmente diferente. Sinto-me boba pela forma como agi há alguns momentos — toda menininha ofegante.

— Ah, hmm… — Volto a atenção para o garoto sobre quem ele está falando.

É fofo, usa um boné de beisebol para trás, tem maxilar forte.

Meu Deus, não sei. Não tenho um radar para essas coisas.

Observo seus olhos caírem para o decote da garota sentada ao seu lado quando ela derruba um lápis.

Assim que digo "meu", Bass fala "droga, seu".

Começamos a rir baixinho.

— Nunca falha — sussurra. — Todos os gostosos adoram seios.

— Estou assumindo que você não. — Sorrio.

— Own, você está me chamando de gostoso, Amy?

— Hmm, você está certo. — Dou de ombros, lançando uma piscadinha para ele.

Bass e eu jogamos mais alguns *rounds* de 'Meu ou Seu' entre as anotações. Nunca me diverti tanto em uma aula. Uma hora inteira se passa sem que eu olhe meu telefone.

Saímos da sala juntos ao final.

— Gostei dela — comenta, em referência à nossa professora.

— Sim, eu também. Vai ser uma aula divertida.

Passamos nossas agendas e Bass anda comigo, já que as aulas que temos são na mesma direção.

Pego meu telefone.

— Você está olhando isso aí como se estivesse esperando por uma mensagem de alguém.

— É, algo do tipo.

— Um cara?

Suspiro.

— Sim.

— Hmm, parece interessante — brinca, sua voz animada.

— É um pouquinho escandaloso, pelo menos para mim.

Chegamos ao prédio onde minha próxima aula será.

— Quero ouvir tudo na sexta — avisa.

— Okay, está combinado.

— Te vejo lá, Amy. Você sabe o horário e o local.

— Tchau, Bass. — Sorrio, erguendo a mão para acenar ao caminhar para a aula.

Estou esperando, de verdade, que eu tenha alguma boa notícia para Bass em relação ao Landon na sexta. De todo jeito, estou ansiosa para ver Sebastian de novo.

Seis

LANDON

A senhora Jones, minha professora de Negócios Internacionais, está falando, mas não estou ouvindo uma palavra. Ela está palestrando há trinta minutos e tudo que registrei é algo sobre gatos pretos. Em meio à minha preocupação, percebo um slide de gatos na tela enorme na frente da sala, o que é estranho o suficiente para prender minha atenção por um segundo. Mas depois os felinos são substituídos por uma visão de Amy em minha mente, e não me importo o suficiente para focar lá na frente de novo. Então, suponho que nunca saberei como essas criaturas encontram lugar no mundo dos negócios.

Os primeiros dias de aula têm sido uma merda. Ando sendo um inútil — andando por aí sem estar realmente presente. Estou distraído e confuso. Não consigo afastá-la.

Tudo que vejo é ela.

Quase posso sentir seu longo cabelo ruivo, tão macio e grosso. Lembro-me da maneira como é senti-los entrelaçados nos meus dedos. Segurá-la contra mim enquanto minha boca explora a sua.

Tudo em relação àquela boca é perfeito, seus lábios carnudos e o sorriso perfeito são ambos igualmente atraentes. Ela me deixa maluco com aqueles lábios e o sorriso faz o meu peito se apertar.

Sempre a achei bonita. Eu a admirava, como qualquer outra pessoa atraente que já tivesse conhecido. Na minha cabeça, eu reconhecia quão incrivelmente gata ela é. Amo essa garota como uma irmã a minha vida inteira. Ela é uma pessoa foda. Mas eu provavelmente não deveria mais pensar nela como família.

Pensar nos olhos inocentes, cor de chocolate, e nas curvas em todos os lugares certos é quase doloroso. Não tenho muita certeza do que fazer.

Não sou do tipo que tem longos relacionamentos. Algumas das minhas ficantes anteriores já se referiram a mim como mulherengo. Eu não poderia me importar menos. Eu vou bem na faculdade para me formar e conseguir um emprego bacana. Quero uma vida boa. Eu sei bem disso, e ter qualquer merda legal requer dinheiro. Mas não preciso ser o melhor, o que é uma grande decepção para o meu pai. Sei que ele está feliz por ter outro filho para dar ordens, já que não serei eu.

Sou o cara que gosta de brincar por aí e se divertir. Só preciso aparecer e passar nas aulas. Além disso, eu festejo e curto a vida.

A verdade é que Amy não é uma garota que posso foder e esquecer. E a coisa estranha é que não quero fazer isso. Ela é diferente. Tenho uma admiração profunda e um respeito que nunca me permitiriam dormir com ela sem olhar para trás. Pela primeira vez na vida, quero olhar para o passado e explorar as possibilidades do futuro. Sinto que devo isso não apenas a ela, mas a mim mesmo. Nunca considerei a possibilidade de mais, e ela me faz querer isso.

Talvez eu devesse ter parado tudo na noite de sábado, começando pelo primeiro beijo que fez tudo a seguir ser inevitável. Ainda assim, no segundo em que vi a Amy de forma diferente, acabou. No momento em que não a vi mais como uma amiga da família, uma irmã mais nova, eu caí. Não poderia ter parado nem se eu quisesse.

Para ser bem sincero, estou assustado. Não quero magoar a Amy e, considerando que nunca tentei um relacionamento de verdade, as chances de eu fazer isso são altas. Esta é a parte que me deixa dividido. Eu poderia dizer para Amy que é melhor considerar a noite de sábado como um momento selvagem de abandono entre dois amigos e que devemos seguir em frente. Isto pode machucá-la um pouco, mas é o melhor a longo prazo. Podemos continuar dali como sempre fomos.

Essa opção parece fraca, como se fosse mentira.

A outra rota é falar com Amy e descobrir como ela se sente sobre um namoro — uma relação legítima e monogâmica. É definitivamente uma aposta e pode ficar confuso.

Amy vale a pena o risco. Se alguém nessa vida vale a pena apostar, é ela.

Vou com tudo.

Perceber isso tira um peso enorme que havia em meu peito.

— Com licença? — Uma voz me tira dos meus pensamentos. A senhora Jones está parada na minha frente. Ela e eu somos os dois únicos na sala. — Precisa de ajuda com algo? — questiona, sua voz gentil.

— Hmm, não. Já estou saindo. — Jogo o caderno em branco e o lápis intocado na mochila e fico de pé para sair. — Obrigado pela aula e, hmm, pelos gatos fofos — digo, apressado, virando-me para sair.

Gatos fofos? Dou de ombros. *Bem, era tudo que eu tinha a oferecer.*

Uma vez lá fora, tiro o telefone do bolso e mando uma mensagem para Amy.

Eu: Hey, Ames. Está ocupada hoje?

O círculo com três pontinhos na nossa conversa aparece e fico esperando ansiosamente por sua resposta.

Amy: Não. Já terminei por hoje. No que está pensando?

Eu: Pedir comida e um filme?

Amy: Parece bom.

Eu: Lá em casa?

Amy: Sim, por favor. Minha colega de quarto está toda estranha. Eu adoraria uma pausa.

Eu: Mas já? HAHA. Não tem nem uma semana. Você terá um longo ano.

Amy: Nem me fale. Que horas você quer que eu apareça hoje?

Eu: Que tal eu passar e te pegar agora? Estou saindo da aula de todo jeito.

Repenso na mensagem assim que a envio. Eu pareço carente. E não sou carente.

Amy: Boa ideia!

Ela responde na hora e fico aliviado.

É assim que vai ser essa coisa de namorar? Ter que me preocupar se estou dizendo ou fazendo as coisas certas? Nervoso por sua resposta? Repensando minhas ações?

Não estamos nem mesmo namorando e já não estou gostando. Mas é a Amy, então…

É uma caminhada de cinco minutos da minha aula até o dormitório dela, mas parece uma hora. Mal posso esperar para vê-la. Mal posso esperar para beijá-la, deduzindo que ela esteja na mesma página que eu. Se ela não estiver, vai ser uma merda. Sem dúvidas.

Ela abre a porta.

— Ei. — Seu sorriso é largo.

— Ei. — Pressiono os lábios em um sorriso.

Ela é gata pra caramba.

Antes que eu tenha a chance de dizer qualquer outra coisa, ela já está no corredor com a porta fechada por trás de si.

— Você está ansiosa para dar o fora daqui, não está? — pergunto, rindo baixinho.

Começamos a andar.

— Você não faz ideia. Sabe, o quarto parecia grande de primeira, para um dormitório. Mas é incrivelmente pequeno. Tipo, microscópico. E Megan… ela é doida por garotos. É como se ela tivesse vindo para a faculdade com o único propósito de encontrar um marido ou talvez um estoque infinito de ficantes. Ainda não descobri qual das opções. — Ela ergue a mão para frente em um gesto de "pare". — É tipo: calma aí, garota. Estamos na primeira semana. Se o próximo garoto que ela trouxer se chamar Chandler, eu posso passar mal.

— Por que isso? — questiono, rindo.

— Porque seria muito estranho. Ela deve ter alguma obsessão por *Friends*. Ela já dormiu com um Ross e um Joey.

— Não, ela não fez isso. — Nego com a cabeça.

— Hmm, sim, ela fez. — Amy ri.

Estou olhando o sinal de pedestres, esperando que o símbolo para andar acenda, tentando processar a forma como sua risada me faz sentir.

— E quer saber? — Ela não espera uma resposta. — Eu apostaria que ela vai ficar grávida antes do terceiro ano. Apenas tenho esta sensação doida de que ela vai engravidar, largar a faculdade, se casar e criar bebês.

— Você parece tão ofendida com isso. — Sorrio.

— Assim, cada um na sua. Tenha bebês. Se case. Consiga mais poder para si. Mas por que ralar para entrar em Michigan só para estragar tudo com um garoto?

— Mas… um Chandler? — Dou um sorriso afetado. — Isso completaria a tríade de protagonistas masculinos de *Friends*. É bem impressionante.

— Seria uma conquista. — Ela dá uma risada.

— Bem, ainda é a primeira semana. Talvez ela tenha crescido com pais bem rígidos e só precise tirar isso do peito — sugiro. — Ela parecia legal naqueles poucos minutos que fiquei por perto. Dê um tempo.

— Sim, você está certo. Eu não deveria julgar tanto. Esta semana tem sido estressante, o que faz essa coisa da Megan com machos ainda mais irritante, acho. Tenho muita coisa na cabeça.

— Sim, eu também. Sinto muito por ter demorado alguns dias para entrar em contato. Eu precisava resolver algumas coisas. — Sei que minha falta de contato com ela desde que a deixei aqui no domingo a tem estressado. Inferno, tem *me* estressado.

— Está tudo bem. — Ela gesticula no ar.

— Não, não está. Eu queria te mandar mensagem. — Paro para descobrir o que quero dizer. — Só preciso saber exatamente o que estou sentindo antes de começar a trazer os seus sentimentos para a mistura. Isso faz sentido? — Eu pareço egoísta, mas não queria ser.

— Acho que sim. — Ela me dá um aceno apaziguador.

— Isso não saiu como eu queria. Acho que só estou tentando dizer que tinha que resolver minhas merdas para não acabar te machucando ou confundindo, porque, honestamente, eu não esperava por isso. — A última frase sai com uma risadinha.

— Nem eu — ela concorda, balançando a cabeça.

Paramos em frente à entrada e encaramos um ao outro. Sei que temos um monte de coisa para conversar durante a noite, mas olhando para Amy agora, paro de pensar em tudo por um momento e a beijo.

Nada foi discutido, mas posso sentir pelo jeito que ela retribui que tudo vai ficar bem. Cada beijo tem gosto de possibilidades e desejo por mais.

Mais beijos.

Mais Amy.

Mais nós.

Parece certo. Sou tomado por uma onda de luxúria e desejo, porém, mais do que isso, estou envolto por um contentamento que nunca senti e não consigo definir.

Talvez eu nunca tenha namorado porque era para ficar com a Amy desde sempre. Talvez nada tenha parecido certo, porque não foi com ela. Ou talvez meus hormônios estejam embaçando meus pensamentos e não sei de que droga estou falando. Tudo sobre isto é estranho. Ainda assim, algo dentro de mim sussurra que, embora não consiga ver além da atual nuvem de necessidade desesperada que sinto por Amy, o que encontraremos do outro lado será ainda melhor.

E isso é muito emocionante.

Sete

AMY

Landon está mexendo no telefone, preparando o filme que vamos assistir. Enquanto isso, o nosso beijo na porta da frente a meros momentos atrás está passando sem parar na minha mente. Anseio por fazer isso de novo e de novo.

Conversamos bastante no caminho até aqui, embora não tenha certeza se esclarecemos tudo. Todo este vai e volta está me deixando maluca.

Claro, se fosse qualquer outro garoto, eu chamaria o que estamos fazendo — este dizer muito sem falar nada, o flerte, os beijos — de namoro. Mas não posso fazer isso com Landon. Há muita história aqui. Conhecemos um ao outro. Precisamos colocar tudo em aberto.

Mas não quero ser esse tipo de garota. Não quero perturbá-lo atrás de um rótulo. Ele já está na faculdade por dois anos a mais do que eu, então estou seguindo seus passos. Embora não goste. Essa não sou eu. Não sou de ficar evitando o assunto. Há menos de uma semana, se eu quisesse uma resposta de Landon, teria pedido por uma. Isto é novo para nós dois.

Ele se joga ao meu lado. Estamos em um sofazinho em seu quarto, encarando uma tela plana grande. A cama dele está a alguns poucos metros de distância, tentando-me com memórias de sábado à noite. Imagens daquilo estão me fazendo suar.

— Estou com calor. E você? — questiono, abanando o rosto com a mão.

— Estou bem, mas posso ligar o ventilador de teto. — Landon pega um controle remoto branco na mesinha ao lado do sofá e aperta.

Inspiro profundamente.

— Você não disse que filme vamos ver.

— É porque é surpresa. — Sorri. É um completo evento devastador e meu coração se aperta.

Nem consigo responder. Viro para a tela quando o filme começa. Sei desde a primeira nota da música de abertura qual deles é.

— Ah, meu favorito! — Solto um risinho.

Landon escolheu um verdadeiro clássico — *Um salto para a felicidade*, com Goldie Hawn e Kurt Russell. Minha mãe, irmãs e eu assistimos a esse filme tantas vezes que o tenho inteiro memorizado.

— Eu sei. — Landon sorri. — Lembra quantas vezes você e Lily forçaram a mim e Jax a assistir isso? Lembro-me de você aos doze anos, saltitando pela sala, e cantando: Todo mundo quer ser eu!

Inclino a cabeça para trás e rio.

— Ai, meu Deus! Era uma fala tão boa. É igualzinho àquela: Eu sou pequena, gorda… e vadia.

Nós dois rimos, o que parece bom. Parece normal.

Sou muito grata por Landon ter escolhido este filme, porque nos traz de volta a nós. Assim que Goldie Hawn surge na tela, com seu *look* pretensioso, viramos Landon e Amy de novo, não as duas pessoas estranhas que estavam aqui há poucos minutos.

— Fico tão feliz que eles ainda estejam juntos — comento, fazendo referência aos protagonistas. — Dificilmente um relacionamento em Hollywood dura.

Conversamos. Rimos. Comemos as pizzas favoritas dele do restaurante da região chamado *The Pizza House*. Ficamos juntos e é maravilhoso.

O crédito final sobe pela tela.

— Qual é sua aula favorita até agora? — Landon pergunta, virando-se para mim no sofá antes de dar uma mordida em um *breadstick*, aquele palitinho recheado feito de massa de pizza.

— Difícil dizer, mas acho que vou mesmo gostar de Comunicação.

— Você está com o Trueheart, não é?

Limpo o queijo parmesão dos dedos com um guardanapo.

— Sim.

— Ele é legal. Eu gostei daquela aula.

— E você? Como está a sua grade horária até agora? — pergunto.

— Sendo honesto, não sei. — Ri baixinho. — Tenho andado distraído. Fui a todas as minhas aulas, mas não consigo me lembrar de nada sobre elas.

— Isso não é bom. — Sorrio, negando com a cabeça.

Ele dá de ombros.

— É apenas a primeira semana. Tenho tempo.

O humor no quarto muda. Há um certo peso no ar que não estava lá antes e estou nervosa e ansiosa.

— Então, tenho estado assim essa semana, porque estava pensando em você, no fim de semana, em tudo.

Franzo os lábios e aceno, pedindo-lhe para prosseguir.

— Você sabe que não planejei que nada daquilo acontecesse.

Estou com dificuldades de respirar.

Ele toca meu joelho.

— Não me arrependo, Amy. Não mesmo. Só não quero que pense que planejei transar com minha amiga de infância no segundo que ela saiu de casa.

— Não pensei nisso — afirmo.

— Você é minha amiga, em primeiro lugar — diz. — Nunca nos imaginei juntos, dessa forma. De verdade. Alguma coisa aconteceu no sábado. Não tenho certeza do que foi, mas subitamente te vi de outra forma. Sabe?

— Sim, eu sei. — Balanço a cabeça — Foi o mesmo comigo.

Seus olhos avelã capturam os meus. Meu peito sobe e desce com respirações profundas.

— Você me conhece, Amy, melhor do que a maioria das pessoas. Sabe que não sou um cara de relacionamentos. Então, durante essa semana, tive realmente que dar um tempo para resolver meus pensamentos, porque eles eram todos novos para mim. Você não é apenas qualquer garota e seus sentimentos importam para mim. A última coisa que quero fazer é te machucar.

Congelo no lugar, esperando que ele chegue onde quer com esta conversa.

— De toda forma, acho que o que quero que você saiba é que eu gostaria de explorar o que é estar com você e só você. Não tenho ideia se estamos na mesma página ou não, e se não estivermos, isso é…

Sua declaração faz meu coração palpitar dentro do peito. Eu o interrompo:

— Eu estou. Estou na mesma página. Estou totalmente na mesma página. — Pareço uma menininha, mas não ligo. Estou cansada de guardar minhas emoções.

— É, isso é bom. — Ele ri baixinho. — Ames, não posso prometer que vou ser bom nisso, nessa coisa de namoro.

— Tudo bem. Vamos dar um jeito — garanto. — Vamos ficar bem. Já temos uma base de uma vida inteira para dar início. Acho que teremos um início melhor do que a maioria dos novos relacionamentos.

— Então nós estamos em um relacionamento? — Ele ergue uma sobrancelha, fazendo-me rir.

— Sim, Landon. — Aponto entre nós dois. — É isso que estamos fazendo aqui.

— Então isso significa que Amy Madison é minha namorada? — A última palavra sai com uma torcidinha de nariz.

— O jeito que você fala faz parecer que temos doze anos — brinco.

— Meio que me sinto assim. — Abre um sorriso. — Estou te avisando. Vou ser horrível nisso.

Balanço a cabeça em negativa.

— Não, não vai. Você vai ser ótimo.

— Como você tem certeza?

Chego mais perto dele.

— Porque te conheço.

— Exatamente. É por isso que você deveria fugir.

— Sei que você nunca arriscaria me machucar ou às nossas famílias, se não sentisse algo real.

— Verdade. — Ergue a mão para o meu rosto e arrasta o polegar pelo meu lábio. — Prometa algo para mim.

— Qualquer coisa.

— Prometa que, se nós não dermos certo, vamos ficar bem. — Sua voz está trêmula.

Seguro suas mãos.

— Prometo, Landon. Ficaremos.

— É sério, Amy. Quero ficar com você e ver aonde isso vai nos levar. Mas não há garantias de que vamos dar certo. — Ele encara o chão e respira fundo. — Nossas famílias sempre serão próximas e, se falharmos nesta coisa de namoro, não poderemos nos evitar. Você tem que me prometer que, não importa o que aconteça, sempre seremos amigos.

Envolvo sua bochecha com a mão.

— Sempre.

— Okay. — Ele suspira. — Então está definido.

Não consigo evitar um sorriso.

— Está. Agora, me beija, namorado.

Ele sacode com a cabeça e ri.

Em seguida, me beija.

E é perfeito.

Oito

AMY

> *Hoje, sou grata por...*
> *Seus beijos.*
> *Seus olhos.*
> *O jeito que ele me faz rir.*

Meu professor de Introdução à Comunicação, o senhor Trueheart, é profundo, e eu o amo. Ele nos instruiu a trazermos um caderninho para a aula de hoje. Escolhi este fofinho, pequeno e florido, que minha irmãzinha Kiki me deu como presente de início de faculdade. Estou feliz de poder usá-lo.

No entanto, aqui está. Aberto na página um. Professor Trueheart está chamando de nosso diário de gratidão.

A aula de hoje está sendo sobre como a energia que colocamos no universo é a energia que sentiremos de volta — a lei da atração. Ele diz que muitas pessoas focam no que está errado em suas vidas, no que querem mudar, no que gostariam que fosse diferente e, em troca, atraem energia negativa e continuam a ser infelizes. Ele afirma que a chave para a felicidade é apreciar o que se tem, dizer ao mundo pelo que se é agradecido e sempre se focar no positivo.

No momento, está listando livros extras e estudos que podemos procurar para mais informações. Suponho que faça sentido. Conheci algumas pessoas na minha vida que realmente reclamam de tudo e estão sempre tristes.

Ele nos orientou a anotar três coisas pelas quais somos agradecidos todos os dias, mesmos nos dias ruins. Estou assumindo que, no final do semestre, quando conversarmos sobre esta tarefa, todos notaremos uma mudança em nossa felicidade por conta deste foco e desta maneira positiva de pensar.

Continuo ouvindo o professor ao anotar a data de hoje na primeira página em branco. Não tenho nem que pensar na primeira coisa que vou escrever. De fato, todo este trabalho vai ser mamão com açúcar. O aspecto mais complicado será escrever apenas três coisas todo dia.

Seus beijos.

Landon Porter sabe beijar como ninguém. Seus lábios devem ter algum tipo de mágica, pois nunca experimentei nada do tipo. Constantemente penso sobre seus beijos. Sonho sobre eles. Anseio por eles.

Seus olhos.

Seus olhos são encantadores. Seriam descritos como avelã, mas isso não faz justiça a eles. A cor muda com seu humor e sob a luz. É hipnotizante. Irradiam alegria, calor e amor com cada olhar, cada bela encarada. Olhando em seus olhos, sinto-me tão viva.

O jeito que ele me faz rir.

Desde a época em que éramos pequenos, ele conseguia me fazer rir até chorar, pois não leva a vida muito a sério. Sua alegria é contagiante. Estar ao seu redor é ser feliz.

Agora desenho corações ao redor dos três pontinhos de gratidão, e tenho que rir de mim mesma. Estou tão feliz que é patético.

Professor Trueheart nos libera e eu saio da sala de aula com o resto dos calouros. O calor do sol agracia minha pele quando deixo o prédio. Grito ao ser subitamente erguida do chão. O medo se transforma em risada quando o sinto por trás de mim.

— Você vai me dar uma parada cardíaca — digo, sendo colocada no chão.

— Senti sua falta. — Ele beija suavemente a curva do meu pescoço, o que envia arrepios até os dedos dos meus pés.

Viro-me para encará-lo.

— Você não tem aula?

— Não. A esposa do professor entrou em trabalho de parto. Um assistente apareceu para substituir, mas dane-se. Eu queria ver minha garota. — Suas mãos seguram meus quadris, trazendo-me para mais perto.

Derreto quando ele me chama de sua garota.

— Ah, é?

— Sim. — Sua voz se torna mais baixa e seu olhar foca nos meus lábios.

Tenho tempo apenas de lambê-los antes de ele me beijar.

O beijo é curto e, quando ele se afasta, pergunta:

— Pronta?

— Para? — Sorrio.

— Você verá.

Andamos de mãos dadas pelo *campus*. Conto a ele sobre a aula do Professor Trueheart.

— Sim, eu amava aquela aula. Ele é um cara ótimo.

— Ele é — concordo. — É apenas uma daquelas pessoas que todo mundo ama de imediato e ninguém sabe realmente o motivo. É apenas uma qualidade que ele tem.

— Uhum, sei o que você quer dizer. Tenho a mesma qualidade — Landon fala, todo sério, fazendo-me rir.

Sacudo a cabeça.

— Bem, tirando sua dose extra de arrogância, você tem mesmo.

Depois de mais alguns minutos, Landon para em um parque, debaixo de um enorme carvalho. Ann Arbor tem incontáveis parques bonitos, pequenas joias escondidas na natureza, entre a agitação do *campus*.

— Que lindo! — Olho em volta.

Tudo é exuberante e verde. Em mais um mês, este lugar estará explodindo com as cores do outono enquanto todas as folhas mudam.

— Sim, eu venho aqui para estudar às vezes. Costuma ser quieto.

Landon tira a mochila dos ombros e coloca no chão antes de abrir. Ele puxa um cobertor amarelo com letras M estampadas em todo o tecido, balançando antes de abaixá-lo.

— Provavelmente se encaixaria melhor em um jogo de futebol americano, mas só tinha isso na loja.

— Eu amei. — Dou um largo sorriso.

Ele se senta em cima e bate no lugar ao seu lado. Eu me sento com as pernas cruzadas.

Em seguida, tira dois sanduíches embrulhados da mochila e duas garrafas de Powerade. Entrega-me um deles.

— Aqui, um vegano para você.

— Obrigada. É daquele lugar que você gosta e está sempre falando a respeito? — indago.

— E eu te traria em algum outro? — Presenteia-me com seu belo sorriso de garoto da casa ao lado. Meu coração dói no peito. Estou me apaixonando por este homem que, para todos os efeitos, era meu vizinho.

Dou uma mordida e apenas fico encarando Landon.

— Que maravilhoso. Amei as folhas. São meu recheio favorito. — Abaixando o sanduíche, pego minha bebida. — Sabe, não sei se já fiz algum um piquenique antes.

— Claro que fez. Lembra? Eu, você, Jax e Lily no campo atrás da sua casa, debaixo do antigo carvalho.

Rio baixinho.

— Ai, meu Deus, sim... com nossos lanches *gourmet* que consistiam em *Cheetos*, balas de ursinho e bolinho.

— Não esqueça o refrigerante que roubamos do esconderijo secreto do seu pai — diz, trazendo de volta tantas memórias.

— Sim! Sabe, ele ainda esconde a obsessão que tem por *Mountain Dew* da minha mãe. Ainda tem um frigobar debaixo da mesa de trabalho da garagem. Embora eu tenha bastante certeza de que, depois de todos esses anos, minha mãe sabe a respeito. — Sacudo a cabeça, sorrindo largamente. — Aposto que ela sempre soube.

Landon se reclina para trás, encostado na árvore.

— Amo a sua mãe. Ela é uma boa pessoa.

— Sim, ela é. — Aceno. — Mal posso esperar para contar a ela sobre nós.

— Sim.

Enrolo o que sobrou do meu sanduíche e tomo outro gole.

— Isso não é meio maluco?

— O quê?

— Nós. — Levanto a mão, gesticulando entre nós dois.

— Depende — Landon declara, sério.

Meu coração acelera nervosamente no peito.

— De...?

— Se maluco for sinônimo para maravilhoso pra caralho.

Rio, negando.

— Não acho que seja.

— Então, bem, não... o veredito é: não é maluco.

Arrasto-me em direção a Landon e monto em suas pernas.

— Acho que maluco é uma coisa boa.

— Definitivamente, é. Quem teria imaginado? Pequena Amy Madison, cujo top de academia ficou balançando em cima da bandeira do acampamento da igreja anos atrás, acabaria aqui comigo.

— Ei. Aquilo foi horrível. Eu chorei o dia inteiro. — Bato no braço de Landon. — Ter peitos é traumático para algumas garotas e eu fiquei tão envergonhada.

Ele passa as mãos pelos meus quadris.

— Eu não fiz aquilo. Foi o idiota do Johnny. Eu peguei de lá. Só estou dizendo que, anos atrás, tive o prazer de devolver seu top e, agora, consigo ver tudo de você quando eu quiser. — Ele me dá uma piscadinha com os lábios franzidos.

Pressiono a boca em uma linha fina, fingindo raiva.

— Okay, acredito em você. E, falando da minha roupa de baixo, você não a viu desde a noite da festa. O que rolou? Por que nós pisamos no freio do nada?

Landon ri.

— As coisas estão andando muito devagar para você?

— Hmm, sim… estão — zombo.

Landon aperta mais os meus quadris e me puxa para si, até nossos rostos estarem tão próximos que posso sentir seu hálito quente contra meus lábios.

— Porque, Amy, você não é apenas uma ficante da faculdade. Não é uma garota que vou namorar casualmente. Você é a garota com quem passei minhas noites de verão, jogando Marco Polo na sua piscina. Você é a garota cuja família passa feriados e férias com a minha. É a filha da melhor amiga da minha mãe. Você é a amiga para quem corri depois que Holly Kerby disse para toda a turma que tentei beijá-la na aula de dança e todo mundo me chamou de beijoqueiro pelo resto do ano. Você é a garota para quem dei meus antigos testes de química, assim você saberia que questões esperar, já que o senhor Barnes não muda as provas desde que começou a dar aulas há quarenta anos.

Estou respirando com dificuldade quando Landon para e coloca uma mecha do meu cabelo para trás da orelha.

— Amy, você é a garota que decidiu andar na montanha-russa comigo, mesmo tendo pavor de alturas e eu ameaçado te jogar de lá.

Sorrio fracamente, engolindo em seco por conta das belas memórias.

— Você é a garota que pegou vagalumes comigo e tentou me fazer comer tortas de lama. Você é a garota que espiou Tricia Kent para mim, porque eu queria saber qual era o CD favorito dela para poder fazê-la me encontrar ouvindo enquanto eu, casualmente, comia o doce favorito dela, com mais um extra para compartilhar. Você tem sido minha amiga desde que consigo me lembrar. É a garota com quem sempre posso contar.

Landon para e seu olhar aquece meu interior.

— Independente de como começamos, quero ir devagar contigo agora, porque você merece alguém que te respeite o suficiente para isso. Apesar dos meus antigos relacionamentos, você é a garota que me faz querer fazer tudo certo. Você é a minha Amy Madison e merece mais do que eu provavelmente posso te dar. Ainda assim, você é a garota que me faz querer tentar de toda forma.

Meu lábio treme quando Landon toma minha boca na sua. Entrelaço os dedos no cabelo da sua nuca e puxo seu rosto para o meu. Quero Landon de todas as formas possíveis e não consigo imaginar um futuro em que não iria querer. É sobre isso que as pessoas escrevem histórias... este amor, esta conexão.

Línguas lambem. Lábios puxam. Respirações ofegam.

Ele afasta a boca da minha e eu suspiro. Segura meu rosto nas mãos e deixa um beijo casto pela minha bochecha, testa e nariz. Depois, me dá mais um selinho nos lábios.

— Você é a garota que estava bem na minha frente a vida inteira e eu nunca te vi de verdade. Mas vejo agora. — A intensidade em seus olhos é tão vívida que posso sentir cada palavra em minha alma.

O restante do mundo desaparece e somos apenas eu e Landon, suspensos neste espaço de belas verdades. Nossa história juntos passa vividamente na minha cabeça. Cada memória brilha em cores completas com ele no centro. Estou me apaixonando com força por Landon Porter, mas percebo que já tinha começado a me apaixonar há bastante tempo. Sempre fui inexplicavelmente tão atraída por ele. Nosso futuro juntos será excelente; posso sentir isso, tão tangível e forte que me aperta agora.

Landon segura meu queixo e puxa meu rosto para o dele.

— Você é a garota que faz minha vida ser maravilhosa pra caralho — finaliza, em um sussurro rouco contra meus lábios, tomando-me em um beijo de devorar a alma.

Nove

AMY

> *Aniversários.*
> *Um amigo incrível.*
> *Sorvete de menta com chocolate.*

O sol quente nos cumprimenta quando saímos do prédio de física. É um dia perfeito de setembro, um daqueles do outono que parecem mais que estamos no verão, e eu amo.

— Então, alguma ideia sobre hoje? — Sebastian questiona, com um sorriso largo e malicioso.

— Eu te disse que não. — Sorrio, batendo em seu braço.

— Você disse, mas sabe mais do que está me contando.

Tenho um bom senso para essas coisas. Nego com a cabeça.

— Você é ridículo.

— Mas estou certo. — Ele aperta os lábios e eu quero rir.

Adoro o homem ao meu lado. Eu o vejo toda segunda, quarta e sexta em nossa aula de Psicologia do Sexo, mas nas duas últimas semanas nós começamos a passar mais tempo juntos. Ele se tornou o que inicialmente pensei que Megan seria — meu melhor amigo na faculdade. Nós dois nos conectamos no primeiro momento em que nos conhecemos.

— Tenho certeza de que será romântico. — Dou de ombros.

— Óbvio.

Landon planejou uma surpresa para amanhã, nosso aniversário de um mês. É loucura pensar que, há quatro semanas, eu estava tendo uma noite de maratona de sexo com um amigo de infância sem me importar em como aquela ocasião nos mudaria. Sou muito grata por ter acontecido. Este último mês tem sido o melhor da minha vida. Landon sempre foi um amigo maravilhoso, mas quem poderia imaginar que ele seria um namorado ainda melhor?

— Bem, o que você está esperando que esta surpresa inclua? — Bass pergunta.

Dou de ombros, deixando sair um suspiro melancólico.

— Não importa realmente. Só de estar com Landon será ótimo.

— Nem vem! — Bass grita bem alto, fazendo-me pular.

Levo a mão ao peito.

— O quê? É verdade.

— Admita, você está esperando fazer aquilo. Tchaca tchaca na butchaca — cantarola bem alto, fazendo algumas garotas que estão passando nos encararem.

— Pare. — Começo a rir, batendo em seu braço.

— O quê? É sério. Admita. — Bass para de andar e fica na minha frente. Segurando meus braços, ele me lança um olhar atrevido. — Admita.

— Um pouco de tempero seria bom.

Bass inclina a cabeça para trás, rindo.

— Tempero é sempre bom, amada. Quanto mais tempero, melhor.

Apenas balanço a cabeça para o meu amigo e continuamos andando.

Desde que Landon e eu decidimos namorar, ele tem levado isso muito a sério. Ele quer provar que me respeita e, por causa disso, insiste em desligar o interruptor que controla as noites desinibidas de sexo, muito para o meu desprazer. Ele não precisa me provar nada. Eu conheço seu coração.

Não me arrependo da nossa noite selvagem depois daquela festa. De fato, está em destaque na minha vida e já repassei isso na mente várias vezes. Aquela noite me deu Landon de uma forma que nunca soube que seria possível. Mudou o curso da minha vida e me trouxe aqui, para um estado de alegria e euforia.

Já falei isso para ele várias vezes, mas o cara está determinado a "fazer do jeito certo". Estou esperando realmente que, em sua versão da nossa narrativa de namoro, um mês seja a quantidade mágica de tempo de espera para irmos para o próximo nível.

— Você é tão ridículo — digo para Sebastian, rindo.

— É um dom. — Ele pisca. — Então, o que ele te falou?

— Já te contei tudo. Ele avisou que eu deveria estar pronta às sete e com uma mala preparada para passar a noite com algumas mudas de roupa. Só isso — repito parte da minha conversa anterior com Sebastian.

— Okay, mas ele te disse que tipo de roupa colocar na mala?

Viramos na esquina da rua do meu dormitório. Paro de andar.

— Não tenho que voltar ainda. E você?

— Não. — Balança a cabeça. — Estou livre.

— Delícia da tarde? — pergunto, o que é nosso código para sorvete.

Por que não dizemos simplesmente sorvete, eu não sei. Sebastian veio com essa de "delícia da tarde" e pegou.

— Hmm, sim. Totalmente.

Damos a volta e retornamos pela direção de onde viemos.

— Então, tipos de roupa? — relembra.

— Ah, sim. Alguns *looks* confortáveis e um mais chique.

— Chique? Hmm... isso é intrigante. — Bate com o dedo sobre os lábios.

— Provavelmente significa apenas que ele vai me levar para jantar ou algo do tipo.

Ele assente.

— Pode ser. Ou... — Sebastian começa a listar todos os lugares onde Landon poderia me levar.

Pedimos nossas sobremesas geladas e andamos para o parque adjacente à sorveteria.

Sentamos na grama macia debaixo de um carvalho, seu tronco largo o suficiente para nos aguentar enquanto nos apoiamos nele.

— Tipo uma pousadinha chique, talvez? — Lambe o sorvete de cookies de duas bolas.

— Nós não somos jovens demais para uma pousadinha? Quero dizer, avós costumam ficar nelas. — Tomo um pouco do meu sorvete de menta com chocolate.

— Não, elas voltaram com estilo. Existem algumas bem elegantes agora.

— Ah, é? — Sorrio. — Acho que perdi essa notícia de última hora... — Aceno com as mãos em frente a mim, em um estilo dramático. — Atenção, pousadas estão de volta e melhores do que nunca — anuncio, em minha melhor voz de apresentadora.

— Você é boba. — Ele ri. — Pronta para trocar? — Estica a casquinha de sorvete para mim.

Na primeira vez que tivemos uma delícia da tarde, não conseguimos decidir que sabores queríamos. Então, pedimos nossas duas escolhas favoritas e, na metade da casquinha, trocamos. Virou algo nosso agora.

— Sim. — Começo a estender meu cone para ele, mas volto atrás. — Espera. Não quero que você fique doente.

— Ah, verdade. Eu esqueci. Boa lembrança.

Pelos últimos dias, tenho me sentido como se estivesse ficando gripada. Ainda está muito cedo para a temporada de gripe, mas seria muita sorte a minha ficar doente antes do fim de semana de aniversário meu e do Landon. Tenho tomado Vitamina C religiosamente e fico tendo pensamentos positivos. Recuso-me a adoecer este fim de semana.

— Na verdade, meio que funciona, porque estou realmente devorando esse de menta com chocolate. Parece mais gostoso do que o normal. Tipo, estou meio que obcecada. — Dou uma longa lambida na maravilha cremosa.

— Olha, agora você está sendo cruel — Sebastian zomba.

Rio baixinho.

— Sinto muito. Não estou te provocando. Só está bom mesmo.

Sebastian bufa dramaticamente e continua comendo a sua própria casquinha. Eventualmente, nós terminamos de comer e exaurimos as opções de encontro do fim de semana surpresa. É minha hora de voltar para tomar um banho e me preparar para encontrar o Landon. Mal posso esperar.

Aceno para o espelho.

Não está ruim.

Meu cabelo castanho e longo cai por cima dos ombros em curvas perfeitas. Minha maquiagem está incrível e estou satisfeita com o vestidinho preto que escolhi. Com uma mudança de acessórios, meu *look* poderia dizer "piquenique ao ar livre" ou "saída chique à noite".

Pego meu caderninho florido e sento à mesa.

Aperto a caneta rosa de gel com glitter nos lábios e penso por um momento antes de escrever.

> Aniversários.
> Um amigo incrível.
> Sorvete de menta com chocolate.

Estou terminando o E de *chocolate* quando ele diz:

— Pelo que você está grata hoje? — E me faz pular da cadeira com um gritinho.

Landon ri e repouso a mão no peito.

— Jesus, você me assustou. Não te ouvi chegar.

— É, Megan me deixou entrar.

Ele se inclina ao batente do quarto, parecendo surpreendentemente tão atraente quanto sempre. As avelãs em seus olhos brilham com um verde profundo hoje, e a barba de um dia que cobre seu queixo faz meu pulso acelerar. Observo sua calça cinza e a camisa preta, a forma como suas roupas complementam as minhas.

— Você está incrível, Ames.

— Você também. — Fico de pé e caminho até ele, enlaço seu pescoço, e ele lentamente elimina a distância entre nossas bocas.

Abro a boca e inalo o sabor de menta quando sua língua se move sedutoramente contra a minha. Meu coração bate descontroladamente no peito. Seus lábios são intoxicantes. Nunca paro de me surpreender — ter Landon assim, como meu homem e não apenas meu amigo.

Meu corpo pressiona o dele por instinto e deslizo os dedos pelo cabelo curto à nuca, trazendo nossos rostos para mais perto. Pego seu gemido necessitado na boca, seus dedos se afundando nas minhas laterais. Sinto sua excitação crescendo rapidamente contra suas pernas, o que envia arrepios em meu corpo.

Landon passa as mãos pelos meus braços e dá um passo para trás, colocando distância entre nós. Meu corpo se afunda pela perda do seu calor. Estabilizo-me com um suspiro.

Ele me deixa querendo sempre mais.

Landon engole em seco e gira o pescoço de um lado ao outro.

— Então? — pergunta, a voz cai uma oitava, fazendo-o soar ainda mais sexy.

Puxo o lábio inferior entre os dentes.

— Então o quê?

— O que você escreveu? — A pergunta de Landon amortece um pouco da minha luxúria e me traz de volta ao presente.

Ele conhece a tarefa do diário de gratidão do meu professor de Comunicação, porque também teve que fazer há dois anos.

— Ah, hmm… — Volto a mente para alguns momentos. — Ah, sim…

aniversários. — Lanço um sorriso perspicaz para Landon. — Sebastian e sorvete. Menta com chocolate, para ser mais exata.

Landon acena em aprovação.

— E não quis esperar até mais tarde? Sei que partes da noite de hoje podem acabar lá. — Ele aperta minha cintura e beija minha cabeça.

— Ah, sei que vão. Não se preocupe. Você vai aparecer lá todas as vezes pelo resto do fim de semana. Tenho certeza. — Fico na ponta dos pés e dou um selinho em seus lábios.

— Claro que vou.

Balanço a cabeça, divertida.

— Sabe que o diário inteiro não pode ser sobre você, né?

— Se eu estivesse naquela aula agora, cada página seria preenchida por você — afirma, com sinceridade.

— Sério, quem é você? E onde você estava nos outros dezenove anos da minha vida? — Rio.

— É que não era nossa hora. — Ele dá de ombros. — E mais, eu tinha que te irritar por todos aqueles anos para permitir que você me aguentasse agora.

— Então você estava construindo meu nível de tolerância? — Rio baixinho.

— Exatamente.

— Para onde nós vamos? Não consigo mais esperar.

— Nem eu — garante, em um timbre rouco. — Nunca pensei que esta noite chegaria.

Arrepios me percorrem de cima a baixo, e desesperadamente sinto uma aflição para que possa ter Landon de todas as formas que o tive há um mês.

— Pegue sua mala. Vamos lá.

Corro pelo quarto e busco a mala que fiz. Ele não tem que pedir duas vezes.

— Ah, Amy, outra coisa — Landon diz.

— Sim?

— Pegue seu passaporte.

Dez

AMY

A maneira que o sinto.
A maneira que o provo.
A maneira que ele soa.

Estamos indo a leste pela Interestadual 94 e suspeito que pegaremos um voo para algum lugar, até que passamos pelo aeroporto. Dirigindo por Detroit, começo a ver os sinais da ponte para o Canadá.

— Então, Canadá? — pergunto.

— Sim — Landon responde, apertando minha mão.

Estou animada. O Canadá fica a uma hora a leste de Ann Arbor e é realmente popular entre alunos de primeiro e segundo ano da faculdade, visto que a idade para beber no país é dezenove anos. Megan e seu grupo de amigas já dirigiram para lá umas duas vezes e só estamos há um mês no semestre. Ela curte cada boate do outro lado da fronteira. Imagino que seja totalmente o mundo da Megan e, embora eu tenha certeza de que é divertido, não é o que imaginei para o nosso fim de semana romântico.

— Não se preocupe. Não vamos para as baladas — Landon garante, como se lesse minha mente. — Aluguei uma suíte de luxo em um dos cassinos. Temos uma reserva em um restaurante legal hoje à noite. Pensei que pudesse ser divertido andar pelo cassino e jogar um pouco. Há uma boate lá, se você quiser dançar, mas pensei em passarmos a maior parte do fim de semana em nosso quarto. Achei que o Canadá seria legal para termos uma taça de vinho no jantar se você quiser ou pedir uma bebida quando sairmos.

— Parece ótimo — afirmo. *Especialmente a parte do quarto.*

Chegamos ao local. Nossa suíte é magnífica. É no último andar e uma das paredes tem uma janela do chão ao teto com vista para as luzes de Ontário. Tem a maior cama *king size* que já vi e uma banheira de hidromassagem.

— Uau — digo, andando pelo espaço. — Vai ser difícil sair deste quarto. Ah, eu não trouxe minha mala — percebo, olhando para a banheira quente.

— Você não vai precisar dela. — Landon me lança um sorriso.

— Então você finalmente vai colocar um fim nesta cruzada de abstinência em que esteve pelo último mês? — Ergo uma sobrancelha em dúvida.

Landon caminha até seu rosto estar a um suspiro de distância do meu.

— Se for isso que você quer — diz, a voz baixa.

Engulo, passando os braços por suas costas.

— É definitivamente o que eu quero.

Ele me puxa para mais perto e coloca meu cabelo por trás da orelha.

— Só quero fazer as coisas da forma certa contigo. Você é diferente, Amy. Não estou orgulhoso com a maneira como começamos, apesar de ter sido incrível pra caralho.

— Não tenho vergonha de como começamos, não mesmo. De certa forma, acho que precisávamos começar nossa história daquele jeito.

— O que você quer dizer?

— Não sei. Acho que nenhuma das maneiras convencionais com que as pessoas começam a namorar teria funcionado conosco. Temos muita história. Se um de nós tivesse se sentido atraído pelo outro antes, não sei se teríamos dito algo ou confiado em nossos sentimentos. Teria sido complicado e, talvez, mais fácil se não explorássemos aquilo. Mas da forma como fizemos, não sobrou espaço para duvidar. A ação já tinha sido feita e fomos forçados a falar sobre ela, sabe? Estou muito grata por termos feito isso.

— É, talvez você esteja certa. Só quero que saiba que você não é um caso de uma noite para mim.

— Eu sei disso, Landon. Claro que sei. — Abraço-o apertado, descansando a bochecha em seu peito. — Quando vamos contar para nossas famílias que estamos namorando? Eu me sinto uma mentirosa toda vez que falo com a minha mãe.

— Eu sei. Vamos contar da próxima vez que formos para casa. Sinto que deveria ser uma conversa em pessoa, não acha?

Ergo a cabeça e nossos olhares se travam.

— Acha que vai ser estranho?

— Não. — Balança a cabeça. — Quero dizer… Tenho certeza de que eles sempre pensaram que fosse possível que um garoto Porter terminasse com uma garota Madison. Nós crescemos juntos. Faz sentido. Só acho que, por conta de quem você é e quão importante é, não apenas para mim, mas também para a minha família, isso justifica uma conversa cara a cara. Nossos pais podem ficar um pouco surpresos por termos sido nós dois que acabamos juntos. Tenho certeza de que todas as apostas eram de que seriam Jax e Lily.

— Eles são novinhos. Ainda pode acontecer com eles.

Landon dá de ombros.

— Bem, que bom que fomos os primeiros. — Ele pisca antes de tomar meus lábios nos seus.

Perco-me no beijo. Meu corpo está queimando de amor, necessidade e felicidade indescritíveis. Landon se afasta, deixando-me ofegante e desejando mais.

— Nós temos reservas — ele me lembra, a falta de urgência em suas palavras é evidente.

— Vamos pular essa parte. — Seguro seu rosto entre as mãos e trago sua boca para a minha.

— Nós. Deveríamos. Comer — reafirma, entre beijos.

— Depois — respondo, em uma palavra só, antes de a minha língua entrar alegremente em sua boca mais uma vez.

Já esperei o suficiente por Landon Porter. Não vou esperar outro segundo.

Ele geme, baixo e profundo, e me empurra contra a parede. Nossos lábios apenas se separam para nossas roupas serem removidas e, em seguida, se conectam de novo, nossas peles nuas e quentes pressionadas uma contra a outra.

Minhas mãos exploram seu corpo com alegria e as dele queimam a minha pele com o toque. Elas descem por entre minhas pernas e, subitamente, seus dedos me penetram. Minha cabeça atinge a parede quando a inclino para trás com um gemido.

— Landon — ofego.

Ele é tudo. Eu menti mais cedo. Nenhuma das outras anotações no meu diário supera ter Landon desse jeito.

A maneira que o sinto.

A maneira que o provo.

A maneira que ele soa.

Todos os meus agradecimentos do dia o envolvem.

Seus dedos se movem dentro de mim com um propósito e sua boca chupa meu pescoço.

Só posso apertar seus ombros ao ofegar, muito desesperada pelas sensações que ele está me dando.

Seus lábios e dedos me deixam simultaneamente e eu choramingo com a perda. Landon cai de joelhos e ergue uma das minhas pernas por sobre os ombros. Gemo bem alto e sua boca me encontra, a língua trabalhando no ponto exato onde mais preciso dele.

— Ah, sim — grito. — Por favor, não pare — imploro, as cores do arco-íris explodindo por trás das minhas pálpebras.

Landon insere dois dedos e esfrega firmemente contra a parede frontal, enquanto sua língua se move em um ritmo agonizante, e eu gozo. Mergulho no espaço onde não há pensamento racional, apenas uma necessidade animalesca e prazer irrestrito. Eu grito e meu corpo convulsiona. Estou levemente consciente da mão dele pressionando meu peito, segurando-me contra a parede, impedindo que eu caia.

Meus tremores diminuem com o tempo na língua do Landon. Sou deixada com calor e ofegante. Meu corpo está mole, completamente saciado depois de todo o resplendor.

Sinto as mãos de Landon por baixo da minha bunda e ele me ergue do chão, então envolvo as pernas ao seu redor e ele me penetra, enchendo-me com força e agilidade. Minhas costas estão pressionadas contra a parede em um ritmo fascinante que ondula entre desconfortável e insanamente satisfatório.

Estou exausta, meu corpo fraco enquanto absorve cada impulso saboroso. Mas eu o sinto em todo lugar, seus gemidos e grunhidos reverberando por mim. Sua pele é macia e escorregadia do suor sob meu toque. Agarro-me a ele.

A conexão que Landon e eu compartilhamos é tão profunda que é viciante. Estou em busca do meu próximo orgasmo e, ainda assim, sei que quando chegar lá… vou querer outro.

Landon me penetra mais forte, mais rápido. Tudo que sai da sua boca está mais alto agora e meu corpo treme quando sua intensidade me deixa no limite mais uma vez. Ele me segue logo depois, e a imensa satisfação que ouço em seu orgasmo prolonga o meu próprio.

Nós somos dois corpos suados lutando para respirar em um estado pós-orgasmo. Landon continua me segurando, minhas pernas ao seu redor, as costas apoiadas na parede. Abro os olhos para encontrá-lo me encarando, maravilhado.

— Acho que te amo, Amy Madison — afirma, em um suspiro exultante.

— Acho que te amo, Landon Porter.

Ele beija meus lábios suavemente.

— Não quero sair deste quarto o fim de semana todo — digo a ele com honestidade.

— Serviço de quarto — replica, com seu sorriso de sempre.

Lembro-me de todos os momentos na minha vida em que vi aquele sorriso. Não consigo acreditar que nunca aproveitei a importância disso.

Eu sei, aqui e agora, que nunca quero estar em nenhum outro lugar, exceto em seus braços, sorrindo de volta para ele.

Landon sai de dentro de mim e deixo os pés tocarem no chão.

No momento em que sinto o carpete, a realidade me choca.

Subitamente, tenho uma necessidade intensa de vomitar e medo permeia meu corpo.

Meu peito se aperta e uma voz irritante ecoa na minha cabeça.

Não.

Não.

Não.

Rapidamente balanço a cabeça de um lado ao outro, em resposta ao que sei ser a verdade. Mas não pode ser.

Não pode.

Não comigo.

Não agora.

— Amy — Landon segura meus ombros e preocupação surge em sua voz —, o que foi?

Ergo o olhar para encontrar o dele. Pânico me atinge, o baque forte ecoando em minha cabeça com cada batida do meu coração.

Fico congelada ao tentar dar sentido a tudo.

— Amy? — Sua voz soa mais alta.

Tudo que consigo dizer é:

— Camisinha.

Onze

AMY

> *Segundos de desespero onde qualquer coisa é possível.*
> *Seu abraço.*
> *Seu amor.*

Alívio visível recai sobre Landon e ele solta o ar.

— Está tudo bem. Eu coloquei. Quando você estava gozando na primeira vez, peguei uma do bolso da calça e coloquei. Estamos seguros. Estamos seguros — ele repete e aperta de leve os meus ombros.

Encaro-o com muita tristeza. Como pode um momento de auge tão grande ser seguido por outro de tanto desespero? Tenho pena dele, porque ainda está em uma nuvem de sexo maravilhoso, mas aquela alegria se voltará para esmagá-lo. Ele nem sabe.

Empurro seu peito, para poder passar por ele. Pego um roupão branco do armário e passo ao meu redor. Normalmente, eu estaria transbordando com a maciez, mas agora, é uma simples armadura para cobrir meu corpo vulnerável e nu para que eu tenha forças para dizer algo tão difícil.

Aperto o cinto do roupão na cintura e viro para encarar Landon. Ele está de pé a alguns centímetros de mim em sua boxer justa, parecendo que acabou de sair de um comercial de roupa íntima da Calvin Klein, e quase quero odiá-lo.

Engulo em seco.

— Você usou todas as vezes que transamos, na primeira vez?

— Sim, claro. — Ele acena. — Todas as vezes. Por quê?

Mordo meu lábio trêmulo.

— Eu não menstruei ainda, Landon.

— Desde quando?

— Desde antes de vir para a faculdade, talvez duas ou três semanas antes da noite da festa e — engulo — de nós.

— Está me dizendo que você está atrasada por três semanas?

— Acho que sim — respondo, baixinho.

— O que você quer dizer com "acho que sim"? Garotas não sabem dessas coisas? — Há um leve pânico em sua voz.

— Nunca fui regular e, honestamente, nunca acompanhei. Mas acabou de me ocorrer que não menstruei desde que cheguei aqui, e já faz um mês. E tenho me sentido um pouco estranha ultimamente… meio enjoada e doente. — Minha voz treme.

— Você tem se sentido enjoada?

Assinto e sento na cama, sem conseguir confiar em meus joelhos trêmulos.

— Eu usei camisinha todas as vezes — garante, explicando.

— Elas não são cem por cento seguras, né?

Ele dá um passo para trás, passando os dedos pelo cabelo.

— Mas é bem próximo disso, Amy. E mais, você mesma disse. Você não é regular. Não tem como. Não tem como, porra. — Nega com a cabeça.

Seco uma lágrima que está caindo.

— Não sei. Só tive essa sensação bem ruim do nada.

Landon solta um longo suspiro.

— Não vamos tirar conclusões precipitadas. Vou sair e comprar um teste. Okay? Não vamos nos preocupar até precisar.

— Okay — digo, entre as lágrimas que agora deslizam com força.

Landon ergue as mãos, pedindo que eu me acalme.

— Não surte. Vai ficar tudo bem. Não se preocupe.

Eu o observo vestir suas próprias roupas e correr para fora do quarto sem outra palavra.

Ele está certo. Não pode ser.

Não pode ser.

Repito este sentimento na cabeça uma e outra vez. Estou agradecida por estes segundos desesperadores onde qualquer coisa é possível, onde ainda posso ter a resposta que quero, a que preciso. Uma vez que a resposta aparecer, seja qual for, vou ter que encarar.

Ainda estou no mesmo lugar na cama quando Landon volta minutos depois. Ele está sem fôlego ao adentrar o quarto.

— Aqui. — Estende uma caixa rosa para mim.

Pego de sua mão. Respirando para me estabilizar, fico de pé e caminho até o banheiro.

Todo o processo é muito desconhecido e não parece real. Tudo que está acontecendo neste banheiro — das minhas ações ao jeito como me sinto — está tão fora de lugar neste fim de semana mágico de aniversário. Não era para ser assim.

Coloco o palitinho de plástico de cabeça para baixo no balcão, dou descarga e lavo as mãos.

Pego o objeto com o lado da resposta virado para o chão e vou até Landon.

— Você olhou? — pergunta, as palavras saindo rapidamente.

Eu nego com um aceno.

— Acho que devemos esperar mais alguns minutos.

— Okay. Sim — concorda.

Ficamos sentados na cama, encarando um ao outro e esperando.

Quando sei que já passou bem mais de quatro minutos, ergo o olhar para encarar o de Landon.

— Vai ficar tudo bem — reafirma, com um sorriso fraco.

Deixo o olhar se concentrar no plástico que revela o futuro em minhas mãos e o viro lentamente.

Em letras azuis, lê-se: *Grávida.*

Deixo o teste cair na cama. Cubro o rosto com as mãos e choro.

Parece que dias se passaram desde que li a pior palavra da história.

Grávida.

Ainda assim, na verdade, só devem ter sido algumas horas. Estou deitada na cama de hotel grande e cara. Meu rosto está tenso com as lágrimas secas.

Engravidar no meu ano de caloura nunca foi parte do plano.

Landon está atrás de mim, os braços em torno da minha cintura.

Ele me segurou quando chorei. Não falamos sobre o veredito que inevitavelmente mudará nossas vidas para sempre.

Estamos perdidos em nossos próprios pensamentos. Acho que tenho que processar isso antes de poder conversar com ele.

Honestamente, não consigo acreditar. Ele está certo; ele foi cuidadoso. Lembro-me de todas as embalagens de camisinha no chão na manhã seguinte. Trabalhei a vida inteira para ser aceita na Universidade de Michigan, só para engravidar na minha primeira noite no *campus*. É uma coisa tão nada a ver comigo que estou tendo dificuldades de dar sentido a isso. *Sério, como essa pode ser a minha vida?* Eu deveria estar pensando no meu futuro e no que vou fazer. Mas eu tenho... sei lá... oito meses ou algo assim para pensar nisso.

Agora, simplesmente quero sentir pena de mim mesma.

Estou com tanta raiva e meu coração está mais do que perdido.

Estou perdida e, embora tenha Landon aqui comigo, sinto-me muito sozinha.

Porque, vamos encarar, sim, precisa de dois para fazer funcionar, mas serei eu que terei que lidar com as verdadeiras consequências dos nossos atos. Serei a caloura vagabunda andando ao redor do *campus* com uma letra escarlate brilhante para que todo o mundo me julgue em forma de uma barriga gigante e redonda.

Tudo vai cair sobre mim.

Claro, Landon permanecerá comigo, pois este é o tipo de pessoa que ele é. Mas ele pode seguir em frente, continuar sua vida de maneira normal, exceto pelo fato de que a animosidade e o ressentimento crescerão dentro dele até deixarmos de ser não apenas amantes, mas perderemos nossa amizade também.

— Acho que teremos mais de um anúncio para fazermos ao voltar para casa — digo, seca, rompendo o silêncio.

— Sim — Landon responde, baixinho. — Parece que sim.

Suspiro.

— Isso é uma droga.

— Sim, é sim.

— Sinto muito mesmo, Landon.

— Também sinto.

Viro-me para encará-lo e enterro o rosto em seu peito. Ele me abraça apertado e, neste momento de tanto desespero, estar ali é bom. Não posso começar a afastá-lo antes que ele me dê razão para isso. Ele me ama e me respeita, e fez isso minha vida toda. Ele não me deixará, e talvez possa até me amar durante todo o estresse que esta nova vida trará.

Talvez eu não esteja sozinha, afinal.

Doze

AMY

> *Doutores gentis.*
> *Um bebê alien.*
> *A força de Landon.*

Sento de pernas cruzadas na cama, segurando o telefone na minha frente. A tela mostra o rosto brilhante da minha mãe.

— Tem certeza de que não quer que eu vá te pegar? Não quer mesmo vir para casa? — pergunta.

— Não, sinto muito. Eu realmente queria poder. Tenho um teste enorme de física e preciso estudar para ele. Não quero ficar para trás — explico.

— Eu entendo. Nós sentimos sua falta. Você parece cansada. Está tudo bem? — Preocupação cintila em seus olhos.

Dou um largo sorriso.

— Totalmente bem, mãe. Estou bem. Só um monte de trabalho de casa e outras coisas, sabe?

Odeio a mim mesma por não ir para casa este fim de semana. Odeio estar mentindo para a minha mãe. Mais do que qualquer coisa, odeio ser tão covarde.

— Tudo bem, filha. Vemos você em breve. Cuide-se e não se esforce tanto. Certifique-se de dormir direito também. Okay?

— Okay, mãe.

— Bem, vou te deixar dizer para a sua irmã que você vai perder o fim de semana do baile. — Ela ergue a sobrancelha.

— Nossa, obrigada. — Rio baixinho, vendo o rosto da minha mãe sair da tela, sendo rapidamente substituído pelo da Lily.

— Você não vai vir? — ela questiona.

— Desculpa, Lil. Não posso.

— Queria que você fizesse aquele penteado de sempre. — Ela faz um biquinho.

— Desculpa. Deixe a mamãe tentar. Ou apenas faça cachos e deixe solto. Sempre fica incrível em você.

— Eu só queria te ver mesmo — diz, com um suspiro.

— Eu sei. Também sinto a falta de todos vocês. Me fala como é o seu vestido e nós vamos pensar no penteado perfeito — peço.

Ela acena, seus olhos se arregalando.

— Boa ideia. Vou te mostrar. É tão bonito, rosa e com brilhos.

— A combinação perfeita.

Lily carrega o telefone da minha mãe até seu quarto. Mostra o vestido e começamos a pensar na melhor maquiagem e cabelo para completar o *look*.

— Você vai com o Jax para o baile? — questiono.

— Vamos com um grupo de amigos. Tecnicamente, Jax vai com a Jen, mas eles irão comigo, com a Kristyn e alguns outros. Vai ser divertido.

— Me ligue por vídeo quando estiver pronta amanhã, para eu ver o *look* completo.

Lily assente.

— Eu ligo.

— Você vai se divertir tanto.

Uma onda de nostalgia me invade. Lembro-me de escolher um vestido e pensar em penteados para o meu baile do segundo ano. Ironicamente, sonhos sobre a faculdade estavam sempre em primeiro plano na minha mente naquela época. Agora que estou aqui, não é como imaginei. Na verdade, tenho inveja da Lily. Meu coração atribulado daria qualquer coisa para voltar aos dias em que não estava secretamente tendo um bebê com meu amigo de infância.

Eu daria qualquer coisa para voltar aos dias de sonhos em vez de me afogar na realidade de hoje.

Lily me atualiza sobre os dramas da cidade pequena antes de darmos adeus.

Termino a conversa com a minha irmã e encaro distraidamente a tela do meu telefone antes que ele pare até ficar preto. Uma batida na porta me tira do transe e verifico a hora.

É o Landon.

A tarde passou voando.

Pulo para fora da cama e abro a porta para encontrá-lo na sala comum, conversando com Megan e seu último cara, que está sentado no sofá.

— Ei. — Sorrio para ele.

— Pronta?

Minhas palavras falham, então simplesmente aceno.

Ele estende a mão e eu a seguro. Ao andarmos para fora, Landon fala por cima do ombro:

— Tchau, Meg. Prazer em conhecer, Bing.

Ouvimos o rapaz dizer:

— Eu sou o Tony.

Mas fechamos a porta, fazendo sua voz sumir.

Ergo os olhos para Landon e capto o brilho de uma risada em suas íris castanhas. Um sorrisinho surge em meus lábios.

— Então, esse também não é o Chandler? — indaga.

Eu nego.

— Não. Nenhum sinal de Chandler Bing. É triste — digo, com um beicinho, grata pela distração.

Landon e eu paramos de tentar saber os nomes dos amigos homens da Megan, nos referindo a todos eles como Bing. Depois de encontrar seus dois primeiros casos na primeira semana do semestre, que tinham os nomes de dois protagonistas do meu *sitcom* favorito, *Friends*, estamos esperando que ela traga um Chandler para completar o trio.

Ele me conta uma história interessante sobre seu colega de quarto, Tom, ao nos levar ao consultório. Tento ouvir, mas estou em outro mundo.

Marquei esta consulta no dia seguinte ao voltarmos do Canadá e tenho estado ansiosa desde então. Sei que estou grávida, mas, assim que o doutor confirmar o fato, vai ficar ainda mais real, ainda mais devastador do que já é.

No saguão, digo à recepcionista que não tenho seguro-saúde. Até contar aos meus pais, vou pagar as consultas com as minhas economias. Não posso deixar que descubram pela conta do seguro.

Uma enfermeira nos leva de volta para uma sala e me entrega um cobertor de papel. Ela me instrui a tirar as roupas da cintura para baixo e tampar com este falso cobertor.

Ela sai da sala e faço o que pediu.

— Isso é tão estranho — comento.

— Sim, é — Landon concorda.

Um sorriso tranquilizador se forma em seus lábios, iluminando os olhos. Pergunto-me se nosso bebê terá a mesma cor dos olhos dele. Espero que ele ou ela tenha.

Não há muito tempo, eu nunca tinha pensado em beijar Landon, e agora estou deitada, nua, debaixo de um pedaço de papel, carregando seu bebê e esperando que algum estranho enfie uma sonda em minhas partes femininas enquanto ele assiste. Dizer que nosso relacionamento está se movendo rápido é o eufemismo do ano.

Ele aperta minha mão.

— Vai ficar tudo bem, Ames.

— Eu sei — digo suavemente para ele.

Esperamos em silêncio. Estudo os diagramas da anatomia reprodutiva feminina que estão presos na parede à frente. Particularmente, o útero prende minha atenção. Olho para o seu tamanho e me pergunto como é possível que aquele espacinho abrigue um ser humano completo.

A obstetra entra com um sorriso caloroso, deixando-me à vontade. Ela tem um ar calmo e gentil. Apresenta-se como doutora Nader e aperta nossas mãos.

Ela confirma que o teste de gravidez que fiz há alguns momentos foi realmente positivo.

— Então, Amy, quando foi sua última menstruação? — pergunta, a caneta fazendo anotações em minha ficha.

— Não tenho certeza. Em agosto, eu acho. Nunca fui regular. Posso te dizer o dia em que foi concebido.

Ela ergue a sobrancelha.

— Você tem cem por cento de certeza da data de concepção?

— Ah, definitivamente. — Aceno, dando um olhar para Landon.

— Bem, isso vai facilitar.

— 18 de agosto — conto.

— Okay — diz. — Isso faz de você uma grávida de seis semanas, na metade do primeiro trimestre. — Digita algo em seu *laptop*. — Vai te dar a data de 11 de maio. Seu bebê deve ter o tamanho de uma lentilha agora. — Ela levanta a mão e nos mostra o polegar e o indicador com cerca de meio centímetro de espaço entre eles. — A frequência cardíaca do bebê não é detectável até cinco semanas, no mínimo. Então, na sexta, há uma chance de sermos capazes de ouvir pelo ultrassom transvaginal. Querem tentar ouvir?

— Sim, eu quero. E você? — pergunto ao Landon.

— Claro — responde.

— Okay, mas não se preocupem se não conseguirmos. Ainda é muito cedo. Não costumo tentar ouvir até umas oito semanas. Mas vamos tentar — a doutora Nader nos diz.

Depois de um momento, um som repetitivo sai das caixas de som.

— Aqui está. Uma batida boa e forte de coração — fala.

— É isso? — pergunto, animada.

— Com certeza — afirma.

Landon aperta minha mão.

— Que loucura — ele me diz.

— É mesmo — concordo, meus lábios se transformando em um sorriso genuíno pela primeira vez em uma semana.

A doutora Nader afasta a máquina e escreve algo na minha ficha.

— Tudo bem. Vamos te ver de novo com doze semanas, quando você vai conseguir enxergar o bebê pelo ultrassom. Até lá, descanse, beba bastante água, alimente-se saudavelmente, tome as vitaminas do pré-natal. Não precisa de receita. E, é claro, não beba, não fume, nem nada do tipo.

— Claro que não — garanto.

— Além disso, desde que seus enjoos matinais sejam controláveis, você pode ir.

— Sim, não tem sido ruim.

— Ótimo. Você tem sorte. O pior efeito colateral a este ponto, para a maioria das mulheres, é a náusea. — Ela me entrega um panfleto chamado Seu Primeiro Semestre. — Leia isso. Há mais informações sobre o desenvolvimento do bebê e alguns outros "sim ou não": comidas que você deve evitar, coisas do tipo. Então, nos vemos de novo em seis semanas. Tudo bem?

— Sim. Obrigada — digo.

— Sim, obrigado, doutora — Landon completa.

Saio da sala de mãos dadas com ele.

— Não é surreal que você tenha uma pessoinha dentro de você?

— É, sim.

— As batidas do coração eram insanas. O som parecia um assobio. Era quase algo de fora deste mundo.

— Eu sei — concordo. — Tipo um alienzinho.

Ele solta minha mão e começa uma performance improvisada de um alien saindo de dentro de um estômago de um homem, com os gritos e tudo, de um filme de terror que Landon me desafiou a ver quando éramos crianças.

Não consigo evitar a risada. Bato em seu estômago.

— Para! Isso é horrível. — Limpo as lágrimas no cantinho dos olhos. — Nunca mais faça referência a esse filme de novo. O parto já me deixa ansiosa o suficiente sem aquela imagem. — Dou uma risada.

— Não se preocupe. Nosso alienzinho vai ser bonzinho para a mamãe. — Ele me puxa em um abraço e beija minha testa, fazendo meu coração se contorcer um pouco.

Passo os braços por sua cintura e apoio a bochecha em seu peito, imersa em sua força. Hoje não foi tão ruim. De fato, foi bem legal. Eu sou forte e posso fazer isso. Nos dias em que sinto que não posso, sou agradecida por ter o amor de Landon para me lembrar de que posso sim.

Treze

AMY

Setembro.

Sexo contra a parede.

Memórias.

— Está com fome de quê? — Landon pergunta.

Levanto o rosto do texto gigante que estou lendo na última hora. Estou determinada a não me dar mal no teste de anatomia de amanhã.

— Me surpreenda — digo, com um largo sorriso.

Landon acena e me devolve um sorriso antes de se afastar. O seu é diferente, como todo o resto. O último mês tem sido estranho, para dizer o mínimo. Estamos vivendo em nosso próprio mundinho onde apenas nós dois sabemos este grande segredo que estou carregando.

Nunca escondi nada da minha mãe e, mesmo assim, estou escondendo isso dela. Não sei exatamente o motivo. Entendo que ela ficaria um pouco triste por mim, mas nunca desapontada. Nem meu pai. Eu tenho os pais mais legais do mundo, que é a razão de eu não saber por que não consigo me obrigar a contar logo. Talvez, se eu não tivesse que carregar sozinha o peso do bebê, seria mais fácil para mim.

De todo jeito, dizer as palavras em voz alta para outra pessoa tornaria isso real. Parece bobagem, porque sei que é verdade agora. Mas algo está me segurando — talvez seja o medo. Estou com medo de tudo. Preocupada do que este bebê fará com meu novo relacionamento com Landon.

Estou com medo do que as pessoas pensarão de mim — não que isso devesse importar, mas importa. Estou assustada de não me tornar a mulher que sonhei em ser, porque a vida universitária com um bebê é difícil demais. E mais, estou aterrorizada de me perder, bem quando estava começando a me encontrar.

As coisas estão estranhas com Landon também e não sei como voltar para onde estávamos. Não fizemos amor desde o sexo contra a parede do cassino. Mal nos beijamos e, quando fazemos isso, não é cheio da paixão desenfreada. Nada apaga o fogo de um novo relacionamento tão rápido quanto o anúncio de uma gravidez.

Temos momentos passageiros de quem somos de verdade, como no estacionamento depois de ouvir as batidas do coração do bebê. O restante do tempo, no entanto, são momentos de normalidade fingida, quando a verdade não é nada disso.

Sim, é estranho, mas não sei como abordar o assunto, porque não tenho certeza se sou eu que estou diferente ou ele. Talvez sejamos os dois. Por ora, estou atribuindo aos hormônios da gravidez que estão nublando meu cérebro. Toda noite, quando minha cabeça recosta no travesseiro, rezo para a neblina se dissipar. Desejo lucidez.

Nossos dias são quase sempre os mesmos. Nós vamos para as aulas durante o dia. Passo as noites estudando em seu quarto. Jantamos. Algumas vezes, vemos TV e depois vamos para a cama. Ele sempre me segura — o braço passando em minha cintura, minhas costas em seu peito — enquanto dormimos. Deveria me fazer sentir amada e protegida, mas, de alguma forma, tem o efeito oposto.

Encontro-me questionando tudo.

Ele só está comigo porque é a coisa certa a se fazer?

Ele se arrepende de transar comigo em primeiro lugar?

O que somos um para o outro agora?

Essa separação entre nós é, na verdade, culpa minha?

Estou causando isso? Estou diferente agora?

Tenho centenas de perguntas e nenhuma resposta. Eu simplesmente não sei. Sei que sinto a falta dele. Sinto falta de setembro. Sinto falta do começo de um relacionamento novo e empolgante, e lamento sua morte repentina quando foi elevado para a certeza de uma paternidade iminente.

Leio a mesma página do texto pelo menos umas dez vezes. Suspirando, eu fecho tudo.

Pegando a mochila, tiro um caderninho florido e abro na primeira página em branco.

Setembro.

Sei que sou inocente por pensar que o último mês foi o único mês maravilhoso da minha vida. A vida continua e coisas boas surgem em situações difíceis. Sei que tudo isso tem que ser verdade, porém, agora, estou de luto pela euforia vívida que senti no mês passado.

Sexo contra a parede.

É bem patético que tudo pelo que eu seja grata hoje esteja no passado. Estou desejando o que se foi. Sou agradecida porque as memórias da alegria que senti lá atrás estão passando por mim hoje. Apenas por saber que elas são possíveis.

De alguma forma, as anotações em meu diário me fazem sentir pior, então coloco de lado. Pego meu texto gigante mais uma vez quando uma dor afiada atinge meu abdômen e o texto cai no chão.

— Ai! — grito e esfrego o estômago. *Mas que droga?*

Agora, sinto apenas cólicas, como as cólicas daquele período do mês, porém sob uso de esteroides. Respirando fundo, fico de pé e vou em direção ao banheiro do Landon. Algo não está certo.

Tiro a calça para me sentar na privada quando vejo — vermelho. Assustada, grito.

— Landon! Landon! — berro, em pânico.

Ele vem correndo até o banheiro, os olhos arregalados e preocupados.

— Algo está errado — choramingo. — Algo está errado. Não me sinto bem.

Seu olhar vai do meu rosto perturbado para a minha calcinha, em choque.

— Está… está tudo bem, Amy. — Ele olha ao redor. — Jogue fora. Vou na sua gaveta buscar uma limpa. Aqui, use isso por enquanto. — Ele me entrega uma toalha limpa. — Eu não tenho aquelas coisas femininas, mas a toalha deve servir até chegarmos ao hospital.

— Hospital? — Minha voz vacila.

Landon coloca a mão em meu ombro.

— Está tudo bem. Tudo vai ficar bem. Mas precisamos te levar lá para conferir. Não se preocupe. Okay? — Sua voz é suave e calma.

Estou muito agradecida por ter Landon neste momento, pois estou surtando.

— Okay. — Aceno.

Poucos minutos depois, estamos na caminhonete dele a caminho da emergência do Hospital Universitário de Michigan. As cólicas que senti não são nada comparadas à dor do nervosismo em meu peito. Não consigo me lembrar de já ter sentido tanto medo.

Há algo de errado comigo? Com o bebê? Isso é normal?

Uma enfermeira nos leva para um quarto. Ela me entrega um vestido e afere meus sinais vitais.

— A doutora já vem — avisa.

Vestida, sento na cama do hospital e meus olhos disparam nervosamente para Landon.

— Vai ficar tudo bem — ele me diz, de novo.

Percebo que ele, assim como eu, não faz ideia do que está acontecendo, mas apenas ouvi-lo me tranquiliza.

Uma mulher entra empurrando uma máquina e se apresenta como a médica.

— De quanto tempo você acha que está?

— Oito semanas — respondo.

— Okay. Um pouquinho de sangramento é normal para algumas mulheres durante as doze primeiras semanas de gravidez. Vamos saber mais quando dermos uma olhada. Ela ergue uma varinha grande e explica que é um ultrassom transvaginal. — Isso vai me ajudar a olhar o bebê e determinar o que está acontecendo.

Abro as pernas e me deito na cama. Relanceio um olhar para Landon, que está demonstrando sinais de nervosismo. Quando me nota, dá um sorriso caloroso.

Uma imagem cinza, preta e branca aparece na tela da máquina. Prendo a respiração, esperando que ela diga algo.

Suas sobrancelhas se unem quando ela gradualmente move a varinha e encara a tela. Deve ter encontrado o que está procurando, pois para e observa o monitor. Não consigo entender nada, apenas um monte de coisas cinza e brancas. Ela parece focar nesta área preta redonda com um pequeno círculo branco e cinza ao lado.

— Okay — sua voz me assusta —, este é o feto. — Aponta para o círculo cinza pequeno. — E aqui está mostrando que ele não tem um batimento cardíaco. Sinto muito, Amy, mas você está tendo um aborto espontâneo.

Ela continua a falar, mas não consigo mais ouvi-la. Encaro a tela, o pequeno círculo cinza — meu pequeno círculo cinza — e lágrimas surgem em meus olhos.

Era uma vidinha dentro de mim. Uma vida que foi criada com Landon. *Nosso alien.* E agora aquela vida está morta. Uma onda de culpa e tristeza muito potente me envolve e meu peito dói com o peso da minha realidade. Nunca senti mais desespero na vida e é extremamente perturbador que eu esteja lamentando algo que nunca quis de verdade.

Eu não queria estar grávida. Não queria um bebê neste momento da vida. Agora, ele se foi, e nunca saberei o que teria sido. Nunca conhecerei o garotinho ou a garotinha com os olhos do Landon ou meu sorriso. Ele ou ela existiu tão brevemente e nem contei aos mais próximos de mim sobre sua vida. Há apenas duas pessoas nesta Terra que lamentarão sua morte, e esta certeza me envolve em tanta culpa.

A voz do Landon rompe meus pensamentos.

— Okay, Amy?

Olho dele para a mulher.

— Sinto muito. O quê?

— Eu estava apenas dizendo que acho que seu corpo cuidará do aborto por conta própria, mas você deve ver um médico em uma semana ou algo assim para se certificar de que saiu tudo — explica, aparentemente, pela segunda vez.

Engulo em seco.

— Você diz tipo uma menstruação.

— Exato. — E acena. — Vai ser como ter um fluxo mais intenso.

Pânico sobe por meu peito e pisco com força para limpar algumas das lágrimas. Minha voz vacila quando falo:

— Você está dizendo que nosso bebê vai descer pela descarga?

— Bem, a este ponto da gravidez, o feto é tão pequeno que você nem vai perceber. Não vai nem ver. — Ela me dá um sorriso caloroso e, por algum motivo, aquilo me deixa puta.

— Mas eu vi — esbravejo. — Eu vi na tela. — Aponto para o monitor, que agora está branco. — Estava lá. — Soluço. — Estava lá, redondo, cinza... lá! E eu deveria jogar fora em um absorvente ou dar descarga nele. Como isso pode ser certo?

Meu corpo treme com os soluços. Landon senta ao meu lado e me envolve em seus braços. Seguro-o com força e choro.

— Sei que é difícil e sinto muito — a mulher pede.

Ela diz algo a mais para Landon, mas ignoro a conversa. Sei que ela está apenas tentando me ajudar, a parte racional do meu cérebro entende que nada daquilo é culpa sua. Mas meu coração a odeia porque, agora, há tanta dor em mim que é quase impossível suportar. Odiar essa mulher, que está apenas fazendo seu trabalho, diminui um pouco a dor em meu peito — apenas uma fração —, mas é o suficiente para me permitir continuar a respirar.

O restante da minha passagem pela emergência é um borrão. Há instruções e medicamentos. Landon me ajuda tanto, e não sei o que faria se não o tivesse aqui.

Ele passa o braço ao meu redor quando caminhamos para o seu carro e me leva de volta para a sua casa. Lá, tomo um banho longo e quente. Não consigo dizer onde as minhas lágrimas terminam e a água começa, mas não importa, pois ambas descem pelo ralo, talvez com o meu bebê.

Nunca saberei.

E, para alguns, isso não importa.

Mas sempre importará para mim.

Catorze

AMY

> Sebastian.
> Tempo.
> Filmes para chorar muito.

A brisa quente do outono agita as folhas coloridas das árvores. É irônico como algo que, na verdade, está em decomposição, como as folhas, pode ser tão bonito. Correndo a mão ao longo do apoio de braço do balanço, eu sorrio, sabendo que tinha que ser o Landon que trouxe isso para a faculdade. Todo mundo lá na nossa cidade tem algum tipo de balanço na varanda. Passei muitas horas da minha vida sentada em um, vendo o sol se por atrás do campo dos fundos ou dizendo para a minha mãe sobre meu dia na escola. Há algo de nostálgico nisso. Os movimentos gentis e repetitivos me fazem sentir segura.

Faltei todas as minhas aulas de hoje. Landon foi a todas e está tudo bem, também. Todo mundo lida com situações difíceis de maneiras diferentes.

— Olha o que eu trouxe para você. — A voz animada de Landon me tira dos meus pensamentos. Ele está segurando um pote grande e branco.

— O que é?

— O melhor sorvete de manteiga de amendoim da *Reese's* em toda Michigan. — Ele me entrega.

— Essa é uma afirmação e tanto — digo, com uma tentativa de sorriso.

— Apenas prove. — Ele sorri ainda mais e senta ao meu lado no balanço. Toma um bocado do seu próprio sorvete.

— Ah, sim. Maravilhoso — exclamo, depois de provar sua doçura.

— Não é? Bom demais.

Nós nos balançamos um pouco em silêncio, aproveitando o nosso sorvete e um lindo dia.

— Como foram as suas aulas? — questiono.

— Boas — responde. — Como foi o seu dia? Como está se sentindo? Está com dor no corpo?

Nego com a cabeça.

— Não de verdade. Tomei um pouco de ibuprofeno mais cedo e ajudou com as cólicas. Estou bem.

Landon acena.

— Quer ver um filme hoje à noite?

— Claro. Aquele de super-herói que você queria ver não acabou de sair?

— Saiu. É isso que você está a fim de ver? — pergunta, uma pitada de ceticismo em sua voz.

— Sim. Parece uma boa. Qualquer coisa está bom, na real. — Dou de ombros.

— Tudo bem. Então podemos fazer isso.

— A propósito, onde está o Tom? — pergunto sobre seu colega de quarto. — Literalmente, ele nunca está aqui.

Landon dá uma risada.

— Sim. Ele está apaixonado. Fica na casa da namorada o tempo todo.

— Okay, tudo bem. Só queria garantir que não estava assustando ele ou algo do tipo.

Ele coloca a mão em meu joelho.

— Não, não mesmo.

Coloco meu pote vazio no chão e me aproximo mais de Landon. Ele entrelaça os dedos nos meus enquanto nos balançamos.

— Estou muito feliz que você esteja se sentindo melhor hoje. Ontem foi difícil.

Penso no meu colapso no pronto-socorro.

— Sim, foi horrível — concordo.

— Sei que está chateada e vai levar um tempo até tudo voltar ao normal. Mas foi melhor assim, Amy. — Suas palavras soam de apoio, mas sinto minha pele aquecer conforme ele as diz.

Respiro fundo tentando acalmar a fúria crescente em meu peito.

— O que você quer dizer?

— Só isso, embora ontem não tenha sido ideal, é quase uma pausa para nós, uma carta "saia da prisão", sabe?

— Então você está feliz por termos perdido o bebê? — Eu me esforço para conter o grito.

— Não, *feliz* não é a palavra certa... de jeito nenhum. É só que não foi algo que planejamos, óbvio. Não era algo para o qual nenhum de nós estava pronto. Então, é quase um alívio, de certa forma.

Solto sua mão e fico de pé para encará-lo.

— A morte do nosso bebê é um alívio? — grito, fazendo seus olhos se arregalarem.

Ele se levanta e tenta segurar minha mão.

— Vamos entrar — pede, baixinho, olhando na direção das pessoas que estão passando na calçada.

Eu me afasto e entro intempestivamente.

Landon me segue e fecha a porta.

— Amy, não fique brava. Não estou dizendo isso para te chatear. Você entende o que quero dizer, né?

Ele tenta colocar a mão no meu quadril, mas eu o afasto.

— Não! Não entendo. Independente de termos ou não planejado um bebê, o fato era que teríamos um e agora você está dizendo que está feliz por não termos?

— Amy, qual é! Veja além da sua tristeza e me diga se você não está um pouco aliviada. Ontem à tarde você estava se arrastando, deprimida por estar grávida.

— Talvez, mas nunca teria desejado isso! — grito.

— Eu entendo, nem eu. Mas aconteceu. Não foi culpa nossa. É algo que acontece às vezes e, agora que aconteceu, pode admitir que está apenas um pouco aliviada?

— Não, é horrível até mesmo dizer isso! — rosno.

— Você não estava pronta para ser mãe, Amy. Não está nem na metade do seu primeiro semestre na faculdade. Eu certamente não estava pronto. Há muito mais que preciso fazer na minha vida antes de sossegar e começar uma família. Teríamos lidado com isso, é óbvio. Mas fala sério... nenhum de nós queria! — fala, seu tom frustrado.

— Claro que eu não estava pronta, Landon. A maioria das pessoas na nossa situação não está. Mas eu tinha mais sete meses para me preparar. Você e eu fizemos um bebê, que nós amaríamos. Eu ainda teria terminado a faculdade e você ainda faria tudo o que quer. Teríamos dado um jeito. Teria sido ótimo. — Lágrimas escorrem por minhas bochechas.

Landon balança a cabeça.

— Eu não acho que teria, Amy. Acho que é a sua culpa ou algo do tipo falando mais alto, mas não a parte racional do seu cérebro. Você esteve aqui no último mês, né? Foi uma merda. Você não era a mesma. Nós não éramos os mesmos. Foi horrível. Nenhum de nós estava feliz.

Reviro os olhos.

— Ah, que legal, Landon. Que maravilha. Então o último mês foi horrível para você? — Ergo os braços. — Bem, agora você está livre! Não está? Não tem mais bebê! Você está livre. Não tem que estar comigo por obrigação. Pode seguir feliz o seu caminho e foder o *campus* inteiro de novo. Você está livre! — Encaro-o antes de andar abruptamente para o seu quarto para pegar as minhas coisas.

— Amy, para — chama, às minhas costas. — Não foi o que eu quis dizer. Não é isso que eu quero.

Esvazio minha gaveta e jogo meus pertences em uma bolsa de academia.

— Bem, você deixou claro que tudo que importa é o que você quer! Não tenha medo, porque não vou ficar mais por aqui para restringir seu estilo de vida.

— Amy — implora.

— Não, foi divertido... essa coisa que rolou entre a gente. — Gesticulo com a mão para nós dois. — Foi ótimo, brincar de casinha com você e fingir que tínhamos descoberto este amor para a vida toda ou alguma merda. Mas, claramente, você é o mesmo mulherengo que sempre foi.

Mesmo quando o insulto sai da minha boca, eu não acredito. Landon não é cruel e sei que se importa comigo. Há uma pequena voz lá dentro que me diz para parar e respirar fundo. Mas não posso. Pensamentos racionais não funcionam com corações partidos e, neste momento, meu coração está despedaçado.

Ando em direção à sua porta e ele coloca o braço para me impedir.

— Vamos nos acalmar e conversar a respeito.

Afasto seu braço com um safanão.

— Você disse o bastante. Fique longe de mim. É sério.

— Amy, tudo que estou tentando dizer é que as coisas acontecem por algum motivo. Certo? Você sempre me disse isso, não foi? Nós simplesmente não tínhamos que ter um bebê agora — fala, por trás de mim, enquanto ando tão rápido quanto posso por sua casa em direção à porta da frente.

Viro-me para encará-lo, lágrimas quentes enchendo meus olhos.

— Mas nós tivemos um bebê, Landon. Até ontem, nós tivemos um e, agora, não temos. Nada em relação a isso deveria acontecer. — Minhas palavras ficam presas na garganta e engulo. — Nada.

Não acho que meu coração pode se ferir mais do que já está. Mas, por pior que o dia de ontem tivesse sido, eu não estava sozinha. Não posso nem mesmo dizer isso agora.

Procuro em seus olhos por qualquer coisa que me faça ficar, mas o abismo escuro no meu peito dolorido se intensifica quando não encontro o que preciso dentro deles. Landon não entende.

Enorme desespero enche seu olhar.

— Não vá, Ames.

Diversas emoções pesam sobre mim, mas nenhuma delas me convence a ficar.

Uma lágrima solitária cai pelo meu rosto.

— Você é uma grande decepção.

Balanço a cabeça com um suspiro e me afasto.

Caminho até o final da rua dele e viro a esquina para ficar fora de vista da sua casa. Pego o celular no bolso e faço uma ligação.

Chama uma vez antes que ele atenda.

— Pode vir me pegar? — digo, em um soluço, lágrimas frenéticas queimando meu rosto ao caírem.

— Tudo bem, vamos ver se eu entendi. Você ficou grávida na sua primeira noite na faculdade. Se apaixonou pelo seu amigo de longa data. Então perdeu o bebê e descobriu que sua alma gêmea em potencial é, na verdade, um idiota. Agora, você está triste e sozinha, e ninguém sabe, porque você não contou a ninguém. E o único amigo que você fez na faculdade sou eu? Isso resume? — Sebastian inclina a cabeça para o lado.

Apesar do enorme peso da tristeza pressionando meu coração, não consigo deixar de rir.

— Sim, acho que resume.

— Bem, não tema, *chica*. Eu sou ótimo com a tristeza. Sou excelente com a depressão. O homem certo para você. — Ele me puxa para um abraço lateral.

Apoio a cabeça em seu ombro.

— É estranho como algo que você nunca quis pode te destruir completamente, sabe?

— Sim. Bem, não tenho nenhuma experiência com o que você está passando. No entanto, não estou alheio a sofrimento e decepção. E sempre digo a mim mesmo o que minha avó costumava falar quando eu estava mal. *Isso também vai passar.*

— Sim — respondo, baixinho.

— E vai. Apesar de como as coisas se pareçam agora, o tempo passa e feridas se curam.

— Sim — repito. Lá no fundo, sei que ele está certo, mas, no momento, é difícil imaginar superar este nível de dor.

Meu telefone vibra com outra mensagem de Landon e, desta vez, eu desligo.

— Tem certeza de que não quer ouvir o lado dele? — Sebastian me pergunta.

— Tenho. Ele já disse o bastante.

— Okay. Vamos pegar sorvete da *Ben and Jerry's* e ir vegetar no meu quarto enquanto assistimos uma choradeira. Digo para começarmos com *Diário de uma paixão.*

— Hmm, era para você me fazer me sentir melhor, Bass. Como assistir filmes deprimentes que me fazem chorar pode ajudar? Não deveríamos escolher uma comédia?

Ele nega.

— De jeito nenhum, amada. Você precisa confiar no processo. Até pode ser que você seja capaz de mascarar a dor com risadas falsas, mas ainda estará aí. A única maneira de curar de verdade é sentir a dor. Chorar muito. Reconhecer a dor. Soltar a tristeza. Cada lágrima que cair vai carregar um pouco da tristeza consigo. Eventualmente, você vai começar a se encher com outra coisa; talvez não seja alegria no começo, mas algo diferente de desespero. Estou te dizendo, ninguém pode começar sua jornada de chorar muito melhor que Noah e Allie.

— Tudo bem. É melhor a gente comprar uns lencinhos junto com o sorvete — aviso.

— Lencinhos, *check*.

— E balinhas de urso, tipo um saco de dois quilos — adiciono.

— Sim, ter um colapso de tanto açúcar ajuda com surtos emocionais. Boa ideia. Balinhas, *check*.

— E chocolate? — questiono, andando em direção à sua caminhonete.

— Mal não vai fazer, *chica*. Estamos falando de chocolate com nozes, caramelo…? Qual sabor?

— Estou pensando em *Twix*, *Snickers* e *Reese's*?

— Pensando em tudo. Ótimo! Gostei. — Ele sai da vaga.

— Obrigada, Bass. Obrigada por ser um amigo tão bom — digo a ele, séria.

— Quando precisar, amada.

Ao dirigirmos para a loja para comprarmos nossos suprimentos para curar corações partidos, segundo Sebastian, sinto um fio de esperança. Claro, o plano é ridículo, mas que mal isso pode fazer? Quem sabe? Talvez até ajude. Não posso ver nada disso deixando meu dia pior. Apesar de quão bobo pareça — os filmes para chorar muito, a montoeira de doces e o sorvete —, é algo. É um passo. É me afastar de Landon, uma gravidez indesejada, um bebê perdido e um coração partido. Estou disposta a tentar qualquer coisa para escapar da dor daquela bagunça. Acima de tudo, os planos de Sebastian significam que não estou sozinha e isso por si só é o suficiente, pois a parte mais difícil disso tudo é quão isolada me sinto.

Quinze

AMY

> Dormir.
> Minha cama.
> Dormir mais.

Fico olhando para o texto na mesa à minha frente enquanto bato distraidamente a borracha do meu lápis contra a página brilhante em um ritmo lento. As equações na página são um borrão. Descobrir o X não está presente na lista de prioridades do meu cérebro. A memória de perder minha virgindade com Everett invadiu meus sonhos na noite passada e agora isto fica repassando na minha mente o dia todo.

Lembro-me como me senti devastada na época e quase rio. A parte da memória que está me assombrando mais é como Landon me ajudou a passar por aquilo, como fez com todos os meus problemas enquanto eu crescia. Ainda assim, agora que estou verdadeiramente destruída, ele é a única pessoa que não pode me ajudar.

Não deixo passar o fato de quão bagunçada minha história de relacionamentos é. A primeira vez que fiz sexo foi com alguém que achei que fosse especial, mas acabou na descoberta de uma traição. A segunda vez foi coisa única com um colega de turma aleatório que eu queria que nunca tivesse acontecido. E não vamos nos esquecer da terceira vez com meu amigo, que resultou em gravidez e na perda eventual tanto do bebê quanto do amigo.

Para alguém que sempre teve orgulho de seus planejamentos, eu sou mesmo uma droga nisso.

Não é assim que a minha vida deveria estar sendo.

Três batidas fortes ressoam na porta. Meus olhos saltam do texto que estou lendo e pânico me domina.

Megan sai de seu quarto.

— Não! — grito, baixinho. — Não abra. Por favor.

Ela se move rapidamente para a porta. Cada passo que dá faz o medo crescer em minha garganta.

Por favor, não.

Megan olha de volta para mim, confusa, antes de pressionar o rosto no olho mágico. Ela se vira e sussurra:

— É o seu namorado.

Nego com a cabeça e a encaro, implorando.

Ela me avalia, incerta, antes de dar de ombros e voltar para o quarto.

As batidas vêm de novo. Meu coração salta. Quase posso ouvir o desespero no som. Não me movo. Nem mesmo respiro. Medo pesa sobre mim e cada segundo parece horas.

Uma boa quantidade de tempo passa e estou certa de que ele se foi. Ele tem que ter ido. Fecho o livro e coloco de lado. Vou até a porta e espio pelo olho mágico.

Ninguém está lá.

Ar enche meus pulmões.

Abro a porta e olho pelo corredor.

Meu coração afunda.

Antes de fechar novamente, noto algo no chão.

Lágrimas enchem meus olhos quando vejo.

É um pote de sorvete de cookies com creme e duas colheres de plástico.

Em cima, há um bilhete rabiscado na parte de trás de uma nota fiscal.

> Preciso de um código 411.
> Preciso de você.
> Sinto muito.
> Por favor, me ligue.

Amasso o bilhete e deixo-o cair no chão antes de fechar a porta. Ando pelo pequeno espaço comum até meu quarto, a caminho do meu segundo cochilo do dia. Minha cama se tornou minha tábua de salvação. Uma sombra inescapável me cerca o tempo inteiro. A escuridão que sinto me sufoca. É só quando desisto e permito adormecer é que me sinto livre, pois é quando não sinto mais nada.

Dezesseis

AMY

> Um amigo persistente.
> Vodca.
> Pé-de-moleque.

Eu me odiaria se pudesse sentir alguma coisa, mas não posso — pelo menos, não agora. Eu mal existo nesse mundo de escuridão e tormenta onde nada faz sentido. Estou perdida.

E, embora esteja consumida em vazio, estou estranhamente cheia. Arrependimento, remorso e tristeza são tão intensos aqui dentro, tão abrangentes, que estou me afogando.

Estou sozinha, mas não tenho o desejo de ser confortada.

Estou triste, mas nada pode me animar.

Estou exausta, mas não consigo dormir, apesar das incontáveis horas que passo na cama todo dia.

O que há de errado comigo?

Eu pediria ajuda se soubesse o que pedir.

Cada dia é uma luta apenas para respirar. Sigo os movimentos, persuadindo-me a viver.

Levante.

Vista-se.

Respire.

Caminhe até a aula.

Faça anotações.

Respire.

Coma algo.

Apareça.

Respire.

Vir para esta faculdade tem sido meu objetivo número um na vida desde que eu era nova. Não posso desperdiçar esta oportunidade. Seja lá o que está acontecendo comigo tem que terminar e, quando acabar, quero viver. Mereço isso.

Minha mãe uma vez me disse que, quando algo na vida está difícil, eu preciso *fingir até conseguir*. Se eu seguir em movimento por tempo o suficiente, eles se tornarão reais e não estarei mais fingindo. Eu só faço fingir — o dia inteiro. Passo pelo dia como universitária e faço tudo que deveria estar fazendo, no piloto automático. Mas sinto como se estivesse mais longe da realidade do que nunca.

Este vazio é meu novo normal. Estou começando a pensar que sempre será.

Deito na cama, encarando a parede de tijolos do meu quarto.

Quantas camadas de tinta esta parede deve ter?

Estou em uma prisão de tristeza, mascarada como um dormitório universitário.

Minha bochecha que está pressionada no travesseiro dói. Vou secar e sinto a piscina de lágrimas encharcando o tecido abaixo do meu rosto.

Quando comecei a chorar?

— Ei, *chica*. — A voz animada de Sebastian ecoa contra as paredes sombrias da cela, me assustando.

— Ei — respondo, sem me virar para cumprimentá-lo.

— Você está ciente de que é sexta à noite? — Sua voz preocupada se dirige às minhas costas.

— Não estou com vontade de fazer nada. Você deveria sair e se divertir — digo, tentando limpar a umidade das minhas bochechas em segredo.

— Acho que quero ficar com você.

— Estou numa deprê total, Bass. Não estou com vontade de ir para lugar nenhum.

— Quem disse que temos que sair? Eu trouxe a festa até você. — Sua alegria atrai meu interesse e me viro para encará-lo.

Bass é gentil o suficiente para fingir que não reparou nos meus olhos inchados e na pele molhada de lágrimas. Ele está segurando uma garrafa de vodca e um grande tubo transparente de…

— Isso é pé-de-moleque? — indago.

— Sim! É o melhor.

— Vodca e pé-de-moleque? — pergunto, cética.

— Hmm, sim. — Ele rola os olhos, como se dissesse: *é claro*. — E nós vamos maratonar a primeira temporada de *Game of Thrones*. — Coloca as coisas na mesa e começa a mexer nos fios. — Já viu? — questiona, colocando o adaptador no telefone.

— Não, não vi.

— Ahhh… é épica.

Dou de ombros, me rendendo, e me sento. Bass arrasta meu *futon* para frente da tela e começa a jogar todos os meus travesseiros nele.

Não estou inteiramente certa de que ficar bêbada e assistir uma temporada inteira de uma série é o que preciso agora. Mas sei que não vai piorar as coisas em nada.

— Tudo bem, vamos começar daqui a um momento. — Pega uma garrafa de licor e levanta como se fosse um troféu. — Mas, primeiro… nós bebemos vodca!

Meus lábios se curvam em um sorriso, que lentamente cresce em algo mais profundo quando percebo que não tive que fingir.

Dezessete

LANDON

— Foda-se — resmungo, parando na vaga vazia em frente ao dormitório da Amy.

Eu estava a caminho da academia para me livrar um pouco dessa raiva reprimida que está crescendo desde que Amy se afastou de mim há duas semanas, mas cansei de jogar pelas suas regras.

É pura besteira.

Entendo que ela esteja machucada e tentei ser paciente, mas ignorar um ao outro não vai resolver nada. Vou falar com ela hoje.

Corro escada acima em direção ao seu andar e acelero pelo corredor em direção ao seu quarto. Ergo o punho, pronto para bater na superfície de metal em sua porta, mas decido que uma abordagem menos frenética deve ser melhor.

Abaixo o punho. Fechando os olhos, puxo o ar profundamente e solto devagar. Estico o pescoço até a orelha esquerda tocar o ombro e repito o movimento do lado oposto. Ele estala.

Meu pulso acelera com o aumento das batidas ansiosas do meu coração em meu peito. Minha raiva se transforma em desejo e sou tomado por uma necessidade desesperada de ver Amy. Não estou mais com raiva. Só preciso dela.

Bato os nódulos dos dedos contra a porta, implorando em silêncio para que alguém abra.

Momentos mais tarde, Megan abre uma fresta. Sua expressão é de quem se desculpa.

— Ela não quer…

Empurro a porta, cortando seu pensamento.

— Não ligo — respondo, caminhando até a porta fechada do quarto de Amy.

Entro no espaço escuro, fechando a porta atrás de mim. As cortinas estão puxadas e a forma de Amy enquanto dorme mal pode ser vista. Lascas de luz aparecem por uma fresta entre as pesadas cortinas, iluminando suas costas que sobem e descem devagar.

Meus olhos se ajustam à pouca luz e observo o ambiente, encontrando roupas espalhadas, uma garrafa vazia de vodca no chão e uma lata de lixo cheia de papéis amassados.

Algo está errado.

Esta não é a Amy. Nunca a vi dormir até tão tarde. Ela é sempre organizada. Em toda a minha vida, nunca vi seu quarto bagunçado. Avisto seu diário de gratidão em uma pilha de papéis na mesa. Pegando-o, vou até a janela.

Conhecendo a Amy, mesmo no terror em que ela claramente está, não deixaria de fazer uma tarefa. Garanto que, mesmo que as últimas semanas tenham sido difíceis, ela ainda está escrevendo em seu diário — e estou certo. Meu peito se aperta quando leio pelo que ela está agradecida.

Dormir.

Vodca.

Escuridão.

Minha cama.

Dormir.

Um nó se forma em minha garganta e eu engulo em seco. Coloco o diário de volta na mesa. Sabia que Amy estava de luto, mas isso é algo mais.

Tiro os sapatos e subo na cama com ela. Encostando o peito em suas costas, passo o braço por sua cintura e puxo-a para mim.

Ela acorda e sua mão agarra meu braço.

— Sou eu — sussurro contra o seu cabelo.

Um suspiro audível escapa de seus lábios e, em seguida, seu corpo começa a tremer com soluços. Ela se vira em meus braços e enterra o rosto em meu peito. Seguro-a apertado enquanto chora.

— Não estou bem, Landon. — Suas palavras agitadas são um sussurro devastado.

— Eu sei. — Beijo o topo de sua cabeça.

— Não sei como ficar bem. — Sua voz tremula.

— Nós vamos descobrir.

— Estou triste e cansada. Nunca vou ficar bem de novo. Eu sinto isso. Não estou bem. Não estou bem — repete uma e outra vez, negando.

— Shhh… — Esfrego suas costas. — Vou te levar para casa hoje.

— Não — dá um gritinho de pânico. — Tenho um teste amanhã.

— Me escuta — digo a ela, baixinho. — O teste pode esperar. Acho que você está com depressão, Amy. Você realmente precisa contar aos seus pais. Sua mãe pode ajudar. Talvez você precise ver um médico?

Ela nega com um aceno de cabeça.

— Não, eu só estou de luto. Não preciso de um médico e não posso contar aos meus pais.

— Por quê? Seus pais te amam. Eles iriam querer ajudar.

— Não é assim que deveria ser. Não era para acontecer desse jeito. Eu arruinei as coisas. Sou uma bagunça. Sou uma decepção. A faculdade deveria ser perfeita — divaga, seus pensamentos em uma sequência rápida.

— A perfeição é uma mentira, Amy. Todo mundo tem defeitos e ninguém vive uma vida perfeita. Você não fez nada de errado. A vida é imprevisível, mas isso não te torna menos digna de felicidade. Seus pais não vão te julgar. Eles vão apenas te amar. Realmente acho que você precisa de ajuda. Não tem nada para ter vergonha aqui. Por favor, deixa eu te levar para casa.

Rezo para que Amy escute a razão porque, neste momento, estou realmente com medo por ela. Agora que sei pelo que ela está passando, não vou deixá-la sozinha. Não posso arriscar.

— Por favor, Amy — imploro mais uma vez.

— Okay — responde, suavemente.

Puxo-a para mim e abraço-a com mais força.

— Vai dar tudo certo. Você vai ficar bem.

Eu me odeio por ficar longe por tanto tempo. Eu deveria ter me esforçado mais para vê-la. Pensei que ela estivesse brava comigo e só precisava de espaço para esfriar. Não tinha ideia de que ela tinha entrado nessa depressão e parte meu coração que ela tenha estado sofrendo sozinha.

Fechando os olhos, inspiro profundamente pelo nariz e prometo a mim mesmo que nunca mais permitirei que Amy sofra sozinha de novo.

Dezoito

AMY

Lágrimas que curam.
Aceitação.
Uma mãe que me ama.

Apoiada na janela do passageiro da caminhonete de Landon, meu olhar desfocado absorve a paisagem turva do outono de Michigan. Há algumas folhas teimosas agarradas nos galhos nus das árvores.

Landon colocou uma estação local de música pop, mas as batidas agitadas e os vocais agudos estão me fazendo sentir mais raiva. Mas não digo nada. Eu já disse mais do que o suficiente hoje.

Apesar da minha vergonha, acho que estou feliz por Landon ter testemunhado meu colapso, porque até eu consigo admitir que preciso de ajuda. Por mais que não queira pedir ajuda, eu preciso.

Há muita dor escondida no quesito Landon e eu. As palavras que ele disse em sua varanda ainda queimam meu interior. Ainda que agora não seja hora de abordá-las — não quando estou dividida entre quais são meus sentimentos reais e o que são as vozes sombrias em minha cabeça.

Meus nervos disparam quando os campos enfileirados da estrada da minha casa aparecem ao meu lado. Quando saí para a faculdade, eles estavam vivos, prontos para a colheita. Os talos de milho se foram e apenas a sujeira continua.

Landon para na entrada, desligando o motor. Ele me olha.

— Como você quer fazer isso?

— O que você quer dizer?

— Quer contar a eles junto comigo? — pergunta.

Nego.

— Não, quero ir sozinha.

Landon morde o canto do lábio inferior.

— Tem certeza? Quero te apoiar e ficar do seu lado. Você não tem que fazer isso sozinha.

Estendo a mão e dou um tapinha em seu joelho.

— Sei que você está do meu lado. Obrigada. Realmente quero falar com meus pais sozinha. Você deveria voltar para a faculdade. Não faz sentido ficar para trás. Minha mãe vai me levar de volta.

— Tem certeza? Eu não me importo.

— Eu sei. — Assinto. — Tenho certeza.

Landon coloca a mão sobre a minha e aperta.

— Eu te amo — diz, antes de sair da caminhonete.

— Também te amo.

Passo pela garagem até a entrada. Encontro minha mãe na cozinha, sentada em um banco no balcão, usando o telefone, provavelmente em seu joguinho on-line de Scrabble.

— Mãe — digo, bem baixinho.

Ela ofega e se vira para mim, com a mão sobre o peito.

— Ai, meu Deus, Amy. Você me assustou. Por que você… o que está acontecendo, querida? — Deixando o telefone de lado, ela fica de pé e me encontra no centro da cozinha, me puxando para o calor de seus braços.

— Eu só precisava voltar para casa — falo, imersa em seu abraço amoroso.

Seu longo cabelo tem cheiro de coco e limão. Há um aroma mais fraco de cookies em sua pele de sua loção corporal favorita. Seu abraço me traz conforto.

— Onde está todo mundo? — questiono.

— Jax, Lily, Kee e seu pai estão na cidade, vendo um filme. Eles escolheram um de terror e você me conhece quando o assunto é filme de terror. Não, obrigada. — Ela dá um passo para trás e me observa, seus olhos me avaliando. — Você está doente? — Coloca a palma da mão em minha testa.

— Não… ou, eu acho que… não sei. Podemos conversar, mãe?

— Claro. — Segura minha mão. — Vamos nos sentar na sala.

Sento-me no sofá e viro para encarar minha mãe, que está ao meu lado. Mordo o interior da boca, tentando decidir o que dizer primeiro. Meu coração martela com força no peito.

— O que é? — Entrelaça os dedos aos meus. — Pode me contar qualquer coisa, amor. Você sabe disso.

— Desculpa — solto, antes de uma torrente de lágrimas surgir e, mais uma vez, estou me afogando em soluços. — Desculpa, mãe. Eu não queria que isso acontecesse, e agora...

— Shh, filha. Shh. Está tudo bem. — Ela leva as mãos para minhas bochechas molhadas. — Respire fundo. Se acalme. Está tudo bem. Seja lá o que está errado, está tudo bem — garante, em um tom tranquilizador que faz minhas lágrimas lentamente diminuírem.

— Vou começar do início — aviso.

— Isso seria bom — fala, para me acalmar.

— Bem, eu comecei a namorar alguém na minha primeira semana na faculdade.

— Okay — diz, lentamente, com um aceno.

— Nós dormimos juntos e fomos cuidadosos todas as vezes, mas acabei engravidando de todo jeito. — Lágrimas angustiantes se movem por minhas bochechas.

— Ah. — Seus olhos se arregalam antes que ela se recupere e faça sua cara de aceitação. Eles disparam para minha barriga e voltam. — Okay, bem...

— Espera. Eu não terminei. — Interrompo seu pensamento. — Eu queria te dizer pessoalmente, mas era tão estranho, então decidi esperar. Ouvi o coração do bebê bater com seis semanas, mas tive um aborto espontâneo na oitava.

Minha mãe pressiona os lábios um no outro e lágrimas não derramadas enchem seus olhos.

— Foi há duas semanas. Eu estava realmente triste, tipo, mais do que me senti na vida toda. Achei que era o luto, mas se transformou em outra coisa, algo assustador. Acho que preciso de ajuda, mãe.

Ela segura minha mão, o polegar se movendo pela minha pele.

— Diga como se sente.

— Triste. Não consigo dormir, mas só o que faço é dormir. Perdi todo meu desejo pela vida. Todas as tarefas são difíceis. Sair da cama é difícil. Escovar os dentes é difícil. Sabe? Eu só não me importo mais. Choro o tempo todo. Estou com dor o tempo todo, como se meu corpo inteiro estivesse simplesmente exausto. Não há nada além de um vazio obscuro, que está me sugando, e não consigo lutar contra. Quero me afogar no nada, para não sentir mais dor. — Minhas lágrimas caem depressa novamente.

— Okay. — Os lábios da minha mãe tremem, uma cascata de lágrimas caindo por seu rosto aflito. — Venha aqui. — Puxa-me para o seu abraço, segurando-me bem próxima. — Sinto muito, Amy. — Sua voz vacila. — Sinto muito.

Quase me sento em seu colo no sofá. O cômodo está silencioso, exceto pelo som dos nossos corações partidos e das lágrimas que caem.

— Você ainda está com seu namorado? — pergunta, depois que nosso pranto finalmente se acalma.

— Não, acho que não.

— Isso é uma coisa boa ou...

— É boa. Foi escolha minha. Ele é bom, maravilhoso, gentil. Me ama e eu o amo, mas preciso focar em mim agora, acho. Tenho que descobrir como ser feliz de novo. — Percebo, assim que digo as palavras, que elas são verdadeiras. Não posso ficar com o Landon. Posso me sentir bem com ele, mas nossos dois meses juntos quase me mataram. Por mais que o ame, talvez tenhamos sido feitos para sermos só amigos.

Não tenho certeza de por que não conto a ela que é Landon, mas estou certa de que é minha escolha não fazer isso. Talvez eu queira manter meu breve período com ele para mim mesma. Foi tão curto, que não quero dividir minhas memórias. É possível que não queira que ela pense diferente dele, que sempre estará em nossa vida. Por mais que minha mãe me ame e me aceite, ela sempre me verá diferente a partir de agora. Eu sei disso.

Landon foi meu por um período curto e não quero compartilhá-lo.

— Eu entendo. Sua saúde sempre deve ser sua prioridade. Vamos ligar para o médico amanhã. Ele vai te dar um atestado para a faculdade, então não se preocupe. Talvez você possa resolver as coisas aqui por um tempo até se sentir melhor. Acho que o médico vai querer descobrir que medicações funcionam para você. Pode demorar um pouco. Você deveria começar uma terapia, provavelmente, o que será bom. Vai se sentir mais como si mesma em breve, filha.

— Parece bom — digo, suavemente.

— Amy, por favor, sempre converse comigo. Você sabe que não há nada que possa fazer que me faça pensar menos de você.

— E se eu matar alguém? — O canto dos meus lábios treme de leve.

Minha mãe nega com a cabeça, sorrindo.

— Você não está planejando matar alguém, está?

— Não. — Bato em sua perna de brincadeira. — Só estava tentando ter uma noção dos seus parâmetros.

— Vamos apenas dizer que não há nada que você possa fazer que não te dê uma sentença de viver na prisão que me desapontaria. Melhor?

Assinto com a cabeça.

Ela chega para mais perto e passa o braço por meus ombros.

— Há muita coisa para nós conversarmos.

— Sim, acho que sim.

— Quero ouvir tudo.

Pelas próximas duas horas, conto tudo a ela. Falo sobre minha colega de quarto doida por garotos, o amigo que encontrei em Bass e as experiências — boas e ruins — que tive com Landon, embora me refira a ele como George. Quando termino de contar, meu coração ainda dói e minha mente ainda está nublada. Mas a tristeza que me prendeu não me segura mais tão forte e, por ora, isso é já alguma coisa.

Dezenove

AMY

Dançar Lady Gaga com Bass.
Listas para manter minha sanidade.
Determinação.

Bass segura minha mão, puxando-me para o complexo de apartamentos.

— Eu não sei… — digo a ele, meu corpo inteiro no limite.

Ele interrompe nosso prosseguimento no corredor bolorento e se vira para mim.

— Qual é o número quatro da sua lista?

— Me divertir — falo, embora ele já saiba.

— Exatamente. Este é meu papel em tudo isso… fazer você se divertir. Nós vamos fazer isso. — Seus olhos castanhos perfuram os meus.

— Certo. — Mordo o lábio. — Mas é cedo demais. Eu acabei de voltar.

Só retornei para a faculdade ontem após três semanas em casa, colocando minha mente no lugar — ou, pelo menos, o suficiente para retornar. Fui receitada com remédios que estão me ajudando com a depressão, assim como uma lista de afazeres.

Uma lista de oito mudanças de vida que, eventualmente, me ajudarão a me sentir como mim mesma de novo.

A voz da minha terapeuta, Rebecca, soa em meus ouvidos:

— *Você precisa fazer atividades sociais, mesmo se não sentir vontade.*

Ela está certa. Eu não sinto vontade.

— Está bem. — Suspiro. — Vamos lá.

— Essa é a minha garota — Bass exclama, com a arrogância que aprendi a amar.

Entramos no apartamento com uma rodada de aplausos na nossa chegada. Sou tomada em vários abraços e me oferecem uma bebida. Opto apenas por uma Sprite, já que meu médico me avisou para evitar beber álcool.

Já tinha conhecido algumas pessoas aqui através de Bass, mas alguns dos rostos eram novos. Sou a única hétero neste encontro, mas não me incomoda em nada. Na verdade, alivia um pouco o estresse, sabendo que ninguém vai flertar comigo. Posso apenas me misturar e curtir as pessoas ao meu redor.

Estou entretida em uma conversa com um cara chamado Billy quando Bass nos interrompe para dizer que vamos jogar Gire a Garrafa.

— É sério? — questiono.

— Claro. As festas da Lucy sempre envolvem um jogo de Gire a Garrafa — Bass explica.

— Acho que vou apenas assistir.

Billy ri.

— Não é um esporte para espectadores, Amy.

Bass segura minha mão e me leva até o círculo de pessoas sentadas, já formado no meio da sala.

— Não é. Vamos lá, estraga-prazeres... você vai jogar.

Sento-me de pernas cruzadas ao lado de Bass. Observo a garrafa vazia de cerveja girar no meio do círculo. Um garoto sexy de moicano gira e a garrafa para direto no Bass. O público explode em vaias, gritos e assobios. O garoto ao meu lado ergue o punho no ar, celebrando Bass e o senhor Moicano enquanto se arrastam com as mãos e joelhos em direção ao centro do círculo.

Eles se encontram, parando por apenas um momento antes de seus lábios se tocarem. Todos comemoram conforme o beijo se torna mais íntimo. Fico desconfortável de assistir, mas todo mundo está fazendo o mesmo, então não desvio o rosto.

Eventualmente, Billy puxa Bass pela mão.

— Vamos lá, idiotas. Os outros também querem jogar — Billy diz, com um sorriso afetado e um balançar de cabeça.

Bass faz um biquinho, mas um sorriso começa a sair quando ele retorna para o meu lado.

— Hmm… estranho — sussurro em seu ouvido.

— Hmm… gostoso — responde, fazendo-me rir.

O jogo continua e outros se encontram no meio para trocar um beijo. Alguns são brincalhões e curtos, e outros se tornam mais profundos, mas nenhum é tão quente quanto o primeiro de Bass. Os comentários e a vibe do grupo são muito divertidos. Não consigo me lembrar da última vez que minhas bochechas doeram de tanto sorrir.

Bass termina um beijo leve com Elouise e usa sua vez para girar a garrafa. Pela primeira vez, para diretamente em mim. Viro-me para encarar Bass e, antes que eu tenha muito tempo para pensar, ele deixa um beijo casto em meus lábios. É curto, doce e acaba antes que eu me dê conta.

— Te amo, *chica*. — Ele pisca para mim. — Sua hora de girar.

— Certo — falo, inclinando-me para frente e girando a garrafa. Para em uma garota que conheci mais cedo, chamada Gwen.

Meus olhos encontram os dela e ansiedade preenche o meu peito. Não me movo, mas ela anda rapidamente de joelhos para onde estou sentada, um sorriso largo no rosto. Ela se inclina e coloca os lábios contra os meus. Antes que eu tenha tempo para processar o beijo, ela me empurra para trás até eu estar deitada no chão, com ela por cima. O beijo se intensifica quando sua língua pede passagem. Fico rígida. É diferente. Cada vez que sua língua gira é um lembrete doloroso de que seus lábios são mais macios que os de Landon.

— Vamos, Gwen. — Ouço Bass dizer no momento que ela é afastada de mim.

Minha mente está confusa e Bass me ajuda a sentar.

Ouço alguém se dirigir a Gwen na minha frente:

— Pare de fazer a garota hétero surtar, G.

Sorrio timidamente quando ela gira a garrafa. Rezo para não parar em mim. Felizmente, não acontece e Gwen e outra garota começam a se beijar. Viro para Bass, que se inclina para mim quando sussurro:

— Eu beijei uma garota.

— E gostou, Katy Perry? — Dá uma risada.

Bato em seu joelho de brincadeira.

— Foi um pouco agressivo — admito —, porém macio demais.

— Bem, se você tiver que beijar de novo, eu interfiro. Mantenha-se beijando garotos. Nenhum deles vai te beijar assim. — Ele aperta minha mão.

— Okay. — Aceno, grata pelo plano do Bass.

O restante do jogo é sem intercorrências, pelo que agradeço. Atingi meu limite de empolgação para uma noite. Depois que todo mundo se cansa de girar a garrafa, a música da Lady Gaga que sai das caixas de som é colocada no volume máximo e a dança se espalha pela sala.

Meus braços estão levantados e eu danço com Bass, cantando bem alto. É bom me soltar e apenas ser feliz.

Algumas músicas depois, um garoto usando apenas um fio-dental está rebolando pelo ambiente.

Meus olhos se arregalam e Bass ri, inclinando a cabeça para trás.

— Já se divertiu bastante por um dia, *chica*? — indaga.

— Sim, por favor.

Ele sacode a cabeça e segura minha mão.

— Vamos te levar para casa antes que as coisas comecem a ficar loucas.

Solto um gemido audível ao puxar o sutiã esportivo pela cabeça. *Tão apertado*. Deveria deixar as meninas no lugar, mas até que se ajuste direito, sempre sinto que estou sendo estrangulada. Vamos encarar: o número dois da lista do meu novo estilo de vida saudável não caiu bem comigo nesta manhã. Mas é tudo uma questão mental. Não bebi na festa de ontem à noite nem dormi até tarde. Tive nove horas completas de sono, então não posso estar cansada. Ainda assim, cada parte minha quer se arrastar de volta para as cobertas.

Não vou me deixar sucumbir a comportamentos autodestrutivos, não mais. Vou recuperar a minha vida, um momento doloroso por vez. Tenho que continuar em movimento, completando os passos, aparecendo nos lugares, trabalhando árduo e, eventualmente, não será tão difícil. Algum dia, não dará trabalho, será apenas a vida normal.

Minha terapeuta fala a minha língua em relação à lista que me deu. Se posso fazer algo é completar um *checklist*. Antes do Landon, minha vida inteira consistia em listas e planos, o que funcionou para mim.

Termino de amarrar o tênis, pego o telefone e os fones, saindo do quarto. Encontro minha colega de quarto seminua e um cara desmaiados no *futon*.

Claramente, eles se divertiram tanto na noite passada que caíram no sono antes de chegarem ao quarto dela. Não estou nem brava, não mais. Megan e eu nunca seremos amigas, mas aprendi a aceitá-la por quem ela é. Quero dizer, quem sou eu para julgar? Aquela garota dormiu com metade do *campus* sem ficar grávida, enquanto eu fiquei na minha primeira noite aqui.

Deixo a música levar meus pensamentos quando meus pés tocam o asfalto. Correr nunca foi minha coisa favorita, mas encontrar a música certa ajuda. Desafio-me a deixar o pé tocar a calçada a cada batida. Isso me faz continuar em movimento até meus músculos doerem e meus pulmões queimarem.

Meu corpo para e eu me curvo. Minhas mãos agarram a cintura e recupero a respiração. Alongo os músculos doloridos e espero o batimento cardíaco normalizar. Começo a caminhar e percebo que estou a um bloco da casa de Landon. Continuo naquela direção, mesmo que minha covardia queira que eu volte.

Não posso ignorar isso. Eu sei. Falar com Landon é um item importante em minha lista e não há momento melhor do que o agora.

Parada na varanda, em frente à sua casa, espero e respiro algumas vezes para me acalmar antes de bater de leve.

Tom atende.

— Oi. Landon está em casa? — pergunto.

— Sim, no quarto dele. Entre. — Tom abre mais a porta.

— Na verdade, pode chamá-lo para mim? Vou esperar aqui.

Seus olhos se estreitam em dúvida, porém ele me deixa lá parada do lado de fora no ar frio de outono. Momentos depois, um Landon sonolento aparece na porta.

— Ei, Ames. Entre. — Seu braço se estende, sinalizando para mim.

— Não posso ficar muito. Podemos conversar aqui?

— Claro. Deixa eu pegar um casaco. — Landon desaparece na casa.

É bobo, eu sei, mas não posso entrar no quarto dele, onde está quente e cheio de memórias. Preciso ficar aqui onde está frio e minha mente vazia.

Landon aparece na varanda e fecha a porta atrás de si. Guio-nos para o balanço e me sento.

— Quando você voltou? — pergunta.

— Sexta à noite — conto.

Ele assente e, embora pareça decepcionado por eu ter esperado dois dias para vir vê-lo, não diz nada.

— Como você está?

— Melhor. O veredito oficial é que estou em depressão, o que tenho certeza de que você já percebeu. Vi uma terapeuta enquanto estava em casa e estou em um novo plano para me ajudar a voltar, sabe?

— Isso é bom. Isso é maravilhoso, Amy.

Os olhos cor de amêndoa de Landon brilham com amor. Sei que ele se importa profundamente comigo e só quer o que for melhor para mim. Ainda assim, quando olho para esta varanda, as palavras que ele disse sobre o nosso bebê ecoam ao meu redor. A dor ressoa em meus ossos e fico brava de novo. Esquecer isso está na minha lista, mas posso dizer pela dor profunda em meu coração que, neste momento, não vou marcar este ponto tão cedo.

Talvez seja melhor assim. Preciso focar em mim mesma e, em última análise, Landon é uma distração que não posso ter.

— Escuta — começo —, só vim para te dizer que estou de volta e estou melhorando. No entanto, preciso focar em mim e na faculdade. Não quero te machucar, mas um relacionamento não vai fazer bem para nenhum de nós agora. Espero que possa entender.

— Hmm... okay. Assim, obviamente, sua saúde é mais importante. Só não entendo por que você não pode melhorar comigo por perto, mas posso respeitar os seus desejos.

Vejo a saudade nos olhos de Landon e quero confortá-lo, então fico de pé para ir embora.

— Desculpa — murmuro, balançando a cabeça. — Conversamos depois.

— Quando? — Ele também se levanta.

— No Natal — respondo. — Te vejo em casa no Natal.

— Não podemos mais conversar até lá? — questiona. Tristeza aparece em sua voz, mas escolho ignorar.

— Não. — Nego com um aceno. — Desculpa — repito. — Tenho que ir.

Corro para longe da varanda, parando apenas quando sua voz chama meu nome:

— Amy?

Viro para encará-lo.

— Sim?

— Se precisar de mim, estou aqui. Okay?

Aceno uma vez, virando e me afastando.

Vinte

AMY

Meus pais.

Minhas irmãs.

Suéter preto que faz a confiança crescer.

Abro a porta do meu dormitório e me surpreendo ao encontrar minha irmã Lily do outro lado.

— Surpresa! — grita, puxando-me para um abraço.

— Oi! Ai, meu Deus. O que você está fazendo aqui? Pensei que a mãe viria me buscar — digo, abraçando-a apertado, bem feliz por vê-la.

— Ela viria, mas esqueceu que se prontificou para fazer esse monte de comida para a festa de fim de ano da turma da Keeley, que é amanhã. Você conhece a mamãe, ela não é de comprar nada semipronto. Ficou em casa, fazendo tudo do zero.

— Estou realmente surpresa que ela te deixou dirigir até aqui sozinha. Lily fez 16 anos há poucos meses. É apenas uma hora e meia de carro da nossa casa até Ann Arbor, mas nossos pais não me deixavam dirigir uma distância de mais de dez minutos no meu primeiro ano como motorista.

— Não deixaram. Fizeram o Jax me trazer. Ele está lá fora, no carro, porque estacionamos totalmente fora de vaga. Não tem nenhuma por aqui.

— Eu sei, é exatamente por isso que decidi deixar o carro em casa esse semestre. — Pego a mala e tranco a porta antes de seguir Lily pelo corredor. — Eles sabem que o Jax também só tem 16 anos, né?

— Eu sei. — Ela ri. — Mas eles confiam nele.

Pulo no banco do passageiro da SUV da minha mãe.

— Ei, Ames! — Jax me cumprimenta.

— Ei! — digo, com tanta vontade quanto consigo reunir, mas a verdade é que ver o Jax me faz pensar no Landon. Eles são muito parecidos.

Lily pula no banco de trás e Jax sai para o trânsito de Ann Arbor.

— Como foi seu primeiro semestre? — ele pergunta.

— Foi bom — minto.

— Estou surpreso por você não ter pegado carona com Landon para casa — comenta, casual.

Não vejo Landon há um mês — bem, tecnicamente. Eu o vi andando pelo *campus* uma vez, mas virei em um corredor antes de encontrá-lo na calçada.

Honestamente, ainda estou em pânico. Apenas funcionar todos os dias é uma luta. Eu odeio. Estou tomando antidepressivos, o que definitivamente ajuda, mas ainda tem sido difícil. Fiquei em casa por algumas semanas no começo de novembro para ver meu médico e tentar ajustar meus remédios, além de ter algumas sessões com a terapeuta. Meus professores foram todos compreensivos e permitiram que eu fizesse muito do meu trabalho em casa.

Só queria que a perda do bebê e de Landon não me afetasse tanto quanto afeta. Ainda não estou em um bom lugar, mas sou uma ótima atriz e as únicas pessoas que realmente sabem o que está em meu coração são Sebastian e minha mãe.

Quando voltei da faculdade depois da minha pausa de saúde mental em casa, encontrei Landon e disse a ele que precisava focar em mim e nos estudos, o que era verdade, mas não vê-lo todos os dias é difícil.

— Sim, hmm — respondo ao Jax. — Terminei meus trabalhos alguns dias antes e queria ir para casa. Já faz tempo que não volto. Não queria esperar ele terminar.

— A última aula dele foi hoje de manhã, na verdade — Jax me conta.

— Ah, eu não sabia.

— Sim, mas ele não vai voltar até sábado. Provavelmente tem uma festa ou algo assim — explica.

— Como está a vida, Jax? Ainda está com a Bridgett? — indago, mudando de assunto.

Ele sacode a cabeça.

— Não.

— Bridgett só durou duas semanas — Lily me conta, do banco de trás. — Agora ele está com a Penelope.

— Quem é Penelope? — questiono em voz alta.

— Ela é nova, do último ano. O pai dela é militar, então eles se mudam bastante — Lily explica.

— Ah, entendi. Namorando moças mais velhas, né, Jax? — brinco.

Ele apenas dá de ombros.

— Você gosta dela, Lil? Ela é legal? — pergunto.

— Sim, ela é boazinha. Legal o suficiente.

— Hmm... — comento. — Parece que tem alguma história aí.

Jax dá uma risada.

— Não tem nenhuma história.

— Sabe se o Landon está namorando alguém? — pergunto a ele.

— Você deve saber melhor do que eu. Vocês dois não se veem? — Ele parece confuso. — Pensei que estariam juntos o tempo todo.

— Hmm, sim, eu o vejo, mas não muito. A faculdade é corrida. Temos horários diferentes.

Isso parece fazer sentido para Jax.

— Bem, você o conhece. Ele provavelmente namorou um monte de garotas, mas nenhuma a sério. É assim que ele é. Não é do tipo que liga para casa e fala da sua ficante atual.

— Verdade — comento. — Então, Lil, que sobremesa vai fazer este ano? — questiono, pronta para mudar de assunto.

Lily e Jax sempre surgem com alguma sobremesa maluca para as festas de fim de ano. Eles normalmente fazem algo que nunca comemos, porém, na maioria das vezes, é uma delícia.

— Ah, estou empolgada com esta. É tipo um mousse de chocolate, mas diferente...

Escuto-a explicar o que vai entrar em cada camada da sobremesa. Aceno ou finjo empolgação uma vez ou outra. Mas o fato é que meus pensamentos estão todos em Landon e no que será vê-lo no domingo, em nosso jantar da véspera de Natal. Eu deveria ter pensado mais sobre quão estranho seria vê-lo em cada reunião de família se as coisas não funcionassem. Mas não estava pensando em nada além de quão bom era estarmos juntos quando ficamos na primeira vez. Eu nem sequer estava pensando, e agora tenho que lidar com minhas decisões erradas.

Estou muito empolgada de ir para casa ver minha família. Senti muito a falta deles. Ainda assim, não consigo parar de pensar nele. Meu Deus, bem que eu queria.

Imagino que veremos quão boa atriz eu sou no domingo, porque existem apenas duas opções. Primeira, minha habilidade é tão maravilhosa que ninguém vai suspeitar de nada. Ou segunda, vou entregar tudo, o que nos levará a uma conversa excepcionalmente desconfortável com nossas famílias. Rezo para que seja a primeira, mas suspeito que será a segunda.

Deslizo outro suéter por cima da cabeça e arrumo no corpo antes de olhar no espelho. É a quinta camisa que provei. Giro de um lado a outro na frente do espelho de corpo inteiro do meu quarto, analisando em todos os ângulos como a peça apertada se encaixa.

Ficou bom, eu acho.

É preto, então me deixa mais magra. É apertado, o que acentua todas as minhas curvas. O V se abre apenas o suficiente para mostrar o começo do meu decote sem ser inapropriado. O equilíbrio perfeito entre o casual e formal, especialmente se combinado com meu jeans *skinny* escuro.

Claramente, passei tempo demais para encontrar o *look* perfeito para o dia de hoje.

Minha irmã mais nova, Keeley, abre a porta e entra correndo em meu quarto. Dou um passo para trás, de forma que ela não me atinja.

— Caramba, Kiki, você tem que bater, por favor.

— Desculpa. A mamãe queria que eu avisasse que todo mundo já chegou. — Ela me olha de cima a baixo. — Você está linda, Amy. Amei seu cabelo.

— Obrigada. — Tenho que me conter antes de chorar. Minhas emoções estão fazendo uma *rave* em meu coração, então é difícil manter a compostura. Mas seu elogio acalma um pouco da minha ansiedade por ver Landon.

Keeley inclina a cabeça e me olha, divertida.

— Você está bem, Amy?

Concordo com um aceno de cabeça para distraí-la.

— Totalmente, só estou cansada. Já vou descer. — Dou um sorriso largo, que ela retribui antes de virar e sair pulando pelo corredor.

Respiro fundo e dou mais uma olhada no espelho. Depois de me preparar por duas horas, acho que meu exterior está parecendo o melhor possível. Bem que minha força interior podia combinar com a aparência exterior.

Descendo as escadas, já consigo ouvir as risadas.

No percurso, imagino o rosto da minha mãe se ela descobrisse que meu ex-namorado, *George*, sobre quem contei tudo, é, na verdade, Landon. Não há possibilidade de errar aqui.

Concentro-me em minha mãe e caminho diretamente para ela, sem olhar para mais ninguém.

— Precisa de ajuda, mãe?

— Não. Está tudo pronto, querida — responde, terminando de colocar um pouco de *cream cracker* ao redor do prato de queijos.

Encontro meu pai e o senhor Porter conversando na sala, então desabo no sofá ao lado do meu pai.

Seco as mãos úmidas contra o jeans. Estou derretendo. Talvez um suéter não fosse a melhor escolha. Finjo interesse no que os dois homens estão dizendo, mas não escuto nada. O que sinto é o seu olhar — em mim. Sinto como se seus olhos fossem algo tangível, queimando-me com sua intensidade.

Olho para Landon e dou um sorriso tímido. Ele está usando jeans escuro e uma camisa azul-marinho justa, que se estica em seus braços e peito, indicando o belo corpo que conheço tão bem. Seu cabelo está um pouco maior que o normal, umas mechas caindo para o lado em sua testa, como sempre. Sem o sol do verão, o tom loiro profundo ficou mais escuro, quase castanho. Seus olhos, porém, são os mesmos — uma mistura intoxicante de verde, castanho e dourado — que me seguram em sua profundidade.

Ele me presenteia com um sorriso em troca, o que traz uma tempestade incandescente de sentimentos em mim — memórias do nosso breve tempo juntos e a maneira que fomos perfeitos como um casal. Estou sobrecarregada de emoções que duelam — desejo e cautela. É óbvio que meu corpo ainda o deseja, mas sei que não somos bons um para o outro — pelo menos, não agora. Para mim, a vida voltou aos murais de colagens, listas e agendas. Estou voltando aos trilhos.

Meu pai se oferece para encher a bebida do senhor Porter e, antes que eu perceba, os dois estão de pé e outro corpo se joga ao meu lado.

Meu Deus, o cheiro dele é tão bom.

— Ei — diz, baixinho, a voz hesitante.

Respirando fundo, ergo o olhar para encontrar o dele. Seu rosto é tão bonito que faz meu coração acelerar, e sei que não sairei de hoje ilesa.

Meus olhos pousam em seus lábios. Sinto, desesperadamente, a falta dos seus beijos.

Seus lábios.

Seu toque.

Seus sons.

Fecho os olhos brevemente e, quando os abro de novo, estou encarando os seus. Aquelas belas amêndoas normalmente estão muito cheias de vida, mas, agora, elas reconhecidamente parecem tristes.

Engulo em seco.

— Oi. — A palavra sai suave, quieta, porém pesada.

Ele limpa a garganta.

— Meu Deus, Amy… senti a sua falta.

— Eu sei, mas não podemos fazer isso aqui — sussurro, com uma advertência.

— Precisamos conversar — sugere.

Assinto.

— Okay. Depois do jantar.

— Okay — concorda. Aperta gentilmente o meu joelho e me dá um sorriso suave antes de se erguer e caminhar em direção à felicidade, do lado oposto à minha tristeza.

Observo-o se afastar. A cada passo, eu o anseio. Eu o cobiço. Eu o amo.

E então me lembro de que não posso tê-lo.

Vinte e um

AMY

Dar uma pausa.
Beijos de adeus.
Minha força.

Passo pelo jantar com uma simples inquirição do meu pai, que pergunta se estou bem. Assim que confirmo que sim, o tópico é esquecido. Estamos agora em um coma induzido pela comida entre o jantar e as sobremesas, onde todo mundo se separa para fazer suas próprias coisas. Nossos pais estão na sala de TV, recostados em poltronas na frente da tela, assistindo ESPN. Jax e Lily desapareceram em algum lugar. Eles estão sempre longe, jogando algum tipo de jogo só deles dois. Minha mãe, a de Landon, Susie, e Keeley terminaram de limpar as coisas e estão sentadas na mesa da cozinha, fofocando — as mães com cafés na mão, Keeley fazendo uma de suas pulseiras complexas com minúsculos elásticos coloridos.

Landon sai pela porta dos fundos, me lançando um olhar antes disso. Pego meu casaco e o sigo. O vento forte bate em meu rosto quando piso na varanda, enviando um arrepio pelo meu corpo. Fecho o casaco, passando os braços pela cintura. Continuo a seguir Landon, que caminha para a área arborizada por trás de nossa casa. Ele para em frente a um carvalho antigo onde três balanços solitários se movem suavemente, pendurados em um forte galho acima. Lembro-me de o meu pai colocar esses balanços ali há alguns anos para mim e minhas irmãs. Embora não possa realmente recordar a última vez em que estive em um deles.

Ele se senta no primeiro e se inclina, as pernas esticadas, o balanço agindo mais como um suporte do que qualquer outra coisa. Sento-me no terceiro e giro, encarando Landon. O do meio se move para frente e para trás, uma barreira necessária entre nós. Uma barreira para o quê, não sei, mas sua presença é tranquilizadora.

Seu olhar prende o meu. O dele está mais verde hoje e parece triste. Isso me faz sentir uma náusea pelo nervosismo na boca do estômago.

— Senti sua falta.

Não tenho certeza do que pensei que Landon me diria quando chegamos aqui, mas não estava esperando isso. Aquelas três palavrinhas me deixaram sem ter o que dizer.

De verdade, o mês passado tem sido o mais longo que passei sem ver Landon a vida inteira.

— Também senti sua falta.

— Como você está se sentindo? — indaga.

— Melhor. Ainda não estou ótima, mas melhorando.

— Continua fazendo terapia? — questiona, sua voz gentil.

— Sim, estou. — Aceno. — Tenho ido bem. Como você está? — questiono.

— De verdade?

— Claro.

Suas feições endurecem.

— Honestamente, não estou bem, Ames. Entendo que você passou por algo tremendo. Mas eu passei também. Talvez não na mesma medida que você, e talvez eu não tenha mostrado meu sofrimento da mesma forma, mas não significa que não esteve lá. A pior parte é que não pudemos lidar com isso juntos. São nos momentos difíceis da vida que você quer a pessoa que você ama, e você me deixou como se eu fosse algo que pudesse deixar para pensar depois. Me excluiu da sua vida como se eu não importasse nada. Nunca achei que você fosse capaz de me machucar desse jeito.

— Sinto muito. É só que…

— Tinha que ser desse jeito — termina minha frase por mim, decepção brilhando em seus olhos. — Eu sei. Você me disse. Entendo que precisasse resolver as coisas, colocar a mente no lugar, essas coisas. Só não compreendo por que não podemos ser amigos. Temos sido o apoio um do outro desde mais novos e agora, quando mais precisei de alguém para conversar, não podia fazer isso com a única pessoa de quem eu precisava.

Sou tomada pelo remorso e o sentimento está me causando um conflito extremo. Está me fazendo repensar minhas decisões. Eu vim aqui, satisfeita com nossa falta de relacionamento, porque preciso estar bem com isso. Nosso término começou com as palavras cruéis que ele me disse na varanda. Tenho que me lembrar disso. Ele é a razão para termos terminado. Disse que nosso bebê não tinha que ter acontecido e aquelas palavras foram o catalisador — ou, pelo menos, um grande fator de contribuição — da minha depressão. Suas palavras fizeram a bola rolar. Olho para ele.

— Não consigo superar o que você me disse na sua varanda.

Recuso-me a dizer em voz alta, mas ele não precisa ser lembrado. Ele sabe. Claro que ele sabe.

Olha para o céu, sacudindo a cabeça em frustração antes de voltar sua atenção para mim.

— Eu sei. Você deixou bem claro. Mas o negócio, Amy, é que não existe um manual do que se deve ou não dizer no nosso caso. Nunca passei por aquilo antes. Claro, entendo que o que eu disse foi estúpido. Mas estava tentando fazer as coisas melhorarem. Falhei, mas, quando disse, não foi por maldade. Não estava tentando te machucar. Estava tentando ser racional em nossa relação ao me referir ao aborto como algo positivo, porque ele aconteceu e nós tínhamos que seguir em frente. Não pensei antes de dizer. Eu sabia, no momento que saiu da minha boca, que foi a coisa errada a se dizer, mas não sou perfeito. Desculpa. Não estou feliz por termos perdido o bebê. Eu estava tentando seguir em frente. Desculpa.

Apenas o encaro, ferida ou magoada demais para dizer qualquer coisa.

— Amy, eu te amo. Você não foi apenas um caso para mim. Eu não teria feito nada para te machucar de propósito. Me mata você pensar algo diferente.

Suas palavras quebram a parede que trabalhei tanto para erguer. Suspiro.

— Não sei. Eu estava ferida e tentando me proteger de mais sofrimento. Suas palavras me esmagaram e, no momento, tudo que pude fazer foi te afastar.

— Sim, talvez por um dia ou dois. Mas para sempre? Você me conhece por dezenove anos. Tivemos uma briga e foi isso… terminamos. Sem segundas chances?

— Eu sei. Você está certo. — Sacudo a cabeça com uma risada triste. — Não lidei bem com as coisas. Ainda não estou lidando e provavelmente não irei por um tempo. Sei que não sou eu mesma agora. — Olho em seus olhos, implorando para que entenda. — Tenho tido essa escuridão sobre mim e não consigo afastá-la. Não consigo acreditar que perder algo que nunca soube que queria me machucaria tanto.

Minha voz está trêmula das lágrimas que rolam por minhas bochechas. Eu as seco com a manga do casaco, porém mais delas caem.

— E ainda estou brava com você. Queria não estar. Queria que as coisas voltassem a ser como eram. Queria poder te deixar me confortar. Queria poder ser feliz. Queria tantas coisas — encaro Landon, que já foi meu, e quero tanto amá-lo —, mas não é para ser assim agora.

— Quanto tempo até as coisas ficarem melhores? — questiona.

Dou de ombros.

— Não sei. Como você disse, não há manual para isso. Só tenho que fazer o que é melhor para mim. E sinto muito por estar te machucando no processo.

— Então ainda vamos fazer essa coisa de ficar separados? Sem nos falar? Sem nos ver? Nem mesmo como amigos?

— Não entendo o motivo, mas sim, é o que preciso agora. — Mal consigo processar as palavras, mesmo conforme as digo, porque sei que não fazem sentido.

Sim, tenho mais para passar no meu processo de cura, mas por que não iria querer Landon nesta jornada comigo? Tenho tanto ressentimento em relação a ele, sabendo que nada disso é sua culpa. Ele não quis isso para nós. A parte racional do meu cérebro sabe disso, mas suponho que a parte quebrada do meu coração precisa de alguém para culpar. Pelo menos assim uma parte minha fica focada na raiva. Quanto mais energia dedico ao ressentimento, menos tenho que viver na tristeza. Talvez seja irracional, mas prefiro ficar com raiva do que triste, porque, em alguns dias, a dor me coloca tão para baixo que não sei se vou sair de lá de novo.

— Meu Deus, Amy. — Landon inclina a cabeça para trás em um suspiro frustrado.

— Eu sei. Desculpa. — É tudo que posso dizer, pois sei que não estou sendo justa.

— Podemos dar uma pausa por um momento, por favor? — implora. — Podemos fingir por um momento que estamos em setembro? — Ele fica de pé do balanço e estende as mãos na minha direção.

Meus olhos se arregalam ao encarar de suas mãos ao rosto, e meu coração começa a acelerar no peito.

— Apenas uma pausa. — Ele me encara, esperançoso, implorando para que eu concorde, e eu quero, mesmo que por um segundo.

Levanto também e dou alguns passos em sua direção. Parada diante dele, foco em suas mãos quando as minhas se estendem. Apesar do dia frio de inverno nos cercando, sua pele é quente ao toque, e leva um calor saudoso pelo meu corpo. Suas mãos seguram as minhas, os polegares esfregando gentilmente a minha pele.

Inclino a cabeça para encontrar seu olhar, tão cheio de amor. Meus lábios tremem quando ele morde os seus. Uma das mãos solta a minha e sobe pelo meu braço até seu polegar esfregar minha bochecha. Por instinto, inclino-me em seu toque. Ele coloca meu cabelo atrás da orelha, o que me arrebenta. Este simples movimento me leva de volta para quando meu coração estava feliz e nosso amor era ilimitado.

Ele me puxa para um abraço. Eu o enlaço com força e enterro o rosto em seu peito. Sinto sua força por baixo da minha bochecha. Guardei cada centímetro do seu corpo na memória e permito a mim mesma, por um segundo, a me lembrar de sua perfeição. Posso ouvir as batidas rápidas de seu coração, as vibrações quase fortes o suficiente para ressoarem contra a pele da minha bochecha. Penso em como capturei o amor fugitivo de Landon e segurei seu coração de forma que ninguém mais o fez. Sua adoração foi um presente, um que eu daria tudo para aceitar de novo, se pudesse. Se ao menos a triste força da gravidade não estivesse me empurrando para baixo.

Queria ser mais forte. Daria qualquer coisa para ser a mulher que eu era. O luto tem uma maneira de mostrar quem somos de verdade e me fez perceber que não gosto muito de mim mesma.

Uma voz baixinha sussurra lá dentro:

Encontre coragem.

Derrube suas paredes.

Eu ouço. Eu quero. Mas não posso.

Landon e eu permanecemos naquele enlace pelo que parece uma eternidade. Abraço-o com força, apreciando cada batimento cardíaco sem saber se os ouvirei novamente.

Ele relaxa o aperto. Recuando, olha em meus olhos.

— Você tem certeza de que não podemos voltar ao que éramos?

— Tenho. — Aceno.

— Realmente não quer ficar comigo?

Sua expressão é de profundo sofrimento e tenho que me forçar a ser mais forte, exigindo o que preciso por algum motivo estranho.

— Não — digo, suavemente.

Ele tira um dos braços da minha cintura e passa os dedos em meu cabelo, dando um suspiro irritado.

— Só pensei que, se pudesse finalmente te fazer me ouvir, realmente me escutar, seríamos capazes de fazer isso funcionar. Não entendo como chegamos aqui. — Ele sacode a cabeça. — Éramos perfeitos juntos, Amy. Perfeitos pra caralho.

— Desculpa. — É tudo que posso dizer.

— Sabe o que passamos? Aquilo deveria fazer um casal como nós ficar mais forte, não nos separar. Certo? — implora, embora não esperasse uma resposta, porque ela já foi respondida. — Okay. — Seus ombros cedem visualmente. — Não sei. Não entendo. Não é assim que pensei que o dia de hoje terminaria. — Ele solta uma risada desprovida de humor. — Não vou te forçar, óbvio. Vou respeitar sua decisão. Só não a entendo.

— Eu sei, e queria poder explicar — falo, desculpando-me.

Pressiona seus lábios um no outro, puxando o ar pelo nariz.

— Tudo bem — finalmente diz. — E as coisas de família? Se continuarmos agindo como desse jeito estranho ao redor deles, como foi hoje, eles vão descobrir. Quer contar a eles?

— Não. — Meus olhos se arregalam. — Já falei para a minha mãe que estava com outra pessoa. Não posso mudar agora.

— Bem, Amy, alguma coisa tem que acontecer.

— Vamos apenas dar uma pausa quando estivermos em família — imploro.

— Você pode fazer isso? — Ele abaixa o olhar, questionando.

— Posso. — Aceno, convencida. — Nós temos. Nossas famílias não vão parar de se encontrar, nunca. Isso significa que nós também não vamos; pelo menos, quando estivermos aqui. Mas, na faculdade, preciso do meu espaço.

— Okay — declara, pouco entusiasmado.

— O tempo irá me curar, Landon. Um dia, seremos capazes de ser amigos como sempre fomos. Sei disso. Só não sei quando será. — Finjo não vê-lo se encolher quando digo “amigos”.

— Sim. — Acena, devagar.

Ficamos de pé, em silêncio. Nossos braços ainda ao redor um do outro.

Landon me encara, implorando. Aceno muito sutilmente e fecho os olhos. Suas mãos envolvem meu rosto e, quando seus lábios pressionam os meus, ofego contra eles, o contato muito vívido. Lágrimas involuntárias descem pela minha face e nossos lábios se movem, juntos. Sua língua faz cócegas em meus lábios, clamando para entrar, e abro espaço para permitir. Minhas mãos agarram sua cabeça, trazendo seu rosto para mais perto.

Nossas línguas dançam juntas e desesperadas. O beijo é suave com desejo, embora imprudente com o querer. Nossas bocas estão freneticamente comprometidas ao beijo, apavoradas pelo fim. As sensações são de euforia enquanto a finalidade é palpável. Isto é um adeus.

Quando Landon se afasta, sinto a falta imediata dele e sei que haverá uma parte minha que sentirá sua ausência para sempre.

— Você sabe que te amo. — Ele seca uma lágrima da minha bochecha.

— Eu sei.

Abaixa as mãos e dá um passo para trás.

— A gente se vê, Ames.

— A gente se vê — respondo, baixinho.

Landon enfia as mãos nos bolsos do jeans e se vira, andando para longe. Quanto mais se afasta, mais quero gritar para que pare. Mas sei que não posso fazê-lo feliz agora. Não consigo me fazer feliz.

Amo-o demais para arrastá-lo comigo.

Espero que, um dia, ele perceba isso e fique grato pelo nosso término.

Vinte e dois

AMY

Fim do primeiro ano na faculdade.

> O brilho do sol.
> Pássaros cantando.
> Brisa quente primaveril.

Na minha cabeça, repito as três coisas que, atualmente, me trazem alegria quando meu rosto — os olhos bem fechados — está voltado para cima em direção ao sol.

O brilho do sol. Nada é mais depressivo do que o inverno de Michigan que parece nunca terminar, onde meses inteiros podem se passar sem um olá da grande bola de fogo no céu. Estou em uma necessidade desesperada da minha vitamina D terapêutica. Os raios aquecem minha pele, trazendo um sorriso ao meu rosto.

Pássaros. O som animado das criaturinhas voando, como se estivessem alheias ao mundo que as cercam, é hipnotizante, colocando-me em um transe pacífico. Imagino uma mamãe pássaro carregando um pedaço de lã que acabou de cair do suéter de alguém e colocando com cuidado no lugar no ninho que ela construiu atenciosamente para seus próximos pequeninos. Não sei se a mamãe pássaro experimenta o amor do jeito que os humanos — provavelmente não. Sim, sei que elas sentem algo — um desejo inato de proteger seus bebês de qualquer coisa que possa machucá-los.

O instinto materno é feroz e inabalável. Tem o poder de destruir... um predador, uma ameaça... seu coração.

Uma brisa quente primaveril. O vento em minha pele é puro céu, trazendo consigo os cheiros e os sons da agitação de alunos terminando suas provas e se mudando. O *campus* está vivo com alegria tangível. É quase impossível descobrir o quanto o ar é bom, comparado às últimas semanas de rajadas frias e cortantes em meu rosto toda vez que saía do quarto para ir à aula. Está me aquecendo de fora para dentro, chegando a todas as minhas camadas congeladas, e estou muito agradecida, porque preciso.

Sento-me sozinha no banco bem no meio do *campus*. Todos os outros estudantes estão ocupados com outras coisas — provas, malas, festas. Fiz todos os exames finais no começo da semana e minhas coisas estão empacotadas em caixas. Agora, estou esperando Landon vir me buscar daqui a pouco. Ele assinou um novo aluguel para a casa que atualmente compartilha com Tom, seu colega de quarto, para o último ano. Já que não tinha nada para levar para casa dos pais, ofereceu sua caminhonete vazia para levar minhas pilhas de coisas.

É surreal que meu ano de caloura na Universidade de Michigan tenha acabado. Eu sabia, desde o dia em que meu pai me ensinou a dizer "vai, Blue!" quando eu era mais nova e não conseguia pronunciar a letra L, que queria ir para a faculdade para a qual meu pai torcia, aquela onde eu gritaria "vai, Boo" todo dia. Eu tinha uma contagem regressiva na parede desde o ano de caloura no ensino médio. Meu pai e eu mapeamos minha trajetória na escola, aquela que me levaria para a melhor faculdade do país. Houve aulas, notas, redações, experiências de vida e trabalho voluntário que era preciso ser feito, e eu fiz de tudo.

Check, *check* e *check*.

Coloquei todos os pingos nos i's e terminei minha lista de afazeres para me preparar para a faculdade, e cumpri tudo. Agora que meu primeiro ano está chegando ao final, estaria mentindo se dissesse que foi tudo que eu esperava. Para ser honesta, o último ano foi um pesadelo, mas realmente não teve nada a ver com o lugar e muito mais comigo.

Minha mente vagueia para o professor Trueheart, da aula de Comunicação no primeiro semestre. O diário de gratidão que ele nos fez escrever no começo do ano letivo me ajudou mais do que ele poderia saber. Tive dias sombrios durante este ano e encontrar três coisas todos os dias pelas quais eu agradecia me trouxe uma luz muito necessária, mesmo durante tempos em que eu estava imersa em tanta escuridão que mal conseguia enxergar.

Ele costumava falar da lei da atração e eu acredito que meus três pontos de gratidão do dia me trouxeram mais perto da felicidade.

Sorrio, pensando no professor Trueheart. Comunicação era minha aula favorita por causa dele. Algumas pessoas foram feitas para ser professores, feitas para encorajarem os alunos e mudar suas vidas. Ele é uma dessas pessoas. Suas aulas me ensinaram muito sobre mim mesma. Continuei meu diário depois que o semestre terminou, tornando-o outro passo da minha lista de saúde mental.

— Você deve estar pensando em mim com esse sorriso lindo.

Sou arrancada dos meus pensamentos.

Abrindo os olhos, eu os deixo semicerrados por conta da luz e vejo meu melhor amigo, Bass, se jogar no banco ao meu lado.

— Como você sabia que eu estava aqui? — questiono.

Ele ergue o celular.

— Te rastreei. Você não estava atendendo.

— Seu *stalker*. — Rio baixinho, dando uma cotovelada de brincadeira nele.

Instalamos um aplicativo de GPS em nossos telefones há alguns meses, que mostra onde a pessoa está. Caiu como uma luva, porque tanto Bass quanto eu temos a tendência a nos fecharmos em nós mesmos, às vezes. Assim, podemos sempre encontrar um ao outro, mesmo se nossos telefones estiverem mudos por estarmos na fossa. E mais, economiza tempo. Tipo, se for para o Bass aparecer nos meus dormitórios depois da aula para me levar para o jantar, posso apenas olhar o aplicativo para ver se ele está a caminho, em vez de mandar mensagem para perguntar "você está vindo?". Claro, é quase coisa de *stalker*, mas desde que as duas partes estejam de acordo, funciona bem.

— Você está tendo um momento emo? — pergunta, sua sobrancelha perfeitamente esculpida se erguendo.

— Não, só pensando. — Passo o dedo por uma das minhas sobrancelhas distraidamente.

— Sim, como seu melhor amigo… vou dizer. Você precisa de uma pinça. — Gesticula com os dedos na frente do meu rosto. — Está começando a entrar em uma vibe meio Jane do Tarzan.

— Ei, elas não estão tão ruins — protesto, com uma risada.

Bass revira os olhos, o que me diz que ele pensa diferente.

— O que você está fazendo aqui fora, de todo jeito? Está se escondendo da Megan? — Ele me conhece tão bem.

— Talvez. Não, não de verdade — respondo. — Os pais dela devem estar aqui agora. Pensei que seria melhor se ela tivesse o espaço vazio enquanto retira suas coisas.

— Ah, então você está dando espaço a ela? Não a está evitando para não ter que lhe dar um adeus esquisito? — Lança-me um olhar, que me faz dar um largo sorriso.

— Okay, você me pegou. Mas o que eu faria? Daria um abraço? Não nos abraçamos desde a primeira semana. Acenar desconfortavelmente? Dizer que foi um ótimo ano? Qual é uma despedida adequada para a nossa situação? Ela me odeia.

— Ela não te odeia. — Bass dá uma risada debochada. — Pare de ser tão dramática.

— Bom, ela também não me ama — zombo. — Mas não a culpo. Ela queria uma parceira no crime para sair, conhecer vários caras, rir sem parar por causa de garotos fofos e fazer fofoca. Em vez disso, ela ficou comigo… uma bagunça emocional, cuja única companhia é você.

— Exato. Ela ficou com você. Teve sorte — fala, passando o braço pelo meu ombro e esfregando.

— Não. Você teve sorte. Ela se ferrou.

Bass solta uma risada.

— *Touché.*

— Quando seu pai vai chegar?

— Em duas horas — comenta, com um suspiro. Meu coração dói por ele.

— Estou falando sério quando digo que você é bem-vindo na minha casa no verão. Temos um quarto extra. Você ama a minha família. Venha ficar conosco.

— Não. Você sabe que não posso. Um verão falando de futebol americano, resmungando sobre consertar o velho Mustang do meu pai e fingindo interesse em todas as mulheres que minha mãe aponta na igreja é o preço que pago por vir a este lugar. É um pequeno sacrifício para não ter dívidas estudantis pairando sobre a minha cabeça pelo resto da vida.

— Conte a eles, Bass. Eles te amam. — Aperto seu joelho.

Ele morde o lábio e olha para longe, sem realmente focar em nada.

— Eles sabem — diz, triste. — As pessoas só ouvem o que querem escutar.

— Vou sentir muito a sua falta — comento, após alguns minutos de silêncio.

— Idem, amada.

Ele afasta o braço do meu ombro e coloca sobre o que está apoiado em sua perna. Entrelaça os dedos aos meus e aperta gentilmente.

— Vou te ligar o tempo todo — aviso.

— Mandar mensagem, né?

— Não, vou realmente te ligar. — Dou um largo sorriso.

— Boa. Porque vou sentir falta da sua voz.

— Sabe, você pode dizer aos seus pais que estamos namorando, se quiser. Pode ser que impeça sua mãe de te arrumar um encontro com toda garota que passar.

Ele concorda.

— Verdade. Vale a pena tentar.

— Direi adeus a você quando seu pai passar para te buscar e vou derramar todo meu amor.

— Okay, funciona para mim — aceita, e o ar parece um pouco mais leve.

Bass aperta minha mão e acena em direção ao garoto que está passando.

— Meu ou seu?

Dou uma olhada nele — jeans *skinny*, o andar, as mãos ao digitar no celular, o cabelo perfeitamente arrumado. Ele é fofo.

— Seu — digo, com confiança.

— Definitivamente — Bass concorda.

— Você devia ir lá dar um oi — ofereço.

— Deveria, mas então teria que te deixar. Não é divertido. — Bass aponta outro garoto que parece o mais atleta de todos os atletas. — Meu ou seu?

— Meu — digo.

— Seu — Bass fala ao mesmo tempo. Então sugere: — Você devia ir lá dar um oi.

— Não, obrigada — protesto, nós dois começando a rir.

— É por isso que nós dois somos solteiros — comenta.

Apoio a cabeça em seu ombro.

— Eu gosto de ser solteira. Você sabe disso. Só preciso…

— Focar na faculdade — termina a frase por mim. Quase posso ouvi-lo revirar os olhos. — Eu sei, mas é uma droga.

— Sebastian Cleary, você escolheu essa bagunça como melhor amiga. Isso fica por sua conta, mocinho — provoco.

— O que posso dizer? Sei como escolher. — Beija o topo da minha cabeça.

Ficamos sentados no banco, de mãos dadas, em meio a este lindo dia de verão e brincamos de Meu ou Seu até termos que ir para o dormitório dele para encontrar seu pai.

— Quanto tempo você vai ficar em casa? — pergunto ao Landon, enquanto estamos na estrada de volta.

— Só no fim de semana. Começo o estágio na segunda, lembra?

— Ah, é mesmo. O que você acha que vão te pedir para fazer? — questiono.

— Provavelmente pegar café ou alguma merda dessas. Talvez tirar cópia. Não tenho certeza, mas posso garantir que não farei algo tão legal por um tempo. Mas tudo bem. Tenho que começar de algum lugar. Independente disso, depois da formatura, eles podem ser uma boa primeira experiência de emprego ou uma referência incrível.

Descansando a cabeça no apoio do banco, encaro Landon, admirada. Ele deve sentir o peso do meu olhar, porque me lança um olhar rápido.

— O quê? — Dá uma risada.

— Não consigo acreditar quão maduro você ficou assim do nada.

— É, acho que eu devia crescer em algum ponto. Sinto que este ano avancei bastante.

Percebo o tom reverente em sua voz, mas tento não deixar isso estranho para o bem de nós dois.

— Sei o que você quer dizer. Foi um ano bem confuso, né?

— Totalmente — concorda.

Viro a cabeça para encarar a janela. Os campos de milho e soja que passam estão começando a ganhar vida. Plantas recém-germinadas se alinham em fileiras perfeitas. Sempre amei os cheiros, o visual e os sons do verão. Tudo é tão puro e novo, dando a sensação de que tudo é possível. Recomeçar pode ser a realidade de qualquer um.

Este ano foi completamente fora da minha zona de conforto. Engolir meu orgulho e aceitar o rótulo da depressão me fez sentir um fracasso, fraca. Em um momento, minha vida estava maravilhosa; no outro, eu estava me afogando em uma miséria tão profunda que não conseguia respirar.

Isso me engolfou com tanta força que não consegui escapar sem ajuda. Foi uma experiência humilhante para alguém como eu, que pensava que poderia fazer de tudo, que criou a noção de que poderia, sozinha, estar no comando do próprio destino.

A depressão reside em algum lugar entre a ficção e a realidade. Amplifica as partes terríveis da vida, enquanto rasga sua habilidade de ver o lado bom. Aprisiona sua mente, te aprisionando em algo feio, doloroso, desesperado, trancando para fora a luz que a sua alma precisa desesperadamente. Mesmo sendo forte, não sou páreo para isso. Ninguém é, e tive que perceber que isso não me torna mais fraca.

Foi preciso muito trabalho, mas posso sentir a luz me envolvendo mais uma vez. Posso ficar triste sem me afogar. Posso experimentar algo terrível sem me perder nisso. Ainda posso encontrar meu sorriso nos dias em que meu coração chora com as memórias da perda.

A voz de Landon interrompe meus pensamentos quando ele desce a rampa de acesso que leva à minha casa.

— Vou te ligar se vier para casa no verão. Acho que vou voltar para o quatro de julho — avisa.

Sempre passamos o feriado na casa dos Porter, em sua casa de verão no Lago Michigan.

— Sim, você deveria. Quatro de julho não será o mesmo em nenhum outro lugar.

Desde que consigo me lembrar, o Dia da Independência consiste nas areias brancas e macias e nas águas azuis do lago. Há sempre uma queima de fogos incrível sobre a água, em todos os anos. Sei que minha família estará lá. Não vai ser a mesma coisa sem Landon.

Paramos na entrada da minha casa e meus pais e irmãs correm para fora da casa para nos cumprimentar.

— Ei, você. — Puxo Keeley em um abraço.

— Que bom te ter em casa — minha mãe diz, segurando-me com força. Ela me solta e abraça Landon. — Obrigada por trazê-la.

— Sem problemas — responde. — Prometi pra minha mãe que a visitaria quando terminasse as provas. Ia dirigir até aqui de toda forma.

— Sim, sei que ela sente sua falta — minha mãe comenta.

A família nos ajuda a tirar as caixas da carroceria de sua caminhonete e leva para dentro. Com tudo guardado, eu o sigo para fora.

Ele passa os braços fortes por minha cintura e me traz para um abraço.

Descanso as bochechas em seu peito e inspiro seu cheiro. O abraço perdura. O momento roubado sugere um passado que só nós dois compartilhamos. A perda de seu calor dói quando ele se afasta, mas sorrio de todo jeito.

— Te vejo por aí. — Seus olhos de avelã perfuram os meus.

— A gente se vê — digo a ele. — Tenha um ótimo verão.

— Você também, Ames. — Entra de novo no carro.

Observo-o se afastar. Tantas emoções pesam sobre mim no momento, mas a que fala mais alto é o alívio. Apesar de tudo que aconteceu, comecei e terminei este ano com Landon como um dos meus melhores amigos.

É verdade que meu primeiro ano de faculdade não foi tudo que eu esperava. Aprendi da maneira mais difícil que nem os meus melhores planos eram a prova de erros. Eu diria que, embora minha mente, às vezes, estivesse sombria, nunca me senti sozinha por causa do Sebastian. Encontrei momentos de alegria todos os dias por causa do professor Trueheart. Arrastei-me para fora da profunda depressão sendo guiada pela minha terapeuta, Rebecca. Senti amor e aceitação vindos dos meus pais. Terminei o ano com boas notas porque era teimosa demais para falhar. E, embora nunca tivesse precisado, sabia que Landon me seguraria se eu fosse cair de novo.

Tenho muito pelo que agradecer.

Parte Dois

Vinte e três

AMY

Sete anos depois.

> Sessões de fofoca no banheiro.
> Risadas.
> Amigos de verdade.

— Não acredito! — digo, espantada. — Meu próprio Sebastian Cleary vai ser papai.

Os olhos de mel enevoados de Bass cintilam, cheios de algo que nunca vi neles — alegria desenfreada.

Tomo um gole da margarita na minha frente quando uma mulher com um cachorro passa na calçada.

— Não consigo lidar com um pet a esta altura da minha vida, mas você está casado e grávido. — Balanço a cabeça, rindo baixinho.

Os raios do início de setembro brilham em nossa mesa. O guarda-sol colorido que nos protege lança um brilho repleto de cores em meus braços pálidos. Sentar-me do lado de fora do meu restaurante mexicano favorito neste clima aqui em Ann Arbor, com a minha pessoa preferida no mundo, é a minha ideia de felicidade.

— *Chica*, não é uma competição. Além disso, não subestime a sua vida. Você conseguiu seu mestrado em enfermagem. Está trabalhando em um dos melhores hospitais do mundo. Está morando com seu namorado, que, a propósito, como isso está indo? — Ergue a sobrancelha e se inclina em minha direção.

Dou de ombros, pensando no meu namorado, Gage.

— Tudo bem, acho. É bom.

— Bom? — Bass dispara. — Bom? Vocês estão vivendo juntos há menos de dois meses. Deveria ser sexo gostoso vinte e quatro horas por dia, sete dias por semana.

Rio, inclinando a cabeça para trás.

— Definitivamente não é isso.

Bass faz um biquinho em desaprovação óbvia.

— O quê? — argumento. — Eu trabalho muito, em longos dias. Pare de me julgar. — Faço uma careta, fingindo irritação.

— Não é desculpa. — Ele joga um pouco de tortilha na boca. — Quando Gage e Landon chegam mesmo? Estou ficando com fome.

Ergo o celular para ver a hora.

— Eles não vão chegar em pelo menos trinta minutos, mais ou menos. Combinei com eles uma hora depois do que iríamos chegar. Queria algum tempo com você só para mim. Sinto saudades agora que você está do outro lado do país.

A garçonete para em nossa mesa.

— Prontos para pedir? — questiona.

— Não. Aparentemente, o restante da nossa festa não vai chegar por enquanto. Então, se você puder continuar trazendo os chips, a salsa e as margaritas, seria ótimo. Minha garota aqui está tentando me matar de fome. — O tom de Bass é todo atrevido.

— Você é tão dramático.

Ele joga um cabelo não existente sobre os ombros.

— Dramático e faminto.

— Como Ryan está? — pergunto sobre seu marido.

— Perfeito. E, no caso de estar se perguntando, nós fazemos sexo gostoso vinte e quatro horas, sete dias por semana.

— Eu não estava, mas obrigada pela informação. Queria que ele tivesse vindo. Sinto a falta dele.

Bass toma o restante de seu drink de tequila do copo de borda larga em uma sucção alta.

— Sim, ele é o melhor de todos. Mas alguém precisa tomar conta da Princesa enquanto estou em Londres — explica, falando sobre sua chihuahua detestável.

— Você não faz escala aqui quando voltar?

— Não, é em Nova Iorque. — Franze o cenho.

Bass só vai ficar aqui durante o dia por conta de uma longa escala de seu voo para a Inglaterra, quando ele vai se encontrar com um designer chique para um cliente. Ele trabalha como comprador de moda em Los Angeles — um muito procurado. Tenho tanto orgulho dele.

Empurro a cestinha de chips em sua direção — ou, mais especificamente, para longe de mim. Se eu der outra mordida, estarei cheia demais para o jantar.

— Então me conte como o processo da barriga de aluguel funciona. Me conte tudo sobre a Lindsay. Vocês vão descobrir qual é o sexo? Ela vai ficar na vida do bebê depois que ele ou ela nascer? Quero saber de tudo. — Bato palminhas, ansiosa por todos os detalhes que ele pode me dar, alguns para os quais já tenho resposta.

Mas, toda a informação que recebi até agora veio por telefone. Não é a mesma coisa que ouvir do meu melhor amigo, cara a cara. Apesar da distância que agora nos separa, continuamos extremamente próximos.

— Lindsay é maravilhosa. — Ele começa a me contar tudo sobre sua barriga de aluguel. Todo seu rosto se ilumina ao falar tudo sobre a vida que ele e Ryan construíram juntos e os planos que tem para sua nova família.

— E seus pais?

— Minha mãe está feliz que vai ser avó. Meu pai ainda tem que se acostumar, mas sei que, assim que vir o bebê, ele vai ficar bem.

— E como não ficaria?

Embora seus pais não pretendessem erguer a bandeira do arco-íris no jardim nem tão cedo, eles já avançaram um longo caminho desde que os conheci, o que me deixa feliz por Bass. Se alguém merece amor é o homem sentado à minha frente.

— E vocês não saberão quem é o pai biológico?

— Não. — Ele acena negativamente. — Eles misturaram um pouco dos meus espermatozoides com os do Ryan. Acho que, se a criança lembrar muito um de nós, vai ficar bem óbvio. Porém não importa. Tudo o que queremos é um bebê saudável.

Recosto-me à cadeira.

— Estou tão feliz por você. Tipo, insanamente feliz. Você nem faz ideia.

Seus lábios sobem um pouquinho em um lindo sorriso.

— Sei que você está, e estou feliz por você, *chica*. — Ele se estica pela mesa e cobre minha mão com a sua. — Você tem o trabalho que sempre quis, uma casa própria e um namorado que você ama o suficiente para morar junto. Assim, nós dois estamos indo bem. Nos demos bem.

— Sim. — Aceno, lentamente. — Estamos bem.

— Alguém disse *namorado*? — Gage segura meus ombros por trás e me assusto. — Ei, você. — Ele beija o topo da minha cabeça antes de se esticar por cima da mesa para apertar a mão do Bass. — E aí, cara? Como você está?

— Ótimo — Bass responde.

Gage se senta ao meu lado e ergue a mão, acenando para a garçonete, que está anotando os pedidos em outra mesa.

— Ela vai vir quando terminar — digo.

Ele estala os dedos na direção dela, que está rabiscando apressadamente em seu bloco de papel, os olhos se arregalando nervosamente em direção ao Gage a cada poucos segundos. Estendo-me por cima dele e agarro seu braço, colocando-o para baixo.

— Não estale os dedos para ela. É sério isso? — questiono, revirando os olhos.

— O quê? É engraçado. — Dá uma risada.

— Não é, não. É rude. — Lanço um olhar de desculpas para Bass e movo os lábios em um "me desculpa" para a mulher que está, claramente, com medo de vir lidar com meu namorado desagradável.

— Posso pegar algo para você beber? — questiona ao chegar à mesa.

— Sim! — Junta as mãos em uma única palma. — Duas Dos Equis, por favor. São duas garrafas de cerveja. — Levanta dois dedos. — Para compensar o tempo perdido, sabe. — E ele, de fato, pisca para a pobre garota.

— Ah, vou entrar nesse pedido. Pode trazer uma Dos Equis também, por favor? Baby, o que você quer? — Landon, que agora está parado ao lado da mesa, pergunta para a namorada, Abby.

— O que você está bebendo, Ames?

Ergo meu drink.

— Margaritas — respondo, apontando o copo em sua direção.

— Vou tomar uma dessas também. De morango, se você tiver. Obrigada — pede para a garçonete.

Ela sai correndo, toda apressada, e Landon e Abby cumprimentam todo mundo.

— Sim, Bass, essa é a Abby — apresento a ele.

— Oi. — Ela acena. — Amy e Landon me contaram tudo sobre você. É muito bom te conhecer. Estou tentando me acostumar com todos os amigos do Landon. Fui apresentada a tantos. Estamos juntos por três semanas, certo, amor? — pergunta para Landon.

— Sim, algo do tipo — responde.

Os dois se sentam ao lado de Bass, de frente para mim. Landon o puxa para um abraço lateral.

— Bom te ver, cara. Onde está o Ryan?

— Em casa com a Princesa. Apenas uma visitinha dessa vez.

— Verdade. Você voa hoje à noite. Lembro que a Amy disse algo do tipo.

— Infelizmente. — Suspiro.

— Na próxima visita, será mais longo — Bass promete. — Então, me conte as novidades?

Nós cinco conversamos ao comermos pratos flamejantes de tacos e mais bebidas. Landon, Bass e eu ficamos bem próximos desde o segundo ano da faculdade. Algumas das minhas melhores lembranças do começo dos meus vinte anos foram com esses dois homens ao meu lado. Sinto falta disso.

— Boa! — Gage grita em resposta a algo que Landon acabou de dizer.

Meu corpo enrijece pela explosão repentina. Okay, não senti falta *disso*.

Na verdade, o jantar seria melhor sem Gage e Abby, mas planto um sorriso no rosto e tento abraçar as diferentes personalidades que atualmente foram empurradas no meu momento com Landon e Bass.

— Aquele jogo no sábado foi ridículo — Bass comenta com Landon.

Aqueles dois amam falar sobre o time de futebol americano da Universidade de Michigan.

— Foi uma *piada*. — Landon coloca ênfase na última palavra. — Sério, eles perderam para uma faculdade da segunda divisão.

— Acha que a temporada inteira foi para o ralo? — Bass questiona.

Landon dá de ombros.

— Não tenho certeza. Vamos torcer para ter sido apenas uma semana ruim.

— Dormi com um jogador da Universidade de Michigan uma vez — Abby interrompe, fazendo com que a conversa cesse.

Depois de um momento, Bass diz:

— Legal...? — Sua resposta sai quase como uma questão.

Ele me dá um olhar e revira os olhos. Mordo o lábio para conter o riso.

— Não percebi que você tinha estudado na Michigan, Abby — comento.

— Não estudei — responde, a boca cheia de um burrito.

— Ah, okay.

O cotovelo de Gage bate no meu e olho para o lado, vendo-o encarar atentamente a tela do telefone, preso no jogo do Angry Birds. Eu me contenho antes de dizer algo a ele sobre o assunto.

Encaro Bass antes de me levantar da mesa.

— Já volto — falo para a mesa.

— Eu também — Bass completa e me segue pelo restaurante.

Caminhamos pelos corredores de cores vibrantes.

— Vamos para o *de las mujeres* — Bass comenta, seguindo-me para o banheiro feminino.

Ele tranca a porta e vou para a cabine fazer xixi.

— O que está acontecendo lá, *chica*? Sinto que estou perdendo um monte de merda nas entrelinhas.

Dou uma risadinha de dentro da cabine. De pé, dou descarga e saio.

— O que você quer saber? — indago, lavando as mãos.

— Landon está falando sério sobre a Abby?

— Você sabe que não consigo acompanhar as namoradas dele. Parei de tentar entender o que ele vê nas mulheres com quem sai há bastante tempo — respondo.

Bass passa os dedos pelo cabelo.

— Okay, mas ela é sempre assim tão estúpida?

— Quase sempre. — Aceno, fazendo Bass rir.

— Okay. Então me conta o que está acontecendo entre você e Gage. Você revirou os olhos na direção dele mais do que sorriu.

— Dá para me culpar?

— Bem, não. Ele está sendo meio que desagradável hoje à noite.

— Eu sei — concordo. — Ele tem agido assim bastante ultimamente. Não sei mais o que fazer sobre ele.

Bass ergue a sobrancelha e sustenta o meu olhar.

— Você vê um futuro com ele?

— Na maior parte dos dias, acho que não. — A admissão vem facilmente.

Ele ri da minha resposta.

— Então dá um chute na bunda dele.

Meu rosto se aquece com a estranheza que é minha vida amorosa.

— Ele nem terminou de desfazer as malas. Eu me sentiria mal de expulsá-lo tão cedo.

— Caramba, Amy. Você tem vinte e sete anos, não está ficando mais jovem. Não é hora de ficar com um namorado que claramente te deixa maluca. — Ele me dá um sorriso divertido.

— Okay, mas há uma hora você me disse que estávamos indo bem, que *eu* estava indo bem.

— Sim, mas… foi antes de eu perceber que você estava vivendo com um cara a quem não ama porque é covarde demais para afastá-lo. Ele não é um suéter espalhafatoso que você pode guardar para usar quando visitar a sua mãe, porque ela comprou de presente e você não quer ferir seus sentimentos. Ele é uma pessoa; e, particularmente, não é uma pessoa legal. Dá um chute na bunda dele — diz, com convicção.

Franzo os lábios e entrecerro os olhos.

— O que estou te ouvindo dizer é que eu deveria terminar com Gage? — Sarcasmo surge em minha voz.

— Meu Deus, sim. — Bufa. — É isso que estou dizendo, *chica.*

Há uma batida na porta. Destravo e puxo para ver uma mulher segurando a mão de uma garotinha. Por toda dança de para trás e para frente que a pequena está fazendo, posso dizer que ela está muito apertada. Uma expressão acusatória enfeia as feições da mulher.

— Desculpa — digo, com sinceridade, passando por ela e voltando minha atenção para Bass. — Vinte e sete não é ser velha, Bass. Só porque você deu um jeito na sua merda e se assentou em uma alegria matrimonial não significa que todo mundo na nossa idade já chegou lá.

— É ser velha o suficiente para se contentar com pouco; disso eu tenho bastante certeza — brinca.

— Vou dar um jeito — garanto a ele, porque, de verdade, sei já há algum tempo que Gage não é o cara certo para mim.

— Acho bom. — Entrelaça o braço ao meu e voltamos para o pátio externo.

Landon nos dá um olhar de "*por que vocês me deixaram sozinho com esses dois, inferno*", e Bass e eu caímos na gargalhada às suas custas.

Antes que eu perceba, estou saindo do metrô de Detroit, depois de deixar Sebastian pegar seu voo. Sua visita passou rápido demais, mas amei cada momento com ele. E ele está certo — apesar de todo o aspecto romântico da minha vida, estou me saindo muito bem e isso é maravilhoso.

Vinte e quatro

AMY

> Landon.
> Macarrão de amendoim.
> Piadas sobre o Titanic.

Fecho a porta de entrada por trás e caminho pelo saguão. Todo o meu corpo dói de exaustão. Estou saindo do terceiro turno noturno no hospital — o terceiro é sempre o pior. Meu corpo não foi feito para múltiplos dias consecutivos de trabalho agitado com pouco sono, mas essa é a vida de uma enfermeira.

A noite passada foi, particularmente, horrível, pois atendi uma criança de sete anos que teve um confronto terrível com fogos de artifício. Por que as pessoas estão soltando fogos de artifício em setembro está além da minha compreensão. Ele veio para mim após a cirurgia, quando eu deveria estar saindo do trabalho. Mas a enfermeira que me substituiria teve um problema no carro e se atrasou. Com isso, meu turno de doze horas virou um de dezesseis.

Amo meu trabalho no Hospital Infantil C.S. Mott, da Universidade de Michigan. É meu emprego dos sonhos. Sempre quis trabalhar com crianças. Ajudar a elas e a seus pais a passarem por uma doença pode ser física e emocionalmente desgastante, mas a recompensa é grande.

Pelo menos tenho os próximos quatro dias livres.

Deixo as chaves e a bolsa na mesinha de entrada e sigo até meu quarto. Abro a boca para bocejar e, do nada, estou voando pelos ares. Viro-me, para cair de bunda, mas minha mente sonolenta calcula errado. Pouso com a parte ossuda do meu quadril, meu pé torce de lado ao atingir o chão e minha bochecha acerta o ladrilho duro, fazendo um zumbido agudo ecoar em meus ouvidos.

— Ai! Ai! Ai! — grito, no chão frio.

Respiro fundo.

Meu rosto arde, mas acho que evitei um ferimento maior na cabeça. Meu quadril está definitivamente machucado. Fico deitada, imóvel, e tento mexer o pé. Uma dor afiada se alastra pela minha perna e interrompe este esforço.

Por favor, não esteja quebrado.

Sento-me lentamente e a primeira coisa que noto são os sapatos de Gage no meio do piso, bem onde tropecei.

Respiro fundo e choro um pouco mais. *Quantas vezes teremos que brigar sobre ele não deixar o sapato no meio do corredor?*

Não consigo nem lidar com isso agora.

Isso é carma, puro e simples. Eu já deveria ter falado com Gage sobre nosso relacionamento. Culpo a minha dificuldade de finalizar as coisas nas minhas longas jornadas de trabalho, mas, sejamos honestos, sou uma covarde que é horrível em separações e é isso que ganho em troca.

Olho para o meu pé, que começou a inchar. Cuidadosamente mobilizo para frente e para trás, chegando à conclusão profissional de que não quebrou, apenas torceu de maneira dolorosa.

Ergo-me e manco até a cozinha, sendo cautelosa em colocar menos pressão nele possível. Encho uma bolsa de gelo e tomo ibuprofeno antes de ir lentamente para o meu quarto.

As coisas de Gage estão por toda a cama. Suspirando, ergo os cobertores e jogo tudo no chão. Subo na cama, coloco a bolsa no tornozelo e desmaio.

Tento calar a dor.

Vá embora.

Argh.

A voz alta ecoa no meu crânio, indo para frente e para trás como se fosse uma bola de demolição.

Dói. Minha cabeça lateja.

Estico-me para a mesinha de cabeceira e pego o celular. Enquanto isso, a conversa crescente ao telefone continua:

— Não mesmo, cara. Sim, estou muito dentro. Que horas? Certeza. Quando o Spencer vem? Beleza!

São três da tarde. Dormi por duas horas. Não é à toa que sinto como se tivesse sido atropelada por um caminhão. Ao girar o quadril, uma dor aguda me lembra da outra razão para eu sentir que vou morrer.

A queda.

— Okay, sim. Vejo vocês lá. — Gage finalmente encerra a chamada e percebe que acordei. — Ei, baby — chama, animado.

— Você sabe que trabalhei na noite passada. — Gemo em frustração. — Dormi, literalmente, por duas horas.

— Ah, desculpa por isso. Vou sair do seu caminho em um segundo. Só tenho que pegar algumas coisas. — Vasculha sua cômoda.

Quero jogar algo nele.

Recosto-me ao travesseiro, torcendo para que ele vá embora.

— Vou sair com alguns dos caras hoje. Tudo bem?

— Beleza — murmuro.

Tento mover o pé e fecho a cara pela dor.

— Como foi a sua noite? — Gage pergunta, do closet.

Ele está falando sério?

— Por favor, vá embora — peço, desanimada.

— Alguém está de mau humor.

— Você acha? — Bufo. — Estou cansada, Gage, e você é muito barulhento. E todo meu corpo dói, porque caí depois de tropeçar na droga dos seus sapatos na entrada e quase morri.

Ele dá uma risada.

— Você é a rainha do drama.

— Hmm, não sou mesmo. — Reviro os olhos em sua direção.

— Tudo bem. Durma um pouco, resmungona, e vejo você amanhã. Provavelmente vou acabar dormindo na casa do Smitty hoje. — Ele se abaixa e beija minha testa. — Tchau, baby.

Viro-me para o lado bom do meu quadril, longe de Gage, e fecho os olhos. Ele não merece uma resposta.

No que parece ser o momento seguinte, sou despertada pela vibração do meu telefone. Estico o corpo todo para pegar.

Tem uma mensagem do Landon.

Landon: Preciso de você.

Respondo:

Eu: Vá embora. Estou dormindo.

Landon: São sete horas, preguiçosa.

Eu: Trabalhei até tarde.

Landon: Ah, desculpa. Mande mensagem quando acordar.

Eu: Tudo bem. Estou acordada. Para que você precisa de mim?

Sento na cama e me arrasto até a cabeceira. Todo meu corpo dói.

Landon: Preciso que me ajude a escrever meu discurso.

O casamento do Jax e da Stella é na próxima semana, Landon é o padrinho.

Eu: Isso deveria sair realmente de você. Não acha?

Landon: Você pode escrever como me sinto melhor do que eu. Por favor?

Eu: Okay, tudo bem. Mas não posso sair hoje à noite.

Landon: Por quê? Planos com o namorado?

Eu: Não, o namorado saiu. Mas ele quase me matou.

Landon: O quê?!

Eu: Caí mais cedo; tropecei no sapato dele.

Landon: Jesus, Amy. Estou tendo palpitações.

Eu: HAHA. Desculpa! Estou realmente dolorida.

Landon: Eu vou até você.

Eu: Okay. Traga comida.

Landon: Sim, sim.

Não deixo a minha cama. Em vez disso, cochilo e espero minha comida chegar.

— Ei, Ames.

Meus olhos se abrem, cansados, ao som da voz de Landon.

— Ei — respondo, sonolenta.

Ele inclina a cabeça para o lado.

— Você não parece tão bem.

— Não me sinto tão bem — declaro.

Amo passar tempo com Landon e, normalmente, fico totalmente empolgada quando conseguimos nos ver. Ainda assim, agora, tudo que consigo focar é na agonia intensa emanando do meu tornozelo.

Aponto em direção ao meu pé.

— Pode tirar a coberta das minhas pernas?

Landon puxa meu edredom e ofega.

— Caramba, Amy! Seu tornozelo!

Meu tornozelo está inchado e com várias marcas roxas.

— Argh. — Gemo. — Eu sei. Torci com vontade.

— Tem certeza de que não quebrou? Talvez eu devesse te levar ao médico? — Seus olhos estão céticos e focados em meu pé.

— Tenho certeza. É uma entorse. Eles só vão me dizer para tomar remédio para dor, colocar gelo, enfaixar e evitar esforço. Já sei de tudo isso. Não quero perder minha noite sentada em um pronto-socorro.

— Okay. — Ele acena. — Você é a profissional da área médica.

— Pode me ajudar a ir ao banheiro?

— Claro. — Landon estende a mão e eu agarro. Ele me ajuda a ficar de pé.

No momento que o pé machucado toca o chão, uma dor intensa se espalha, fazendo-me gritar. Soltando a mão dele, caio de novo na cama com um gemido.

— Ai, meu Deus, Amy.

— Vou ficar bem. — Suspiro, tentando ignorar o tornozelo latejante.

Landon segura meu braço e passa por seu pescoço. Com o outro braço por baixo das minhas pernas, e o outro nas minhas costas, ele me tira da cama.

Apoio-me nele enquanto sou carregada para o banheiro. Ele me deixa lá para pegar gelo. Escovo os dentes e lavo o rosto. Em seguida, giro para ir ao banheiro, tomando cuidado especial para tocar apenas o pé bom no chão.

Landon retorna com uma bolsa de gelo e me encontra parada igual um flamingo, balançando em uma perna só, a outra dobrada no joelho.

— Preciso muito de um banho — falo, desculpando-me. Eu me encolho, pensando em todos os germes e possíveis fluidos que devem ter respingado no hospital e estão em mim agora.

Merda, preciso que Landon troque meus lençóis também.

— Okay. Como você quer fazer isso? — pergunta.

Olho para o chuveiro, mordendo o lábio e pensando.

— Posso te ajudar a se despir. Não é como se eu nunca tivesse visto você pelada. — Ri baixinho.

— Landon — reprimo.

— Posso fechar os olhos enquanto você tira a roupa. — Dá um largo sorriso.

— Ai, que merda.

— Afinal, cadê o Gage?

— Saiu com uns amigos.

— Ele simplesmente te deixou aqui, desse jeito, sozinha? — pergunta, irritado.

— Não sei se ele sabe que estou machucada. — Dou de ombros. — Acho que comentei quando ele me acordou mais cedo, mas não consigo ter certeza. Não importa. Tanto faz. — Gesticulo como se não fosse nada. Não estou com vontade de falar sobre Gage agora. — Que tal isso? Pode me levar até o chuveiro? Eu tiro as roupas lá e ligo. Quando terminar, você me ajuda a voltar para o quarto?

— Claro. — Landon me levanta por cima da banheira e fecha a cortina.

Depois de um banho estranho em que fiquei equilibrada em uma perna só, apoiada na parede em boa parte do tempo, eu me seco e enrolo a toalha ao meu redor.

— Landon! — chamo.

— Pronta? — questiona, entrando no banheiro.

— Sim, cuidado só para a toalha não cair, por favor.

Ele ri e eu seguro a peça com mais força.

— Você me entendeu.

Landon pega roupas confortáveis na minha cômoda conforme vou dando ordens a ele da cama. Quando consigo tudo que precisava, ele deixa o quarto.

— Okay! — grito, depois de estar finalmente vestida.

Não posso acreditar no tanto que machuquei o tornozelo mais cedo. Estou feliz por Landon estar aqui para me ajudar.

Ele abre a porta e entra.

— Sim?

Ergo os braços como um bebê carente, o que o faz rir. Ele me pega e me leva para a sala. Coloca meu jantar na mesa de café em frente ao sofá.

— Ah, *lo mein* vegetariano, meu favorito. Obrigada — comento e Landon me abaixa.

Estou faminta.

Landon desaparece na cozinha e enfio uma garfada de macarrão de amendoim na boca. Ele volta um momento mais tarde com outra bolsa de gelo, um pouco de ibuprofeno e um copo d'água.

— Ah, você é um enfermeiro tão bom. Acho que está na profissão errada — provoco, pegando o remédio dele.

— Não mesmo. Não ligo de cuidar de quem eu amo... mas, estranhos? Não, obrigado.

Tomo um gole de água.

— Verdade. Definitivamente tem uma diferença. Embora, dependendo de quem seja a pessoa que você ama, estranhos, às vezes, são mais fáceis.

Landon se joga ao meu lado.

— É, mas estou de boa. Agora, me diga, como tudo isso aconteceu? — Gesticula para todo o meu corpo, indicando as várias feridas, mas sua expressão me faz rir.

Conto a ele a angustiante história da minha queda por causa do sapato largado de Gage, incluindo a versão em câmera lenta onde eu, graciosamente, movi meu corpo no ar para evitar o pior — algo assim.

Ele balança a cabeça.

— Porra, não é difícil guardar os sapatos.

— Eu sei. — Suspiro. — Viver com alguém é difícil. Há tantas coisas que me irritam pra caramba.

Gage veio morar comigo há uns dois meses. Já estávamos namorando há seis meses antes disso. Viver com ele tem sido um desafio. E me fez ver aspectos de sua personalidade que não tinha percebido enquanto morávamos separados e, honestamente, muitas delas são bem irritantes.

— Eu estava aqui quando você pediu a ele, educadamente, devo admitir, para colocar os sapatos no canto ou no armário. Não é tão difícil, Amy. — Ele olha para mim. — Você está realmente machucada e isso poderia ter sido evitado. E não é só isso do sapato. O cara é meio que um babaca.

Não consigo segurar a risada.

— Sim, estou vendo isso. Tem um monte de coisas que tem me deixado doida ultimamente. E não o amo o suficiente para deixar isso passar, sabe?

— Você precisa falar com ele.

Recosto-me no sofá.

— Foi o que ouvi. Eu sei. Só odeio essas coisas.

— Que coisas?

— Sabe, magoar as pessoas. É tão desconfortável.

Landon também recosta ao meu lado, colocando o pé no pufe.

— Eu sei, mas você não quer ficar com alguém apenas para não magoar seus sentimentos. E mais — ele ergue a sobrancelha —, nada contra você, mas não acho que o Gage se importaria tanto. Ele é bem egocêntrico.

— Sim, ele é — concordo, com uma risadinha. — Eu sou uma bagunça. O primeiro cara com quem decido viver, acaba se mostrando um "não" completo. Argh — rosno.

— Pelo menos você tentou, né? É melhor saber que vocês não são compatíveis antes tarde do que nunca.

— Verdade — digo, antes de dar um tapinha no joelho dele. — Chega de falar da minha depressiva vida amorosa. Quer dizer que você precisa escrever um discurso?

— Sim, talvez um curto, tipo um brinde para o jantar de ensaio, e depois um de tamanho decente para o casamento. Honestamente, não sei o que dizer. Mal conheço a Stella. — Ele me dá 'o olhar'; aquele que toda a nossa família faz quando fala das núpcias de Jax e Stella.

— Eu sei — digo, com um suspiro. — Mas você conhece o Jax. Escreva sobre ele, suas qualidades, talvez algumas memórias divertidas de infância?

— Sim, posso pensar nas qualidades. São as situações divertidas da nossa infância que estou tendo problemas para trazer. A maioria das boas que consigo me lembrar, aquelas que valem entrar no discurso, tem algo a ver com a Lily, sabe? Ou ela estava lá ou era parte da história de algum jeito. — Ele inclina a cabeça para trás em um gemido frustrado. — Isso é estranho pra caralho, Ames.

Assinto, porque concordo totalmente.

Jax e Lily começaram a namorar na primavera do meu segundo ano na faculdade. Não foi surpresa para ninguém quando anunciaram que estavam namorando. Os dois foram feitos um para o outro. Eles ficaram juntos sem problemas por quase quatro anos e, em seguida, quando Lily estava na Universidade Central de Michigan, em seu ano de caloura, eles terminaram. Ela namorou alguém e Jax provavelmente também namorou — embora eu não tenha certeza. Nunca me preocupei de verdade. Vi como os dois se descobriram, e sempre imaginei que encontrariam o caminho de volta um para o outro. Todos nós imaginamos. Então, alguns meses depois, Jax soltou a bomba de que se casaria com essa garota chamada Stella, que nenhum de nós sequer conhecia. No minuto seguinte, Lily, que agora está formada e é fotógrafa em Nova Iorque, se ofereceu para fotografar o casamento, pois ele é o melhor amigo dela. A coisa toda é bem confusa.

Entendo o desejo da Lily de continuar próxima a ele, como amigos. Eles foram melhores amigos a vida inteira. Eu sentia o mesmo com Landon. O ano depois que terminamos foi difícil, mas fomos capazes de salvar a amizade.

Nós dois realmente voltamos a ser "*nós*" durante meu segundo ano. Foi bom ser sua amiga de verdade de novo. Só namoramos por dois meses e, ainda assim, parecia que anos tinham se passado até recuperarmos completamente o que tínhamos. Jax e Lily namoraram por bem mais tempo e a relação deles sempre foi mais próxima que a nossa. Não consigo compreender que ele se case com alguém que não seja a minha irmã, e nunca entenderei por que ela sente que precisa fazer parte daquele dia.

— É tudo tão estranho — respondo, compactuando com os sentimentos de Landon. — Conseguiu mais alguma informação do Jax?

— Não, mas algo está diferente. Ele não está no seu normal ao redor dela e sinto que há alguma coisa que ele não está me contando. Ele é bem reservado em relação a ela, o que é bem diferente dele, sabe?

— Sim, isso é estranho, com certeza. Mas tem que haver memórias que não incluam a Lily.

Ele acena.

— Sei que existem. Só estou tendo dificuldades de pensar nelas. Vai levar o Gage para o casamento?

Nego com a cabeça.

— Nah, vou terminar tudo essa semana. Não o quero nas nossas fotos de família por toda a eternidade, sabendo que não vou ficar com ele.

— Tudo bem, que bom. Assim você pode ser a minha acompanhante.

Olho para ele, surpresa.

— E a Abby?

Ele se inclina para frente, enrola uma boa garfada do meu macarrão, e enfia na boca.

— Ah, não estamos mais juntos.

Eu rio.

— Quanto foi que durou? Um mês?

— Menos.

— Landon Porter. Algum dia, você vai crescer e parar de ser um mulherengo. — Dou uma risada.

— Vou, sim, quando encontrar uma garota que valha a pena me apegar. — Ele dá outra mordida. — Então, você senta ao meu lado e se certifica de que não diga nada idiota. Posso não concordar com Jax, mas a vida é assim e estou tentando muito ficar de boa com isso.

— Okay, pode deixar. — Pego o garfo de sua mão e enrolo um pouco para mim mesma.

— Também podemos fazer nosso jogo alcoólico no casamento — sugere, com um sorrisinho.

— Que tipo de jogo alcoólico?

— Toda vez que Jax der olhares saudosos para a Lily na festa, nós bebemos.

Bato em seu braço.

— Isso é horrível! Não vou jogar isso.

— Passei do ponto?

Reviro os olhos.

— Definitivamente. Na verdade, é meio depressivo.

— Tá bom. Vamos pensar em outra coisa.

— Concordo.

Landon pega o controle remoto da TV.

— Quer ver um filme ou algo assim? Cansei de falar do casamento por enquanto.

— Sim, claro. — Sorrio. — Mas meu pé está latejando. Preciso colocar para cima.

Ele levanta e me ajuda nisso, então fico deitada no sofá, meu pé machucado apoiado entre um travesseiro grande e macio e uma bolsa de gelo. Ele se arrasta atrás de mim, deitado entre mim e o encosto do sofá.

Landon passa pelos canais de filmes.

— Aí, *Titanic*! — exclamo, vendo o guia de programação.

— Argh, de novo não — fala, dramaticamente, me provocando.

— Você sabe que é um clássico. A pergunta é... posso lidar com o egoísmo da Rose hoje? Ou não?

— Não é? — pergunta, zombeteiro. — Sabe, aquela vaca tinha espaço suficiente na porta para o Jack — repete minha reclamação de todas as vezes que assistimos.

— Está bem. — Dou uma risada. — Você está certo; não estou com humor para egoísmo hoje. Vamos achar outra coisa.

— Que bom. — Começa a passar pelos canais de novo, sussurrando em um tom agudo às minhas costas: — *Nunca vou te deixar, Jack. Nunca vou te deixar.* — Então, em um tom normal, diz: — Mentirosa. — O que me faz rir de novo.

Vinte e cinco

AMY

> *Jogos alcoólicos.*
> *Hmm.*
> *Sir Mix-a-lot.*

Termino de enfaixar o tornozelo e calço o tênis. Não são os sapatos ideais para um casamento, mas ele ainda está bem machucado e não quero arriscar piorar. Meu vestido maxi é longo e fofo, agindo como uma camuflagem. Duvido que alguém vá perceber — especialmente o Jax e a Stella.

Lily sai do banheiro. Vê-la me deixa triste. Ela é tão bonita e quase perfeita de todas as maneiras. Seu cabelo loiro cai em cachos sobre seus ombros e ela ainda está bronzeada do verão. Está usando um vestido longo e esvoaçante. É rosa-claro e incrível. Parece uma deusa grega.

Seus olhos azuis brilham ao perguntar:

— Pronta?

— Estou.

— Que bom. Quero chegar lá para tirar fotos da Stella enquanto ela se arruma. — Manobra ao redor de uma das caixas do Gage, que ele ainda vem buscar, pegando a câmera de sua mesa.

— Lil?

Vira para me encarar.

— Tem certeza disso? Você está bem? — questiono, preocupação em minha voz.

Ela franze os lábios e inspira fundo pelo nariz.

— Estou — garante. — Vamos apenas concluir esse dia, okay? — Ela me lança um sorriso forçado antes de se direcionar ao quarto.

Vai ser um longo dia.

A igreja é a uma curta distância da minha casa. Minutos depois, estamos estacionando no local e entrando.

— Ei, você. Está bonito — digo para Landon, do lado de fora.

Ele e os outros padrinhos estão tomando uma cerveja no gramado próximo à entrada da capela.

— Você também. Cadê a Lil? — questiona, olhando ao redor.

— Tirando fotos da Stella.

Landon acena, revirando os olhos.

— Começou um pouquinho cedo, né? — Gesticulo para a cerveja. — E na frente de uma igreja?

— Ei, estamos todos lidando com este dia da melhor forma que pudermos — brinca. — Quer uma?

Estende a cerveja para mim e eu aceito, tomando um gole.

— Ainda não é fã, né? — Ri baixinho.

— Não. Não mesmo. Lembra quando tomei minha primeira cerveja?

— Aquela na festa do Danny Buchanan?

— Sim, aquela mesma. Lembra que você disse que era um gosto que eu iria adquirir?

— Bem, em minha defesa, a maioria das pessoas passa a gostar, especialmente na faculdade.

Dou de ombros.

— Nunca fui de beber muito naquela época.

A verdade é que, depois da minha primeira grande experiência com álcool logo no primeiro dia na faculdade, nunca fui de festejar depois daquilo. Qualquer álcool que tomei foi com Sebastian, no meu quarto.

— Verdade. Você não era — concorda.

— O que aconteceu com o Danny? Você ainda fala com ele?

— Não. Nunca gostei muito dele. Ouvi que engravidou uma garota na faculdade, largou e agora está ajudando o pai na fazenda.

Meus olhos se arregalam e encaro Landon. Ele respira fundo e, desconfortável, olha de mim para a cerveja nas mãos. Ninguém mais percebe, mas vejo o remorso em seus olhos. Depois de alguns segundos, dou-lhe um sorriso, que é devolvido. Neste momento, tenho uma intensa necessidade de envolvê-lo em um abraço. Mas não o faço. Talvez seja por causa de todos os outros padrinhos aqui parados. Ou talvez seja outra coisa.

Limpo a garganta antes de dizer:

— Então, sobre o jogo alcoólico... sem cerveja. Apenas bebidas mistas. Ou shots.

— Isso pode ficar perigoso bem rápido.

Ergo os ombros.

— O que mais temos para fazer hoje?

Landon me dá uma risada que vibra do fundo do peito e não consigo evitar o largo sorriso. Sua energia positiva é contagiante — sempre foi.

— Pensou em que tipo de jogo vamos fazer? — questiono.

— Não, mas algo vai vir.

Nossa atenção é arrastada para as portas da igreja se abrindo. Jax sai.

— Ei, é melhor eu encontrar meus pais. — Aperto o braço de Landon. — Te vejo mais tarde.

Dou um sorriso desconfortável para Jax e aceno, caminhando para a igreja. Ele sorri de volta e parece autêntico. Por alguma razão, isso me deixa triste.

Depois de um casamento bonito, embora estranho, chegamos à parte divertida da noite. O discurso de Landon termina e ele o faz bem. As coisas obrigatórias, como a primeira dança do casal e o bolo sendo cortado, também. Agora, é apenas a festa.

Já tomei umas duas bebidas mistas e estou me sentindo bem, sentada ao lado do Landon.

Ele toma um gole de sua cerveja.

— Não quer fazer a coisa dos olhares saudosos entre Jax e Lily?

Bato em seu braço.

— Não. Caramba, não. Isso é depressivo.

— Minha priminha, Anna, ama tomar goles do vinho da mãe. Poderíamos beber toda vez que ela fizer isso?

Balanço a cabeça, negando.

— De jeito nenhum, porque, se virmos isso acontecer mais de algumas vezes, deveríamos falar com a sua tia para a Anna não passar mal. Certo?

— Certo. Você é tão responsável — resmunga, contraindo os lábios. — Nada divertido.

— Bem, sinto muito por não ficar assistindo uma garotinha de nove anos ficar doidona.

— Quando você coloca dessa forma… — Interrompe o que estava dizendo.

— Exatamente. — Dou uma risadinha.

— Certo. Que tal: toda vez que pensarmos em nossos ex, tomamos um drink?

— Tipo, toda vez que eu pensar em Gage? O nome disso é jogo sóbrio, não jogo alcoólico — protesto.

Landon dá uma risada.

— Okay. Estou ficando sem ideias. Bem, o DJ fala "hmm" várias vezes. Quer beber toda vez que ele fizer isso?

— É meio ruim — dou de ombros —, mas acho que funciona.

— Ah, você tem outras ideias? — Cutuca meu braço e abre o sorriso.

Ele é tão bonito que faz meu peito doer, o que me pega de guarda baixa. *É o licor; não é meu amigo. Deixar cair as inibições de alguém não é uma coisa boa.*

— Você está me dando um olhar engraçado. — Landon torce os lábios. — No que está pensando?

Fecho os olhos e balanço a cabeça.

— Nada. Vamos fazer a coisa do DJ. Vai ser bom.

Landon abaixa o olhar e se inclina para mim.

— Amy, me diga o que está pensando.

Mordo o lábio inferior, movendo a cabeça de um lado ao outro em protesto. Uma pressão familiar em meu peito começa a se expandir pelo meu corpo. É uma que senti várias vezes ao longo dos anos e sempre que Landon está por perto. Concentrando-me bastante, afasto, ignorando, como sempre. Agora, mal consigo respirar com as emoções girando ao meu redor.

— Tudo bem, se depois de mais alguns *hmms* do DJ você sentir que quer compartilhar seus pensamentos, por favor, faça.

Aceno simplesmente.

Landon está certo. O DJ fala *hmm* várias vezes. Minha cabeça parece muito confusa, mas me sinto bem contente. Olho ao redor, procurando por Lily. Não a vejo há algum tempo.

— Onde está a Lily? — pergunto a ele.

— Ela foi embora.

— O quê? Quando?

Landon ergue as mãos casualmente.

— Não sei. Há pouco tempo? Ela olhou para o Jax toda divertida e saiu rapidinho. Ele a seguiu para fora voltando minutos depois sem ela.

— Ah, não! — Pego o celular e mando uma mensagem para ela, que responde quase de imediato.

— O que ela disse?

Olho para a mensagem.

— Que está cansada, indo para a cama. Que vai falar comigo amanhã e que espera que eu possa pegar uma carona com alguém. — Levanto a cabeça e deparo com o olhar de Landon. — Falei que vou com a mãe, o pai ou um Uber.

— E quanto a mim? — Landon parece ofendido.

Rio.

— Você não está apto para dirigir, meu amigo. — Dou uma cotovelada nele de brincadeira.

— Verdade — concorda.

— AI, MEU DEUS! É *Baby got back*! — grito, quando a música antiga toca e começo a dançar na cadeira.

— Vamos dançar — Landon sugere.

— Não posso. Não é para eu ficar dançando com meu tornozelo detonado. — Faço biquinho.

— Deixa comigo. — Landon fica de pé e me ergue. Passo os braços em seu pescoço e as pernas em suas costas. Ele entrelaça as mãos abaixo da minha bunda, me segurando no ar, e nos encaminha para a pista.

— Isso não é nada elegante! — Dou uma risadinha.

— Porra, quem liga? Você liga? — Seu sorriso é largo conforme nos gira pela pista de dança.

Para ser honesta, não.

Landon me balança ao dançar pela pista em nosso próprio *Dancing with the Stars* — edição especial Sir Mix-a-lot[1].

Mais pessoas estão, provavelmente, vendo a minha calcinha do que eu gostaria de admitir, mas lágrimas estão escorrendo pelas minhas bochechas de tanto rir.

---

1 Sir Mix-a-lot é um rapper e produtor musical estadunidense, intérprete da canção "Baby got back".

A música termina e é logo seguida por uma mais lenta. Apoio a cabeça no ombro de Landon, que nos move suavemente para trás e para frente. Sua respiração está pesada.

— Acha que nossos pais estão falando da gente? — pergunto em voz alta.

Landon e eu sempre fomos próximos, mas nossa dança atual está nos levando ao próximo nível.

— Não faço ideia. Nem tenho certeza se eles ainda estão aqui.

— Amo essa música — digo, minhas palavras em um tom sonhador.

— De quem é?

— Não faço ideia. Nunca tinha ouvido antes.

Landon ri.

— Estou feliz por você não ter trazido Gage — sussurra contra minha pele.

Arrepios explodem do meu pescoço aos braços.

— Estou feliz por você não ter trazido Abby — sussurro de volta.

Landon para de dançar. Ergo a cabeça de seu ombro e olho para ele. Seu olhar me paralisa. Eles estão arregalados, cheios de emoção, enviando uma corrente de paixão por mim, tão forte que sinto que vou chorar.

— Por quê? — questiona.

— Por que o quê? — Lentamente lambo os lábios.

— Por que você está feliz por eu não ter trazido Abby?

— Não sei. Por que você está feliz por eu não ter trazido Gage? — Aumento o aperto em seu pescoço.

— Me diga — pede, suavemente.

Em sua expressão, vejo um lado dele que não me permito ver há anos.

— Não posso. — Minha voz vacila.

— Por que não? — Suas mãos apertam minha bunda com força, seus dedos cravando minha pele, e quero gemer bem alto.

Aqui mesmo.

Na frente de todo mundo.

Mais do que tudo, quero que suas mãos se movam para frente. Quero que seus dedos explorem por baixo do meu vestido.

Por instinto, pressiono a pélvis contra ele, precisando sentir algo para aliviar a dor.

Landon respira pesadamente.

— Amy… — Meu nome é um apelo, e quero muito responder.

Encaro seus olhos de amêndoa — agora um verde profundo de puro desejo. Não tenho forças para lidar com algo tão trivial quanto as consequências.

— Me leve para algum lugar — sussurro em seu ouvido, antes de gentilmente morder o lóbulo da orelha, agora incapaz de suprimir essa dor dentro de mim que precisa de Landon mais do que preciso respirar.

Ele inspira fundo e nos leva de volta para a mesa. Coloca-me no chão e minha cabeça gira. Pega o telefone e digita algo antes de entregar minha bolsa.

O DJ toca "YMCA" e vejo nossos pais na pista de dança tentando formar as letras com os braços. Eles também tomaram vários drinks hoje. Sorrio e balanço a cabeça. Landon diz algo para alguém e me pega de novo. Minha bolsa balança no braço quando ele nos leva embora do salão de festas.

Sei para onde ele está nos levando. Cérebro nublado ou não, eu sei. Sinto que sei onde esta noite está nos levando há algum tempo, talvez desde o primeiro gole de cerveja do lado de fora da igreja. Tento encontrar uma pequena parte minha, lá no fundo, que deveria me impedir. Preciso daquela voz na minha cabeça que me dará força de vontade para dizer ao Landon que vou para casa, pois é para lá que eu deveria ir. O negócio é que não consigo encontrar aquela voz em lugar nenhum e estou começando a questionar por que ela sequer já esteve lá.

Vinte e seis

AMY

Beijos desesperados.
Toques frenéticos.
Confissões verdadeiras.

Landon me carrega para fora, em direção a um carro vermelho. Começo a protestar que ele não pode dirigir, quando percebo que é um motorista de Uber.

Ele passa o cinto pelo meu peito e o afivela. Seus lábios se arrastam por meu pescoço até minha orelha.

— Aperta o cinto. Você é carga preciosa, Ames.

Nunca pensei que ser relacionada a uma mercadoria poderia me excitar tanto. É, vamos encarar, Landon pode me chamar do que quiser agora e vou achar uma delícia.

Felizmente, sua casa não é tão longe do salão de festas e antes mesmo de eu completar a fantasia que está tomando minha mente, ele me tira do carro. Meus braços envolvem seu pescoço e minhas pernas a sua cintura. Seu corpo é duro e quente contra o meu. Seu peito pressiona o meu em cada respiração que dá.

Fecha a porta com o pé e o baque ecoa bem alto, imitando os sons do sangue correndo por minhas veias. Um gemido escapa de seus lábios levemente abertos e ele me empurra contra a parede. Sua boca esmaga a minha e deixo sair um suspiro de prazer, gemendo contra ele. O beijo devorador de almas liberta anos de puro desejo. Meu corpo parece gelatina, mole entre a superfície dura às minhas costas e o corpo de Landon. Ele aperta a pele da minha cintura, pressionando desesperadamente os dedos em minha carne ao ponto de doer, o que só me deixa com mais tesão. Agarro sua nuca, trazendo-o para perto, precisando dele mais perto.

Seus lábios pairam sobre os meus. Nossas línguas se enroscam quando ele invade minha boca de novo e de novo, se movendo comigo. O beijo é intoxicante.

— Amy — diz, a voz firme, entre os beijos. — Amy. — Meu nome é dito com tanta reverência!

— Landon. — Reprimo um soluço.

Deslizo as palmas das mãos por seus braços. Ao chegar à sua cintura, forço minha mão entre nós e envolvo seu comprimento duro por cima da calça do terno.

— Porra. — Enterra o rosto em meu pescoço.

Em um rápido movimento, sou erguida da parede e carregada até o quarto. Espalho beijos por seu rosto, querendo provar o sal de sua pele e inalar o desejo em cada respiração que sai de seus lábios abertos. Ele me deita na cama e com as mãos percorre desde os meus tornozelos até em cima, queimando a pele com seu toque ao me despir.

Deito-me, apoiada nos cotovelos, usando apenas sutiã e calcinha, vendo Landon tirar o terno. Seus olhos escurecem ao deslizar pela minha pele despida e minha respiração sai entrecortada e rápida.

Ele fica de pé, nu e exposto na minha frente. É a imagem da perfeição e, hoje à noite, ele é meu.

Solto o sutiã e jogo para longe. A cabeça de Landon inclina para trás, e ele gira o pescoço com um suspiro. Fica de joelhos e traça beijos do topo dos meus pés às pernas, seus dedos massageando onde os lábios não tocam.

Ele move minha calcinha para o lado e insere dois dedos. Um gemido coletivo escapa de nossos lábios quando ele me encontra molhada.

Arrancando minha calcinha, desliza os dedos para dentro e para fora, a língua acariciando meu feixe de nervos. É tudo e, ainda assim, não é nada.

Puxo seu cabelo e meus quadris se movem na direção do seu rosto.

— Preciso de você, Landon. — Minha voz está ofegante e desesperada. — Agora.

Sua língua se agita ainda mais.

— Landon, por favor — imploro, puxando-o para mim.

Ele beija minha barriga e o colo dos meus seios. Sua expressão é primitiva ao manter meu olhar.

— Camisinha?

Sendo egoísta, balanço a cabeça, sem querer nada entre nós.

— Estou tomando a pílula, mas se você quiser…

Não termino a frase. Ele entra em mim em um movimento rápido e eu grito. Seus olhos reviram para trás e seu rosto é tomado pelo êxtase. Sua testa recosta à minha e seus quadris se movem mais rápido. Enterro os dedos em sua bunda, implorando para que vá mais forte.

Ele investe em mim até nossos corpos estarem cobertos de suor e cada centímetro meu estar pegando fogo. Sinto que vou explodir em chamas ao perseguir meu orgasmo, até que ele me atinge. Meus sentidos explodem e eu grito seu nome uma e outra vez até se tornar um sussurro.

Landon rola para o lado e se retira de dentro de mim. Nós dois respiramos pesadamente naquele espaço cheio de luxúria.

Na minha vida, só senti este nível de euforia em duas ocasiões, e ambas as noites maravilhosas foram com Landon. Ninguém chegou perto desde então.

Nossos corpos se encaixam como se tivessem sido feitos um para o outro.

Não precisamos de palavras, pois nossos corpos estão fazendo toda a conversa, falando melhor que nós.

Fazemos amor até não podermos mais, fisicamente. Fazemos amor até meus membros tremerem de exaustão, meu corpo desfalecer de prazer e meu coração bater com uma completude que nunca senti.

Caio no sono, envolta pelos braços de Landon.

Sou despertada por beijos contra a parte de trás dos meus ombros. Um sorriso se estende pelo meu rosto com as visões da noite passada surgindo em minha mente. Suspiro, lembrando-me da sensação de ter Landon dentro de mim, a carícia de suas mãos, o toque de seus lábios.

Beijos desesperados.

Toques frenéticos.

Gemidos, suor e gritos de prazer.

A forma como nossos corpos deslizavam um contra o outro.

Sinto-o por trás de mim agora, seu comprimento nas minhas costas, os lábios na minha pele, as mãos envolvendo meu corpo e meus seios expostos.

Empurro para trás, inclinando a cabeça para o lado e permitindo acesso total de sua boca ao meu pescoço.

Esfrego a bunda contra ele. Landon rosna baixo e profundo contra minha pele, seus lábios continuando a me adorar.

Instantaneamente, uma avalanche de perguntas indesejadas inunda meu cérebro. Elas gritam pelas consequências e pela dor. Meu sorriso se desfaz. Meu corpo se enrijece.

Que diabos estou fazendo?

Afasto-me rapidamente de Landon e cubro meu corpo com o lençol.

— O que foi? — pergunta.

Seu cabelo loiro escuro pós-sexo está desgrenhado, emoldurando seu rosto cansado, que é a visão mais bonita que já tive. Sua barba de um dia implora para ser tocada, beijada.

Só de olhar para ele me faz sofrer, porque o quero demais, mas estou assustada. Limpo a garganta.

— O que estamos fazendo?

Ele me dá um largo sorriso, o dente mordendo o lábio inferior.

— Pensei que essa parte era óbvia.

— Argh. — Desabo no travesseiro, o antebraço cobrindo os olhos. — É por isso que não bebo com você. Nós dois somos sinônimo de problema se estivermos bêbados juntos.

— Acho que somos uma magia do caralho quando bebemos juntos — replica, humor em sua voz.

Viro de lado, apoiando a cabeça na mão.

— Precisamos conversar.

Voltando-se para mim, ele espelha minha posição.

— Okay, vamos conversar.

— Nós dois não podemos dormir juntos de forma casual, Landon. Há muita história aqui.

— Amy, não há nada de casual no jeito em que quero ficar com você — declara, a convicção em sua voz me pegando de guarda baixa.

Pisco, processando o significado por trás de suas palavras.

— Quer que voltemos a ser um casal?

— A pergunta é: por que ainda não estamos juntos, Amy? Sabe o que beber faz com você? Permite que aja com seus sentimentos e desejos reais. Faz com que você coloque seu medo de lado por uma noite e faça o que quiser, o que nós dois queríamos fazer há bastante tempo.

— Mas... — começo a argumentar, mas não tenho certeza do que dizer.

Landon prossegue:

— Eu te amei de um jeito ou de outro a vida inteira, mas estou *apaixonado* por você há oito anos. Segui suas regras e permiti que seu medo ditasse nossas vidas por anos, mas cansei. Você sabe no que eu estava pensando ao ver o Jax se casar com a Stella ontem?

Nego em um aceno de cabeça.

— Que meu irmão estava se casando com a pessoa errada. Ele vai passar o resto da vida com a pessoa errada e sabe por quê? Porque ele e Lily deixaram escolhas incorretas os levarem a caminhos errados. Permitiram que o medo, a teimosia, ou seja lá o que for, os impedissem de voltar para onde eles deveriam estar e agora é tarde demais.

Seu olhar captura o meu e ouço suas palavras, com a respiração suspensa, ansiosa para o que ele dirá em seguida.

— Eu tenho uma escolha. Continuar fingindo que amizade é tudo que teremos. Ou posso escolher lutar por você e te fazer aceitar o que já sabe. Você é minha, Amy, e eu sou seu. Sou seu desde a primeira vez que meus lábios tocaram os seus, há oito *longos* anos.

Ele estende as mãos e entrelaça os dedos aos meus. Meus olhos se focam em nossas mãos conectadas e se erguem novamente para o seu rosto.

— Eu te dei espaço e fui seu amigo enquanto, lá no fundo, sempre pensei: *algum dia*. Sempre vi um futuro com você e tentei me contentar em deixar a vida nos levar até que fosse a nossa hora. Nossa hora é agora. Porque o negócio é: eu não quero mais esperar, ou há chance de perdermos o nosso momento. Não quero acordar arrependido um dia, porque te perdi antes de lutar de verdade por você.

Levando minha mão aos seus lábios, beija suavemente o dorso.

— Não somos quem éramos há oito anos. Muita coisa mudou. Somos mais fortes, melhores. De fato, eu não te amo do jeito que te amava.

Pressiono os lábios, meu coração escancarado e vulnerável. Adoração e esperança me consomem quando ele diz:

— Eu te amo mais.

Absorvo suas belas palavras e tento ser honesta comigo mesma. Lá no fundo, sei que ele está certo. Nunca deixei de amá-lo. A verdade é que quando me senti emocionalmente pronta para dar parte de mim a um relacionamento de novo, Jax e Lily anunciaram que estavam namorando. E, mesmo que nunca tenha sido culpa dos dois, tudo se tornou um show a partir disso. Eu entendo — melhores amigos de infância que se apaixonam. É atraente, um conto de fadas da vida real.

Houve uma parte minha que temia a recepção que teríamos ao anunciarmos também estar namorando. Seríamos levados a sério? Nossas famílias achariam estranho ter dois casais entre seus filhos em um relacionamento? Acho que senti que seria menos complicado se apenas continuássemos como amigos. Landon e eu somos ótimos amigos e me fiz acreditar que isso era suficiente.

Respiro fundo.

— Então você quer namorar comigo, coisa séria e exclusiva?

— Absolutamente — diz, sem reservas.

— E se não dermos certo?

— Então pelo menos nós tentamos, Amy. — Seus dedos apertam os meus. — Não vamos saber sem tentar.

— Mas se não funcionar, vai estragar nossa amizade de novo — aviso.

Landon me dá um sorriso charmoso e eu o vejo aos dez anos de idade, com aquele sorriso doce.

— Vamos recuperá-la. Já fizemos isso.

— E as nossas famílias? — pergunto.

— O que têm elas?

Franzo os lábios.

— O que dirão?

Ele dá uma risada.

— Quem liga? Eles ficarão surpresos. Ou não. Talvez eles sempre soubessem. Independente disso, vão nos apoiar. Mas tudo que importa é o que você e eu pensamos, o que você e eu queremos. É a nossa vida, Amy.

Ele está certo. Sei que está. Admitindo ou não para mim mesma, ele é tudo que eu sempre quis.

— A vida é feita de escolhas, amor. Tenha coragem de fazer a certa. Você e eu? Somos a escolha certa. Você também sente isso, né? — Ele esfrega o polegar em minha mão.

— Sinto. — Aceno.

— Porque você me ama? — Dá um sorriso afetado.

— Eu te amo mesmo. — O peso sai do meu peito com a simples afirmação.

Ele se inclina para frente e beija meus lábios. É suave, apenas um selinho, mas não impede a corrente de desejo que sinto por ele. Essa necessidade, bem agora, à luz do dia, sem a névoa do álcool, é real. A sensação que vem ao dizer tais palavras em voz alta, reconhecer de verdade os sentimentos que mantive enterrados por tanto tempo, é aterrorizante.

Meu coração bate com o medo do futuro, porque não há garantia. Admitir meu amor ao Landon não promete que ele será meu para sempre. Nada garante isso.

Embora ele esteja certo. Eu tenho uma escolha. Ao nos escolher, arrisco perder tudo que passei a vida inteira construindo com Landon — nossa amizade, aproximação, conexão.

A escolha é clara.

Soltando sua mão, ergo o braço e deslizo os dedos por seu cabelo.

— Vamos fazer isso então?

— Meu Deus, sim, Amy. Isso, nós. E isso… — Desliza a mão pela minha cintura, parando ao chegar no ponto que mais precisa de seu toque. Ele começa a mover a mão entre minhas pernas, minha respiração aumentando. — Tudo isso, Ames. Vamos fazer tudo isso. Chega de brincar por aí.

Gemo em resposta, revirando os olhos.

— Quero você, Amy, de todas as maneiras possíveis que puder te ter. — Continua sua investida deliciosa lá embaixo, ao se aproximar de mim.

Seus lábios pressionam um beijo em meu pescoço. Enterro os dedos na pele de suas costas. Landon se esforça para aliviar uma dor que eu nem sabia que tinha. Sou como argila em suas mãos — na expectativa, ansiosa para que ele me molde à sua vontade. Quero que me estique do jeito que só ele consegue.

— Eu só quero você — repete contra minha pele, sua voz quase dolorida pela necessidade.

— Quero você — gemo. — Quero você, Landon.

Sempre soube disso, mas estava muito assustada para falar. Não estou mais com medo.

Dessa vez, quando Landon entra em mim, significa muito mais. Não é um momento roubado, guiado pelo álcool. Não será passageiro nem escondido. Há um compromisso por trás disso que irá durar, uma verdade que me libertará e um amor que me manterá segura. É certo, e me deixa tão feliz que eu poderia gritar.

E, quando nossa conexão me leva além do limite, eu grito.

Vinte e sete

AMY

Risoto em sete minutos.
Ingressos surpresa para o show.
Banhos de agradecimento.

Estou com o celular grudado à orelha, deitada e espalhada no sofá. Meu dedão traça um padrão floral da almofada do outro lado.

— Ai, caramba. Mal posso esperar para conhecê-la — digo, enquanto Bass me conta sobre o último ultrassom em que descobriram ser uma menininha. — Ela será tão amada. Você e Ryan já escolheram um nome?

— Ele ainda está torcendo por Elsa, mas não é meio ruim colocar esse nome por causa de uma princesa da Disney? — questiona.

— Mas você não está fazendo isso por causa da rainha do gelo. É apenas um nome — sugiro.

— Sim, mas as comparações serão feitas de todo jeito. — Se eu pudesse ver Sebastian agora, tenho certeza de que estaria revirando os olhos.

— Bem, acho que é fofo. Bebê Elsa. Adorável.

— Não tanto quanto Sebayan. Fala sério. Original. Fofo. Perfeito.

Bass ama sua escolha de nomes, que é uma mistura do seu com Ryan.

— Também gosto de Sebayan. Gosto dos dois — afirmo.

— Você não está ajudando nem de longe — declara, um desdém brincalhão presente em sua voz.

Não consigo evitar o riso.

— Ela não é minha filha. A escolha é sua e de Ryan. Mantenho minha opinião: os dois são ótimos nomes.

Suspira dramaticamente.

— Tanto faz. Vamos em frente. Encontrei a decoração para o quartinho mais incrível de todas nesta lojinha chique em LA.

Ele continua a me deleitar com todo o vai e vem entre ele e Ryan — tudo desde a decoração do quarto até qual assento de carro é melhor — e tudo que posso fazer é sorrir. Ele evoluiu tanto desde que o conheci no meu ano de caloura. Nós dois evoluímos.

A conversa se volta para mim.

— Como Landon está? Tudo ainda é alegria pura? — pergunta.

— Sim, estamos ótimos. Estou superfeliz.

— Ahh, já era hora, amada. Já era hora mesmo.

— Não é? Levamos um tempo.

Começo a contar para Bass sobre um encontro que Landon me levou na semana passada quando sinto seu olhar focado em mim. Viro para a entrada da minha sala e dou um gritinho ao vê-lo. Levo a mão ao peito.

— Ai, meu Deus. Você me assustou — digo a ele. — Ei, tenho que ir. Landon chegou do trabalho — falo para Bass.

— Tudo bem. A gente conversa amanhã, *chica*. Amo você — Bass me fala.

— Okay. Boa ideia. Amo você também.

Aperto no botão de encerrar e jogo o telefone na almofada do sofá ao meu lado. Fico de pé e cumprimento Landon.

— Você quase me deu um ataque do coração. Não sabia que sairia mais cedo. — Enlaço seu pescoço quando ele me beija.

— Sim, terminei minha videochamada antes do tempo.

Landon é gerente-chefe de projetos para uma empresa de pesquisa e desenvolvimento local. Às vezes, ele trabalha em horários estranhos se tiver videoconferências com clientes de outros países.

— Deveria ter ligado. Eu teria... sei lá... trocado o pijama. — Dou uma risada antes de beijá-lo de novo. Aproveitei meu dia preguiçoso depois de trabalhar em quatro turnos de doze horas em sequência.

— Não, assim foi melhor. É divertido chegar e ouvir uma conversa sobre nós. Você estava dando detalhes suculentos ao Bass. — Ele me dá um largo sorriso, afundando os dedos em meus quadris e me puxando para perto.

— Tenho que dar. Você deveria ouvir as coisas que ele me conta. Nossas noites mais loucas são equivalentes às suas mais tranquilas. Ele e Ryan transaram em um restaurante na noite passada, quando saíram para jantar. Não estou nem brincando.

Seus lábios se curvam para cima.

— Não é uma competição, Ames.

Acaricio o cabelo curto de sua nuca.

— Eu sei, mas, ainda assim, sinto-me compelida a dizer a ele como nossa vida sexual é gostosa.

— E quão gostosa é? — pergunta, tirando-me do chão. Passo as pernas em sua cintura.

— Ah, é gostosa. — Dou uma risadinha, envolvendo-o com os braços.

— Bem, vai ser gostosa e escaldante hoje à noite, tipo uma panela de pressão. — Landon nos leva para a cozinha.

— Panela de pressão? — Contraio os lábios em um sorriso afetado.

— Sim, trouxe os ingredientes para um novo prato que quero tentar. — Ele me coloca sentada na ilha da cozinha, ao lado de uma sacola de compras.

Junto as mãos à minha frente.

— Aaah! Você foi às compras?

— Sim. Christine trouxe o melhor risoto de cogumelos de todos para o almoço hoje. Ela me deu a receita.

Christine é a secretária de Landon, mestre da panela de pressão elétrica. Landon e eu compramos uma delas há um mês. Estamos obcecados em encontrar as melhores receitas desde então.

— Adivinha quanto tempo vai levar? — Sua sobrancelha se ergue, questionando.

Entrecerro os olhos.

— Quanto?

— Sete minutos, amor.

— Ma-ra-vi-lho-so.

Há certo orgulho que vem ao cozinhar as coisas rapidamente e, de verdade, não sei o motivo. Mas certamente é divertido. Nossas refeições agora são rotuladas pelo tempo da panela de pressão. Algumas das nossas favoritas têm sido o chili de vinte minutos, o macarrão com queijo de sete minutos e o *goulash* de dez minutos.

Landon tira os ingredientes da bolsa e coloca a receita na nossa frente.

— Pronta?

— Pronta!

Começamos a trabalhar em nossa obra prima. Corto os cogumelos enquanto Landon mede o arroz e outros ingredientes, colocando-os na panela. Se houver uma modalidade olímpica para maravilhas da panela de pressão elétrica, vamos ganhar o ouro.

Despejo os cogumelos da tábua. Landon coloca sete minutos e tampa.

— Confirme se está vedada no lugar certo — digo a ele. — Vi essa notícia hoje no meu *feed* sobre uma panela que, basicamente, explodiu e a pele de todo o rosto e dos braços da mulher ficou queimada. Era horrível.

— Sim, bem vedado. — Ele verifica a válvula de pressão de novo.

— Okay, você vai primeiro. — Pulo do balcão e encaro Landon, pressionando as mãos em seu peito.

— Tudo bem, acordar com você, provar o risoto da Christiane e voltar para casa para você. Vai.

— Okay. — Aceno. — Dormir, conversar com o Bass e te beijar.

No segundo que a última palavra deixa minha boca, a língua de Landon entra. Agarro seu cabelo, beijando-o com todo o meu ser por sete minutos inteiros.

Não me lembro exatamente de como nosso ritual diário começou, mas é, de longe, minha parte favorita do dia. Amo cozinhar o jantar com Landon, dizer pelo que estamos agradecidos naquele dia e dar uns pegas igual adolescentes.

Nós dois gememos em protesto quando o cronômetro dispara.

Landon deixa um selinho em meus lábios antes de pegar o pano de prato e colocar por cima da válvula de pressão. Ele deixa sair o ar quente, que molha o tecido do pano.

Um momento depois, já montamos os pratos e sentamos à mesa de jantar.

Provo o risoto e solto um murmúrio satisfeito.

— Sim, isso é o paraíso. Melhor risoto de sete minutos do mundo.

— Não é? Concordo. Vamos adicionar isso, definitivamente, em nossa lista de fazer com frequência. — Landon toma um gole de sua água. — Bom, tem outro motivo para eu chegar cedo em casa hoje.

— Tem? O quê? — questiono.

— Ah, eu tenho uma surpresa para você.

Abaixo o garfo e dou minha atenção completa a ele.

— Amo surpresas.

— Tenho ingressos para o show da P!nk hoje em Detroit.

Grito.

— Ai, meu Deus. Não acredito! — Afasto-me da mesa. Landon vira a cadeira para mim e monto em seu colo. — Eu amo tanto a P!nk.

Ele ri.

— Eu sei.

— Obrigada! Obrigada! — Espalho beijos por todo o seu rosto. — Quando temos que sair?

— Temos bastante tempo. O show não começa até as sete.

— Ah, que bom. Então tenho tempo para um banho?

— Tem sim.

Lanço um sorriso malicioso para ele.

— Você vai tomar banho comigo?

— Você sabe a resposta. — Sorri de volta.

— Que bom, porque realmente quero mostrar minha gratidão pelos ingressos do show. — Arrasto o dedo por seu lábio inferior.

Ele mordisca meu dedo, sua expressão mudando para uma de desejo.

— Aposto que quer.

— Lavamos a louça mais tarde?

— Sim, definitivamente. — Ele levanta da cadeira, comigo ainda em seu colo.

Gentilmente puxo o lóbulo de sua orelha com os lábios e beijo seu pescoço, enquanto entramos no banheiro.

Ele liga o chuveiro e nós dois adentramos.

A água quente atinge minha pele e as mãos de Landon deslizam pelos meus braços. Circulo os meus em sua cintura nua e o seguro perto de mim.

Não sei como resisti aos meus sentimentos durante tanto tempo. Agora que o tenho, não consigo entender como vivi sem ele.

— Te amo tanto — digo, contra o seu peito.

— Te amo — responde, levemente enterrando os dedos na pele das minhas costas.

Uma parte minha acha tudo isso muito difícil de acreditar — esta vida que Landon e eu estamos vivendo.

Houve um tempo em que felicidade como essa nem estava em meu radar. Eu nem sabia que ela existia com tanta intensidade. Sou muito sortuda por Landon nunca ter desistido de mim e por continuar a lutar por nós, por isto.

Porque isto é tudo.

Vinte e oito

AMY

Beijos do cãozinho.
Beijos do Landon.
Amor.

Obrigada, Deus, pelo ar-condicionado, penso ao andar para casa, com os envelopes em mãos.

É apenas junho e, apesar de estar usando um vestido leve, uma simples caminhada até a caixa de correios fez gotas de suor se formarem na minha cabeça.

Não sei por que me incomodo em escovar o cabelo.

Os verões de Michigan são sempre quentes e úmidos, mas hoje está excepcional. Ainda assim, nada pode estragar este dia, nem mesmo os cachos úmidos que se formam contra a pele do meu pescoço por baixo do cabelo perfeitamente alisado.

Abro a porta da frente, onde sou recebida pelas minhas duas coisas favoritas — ar frio e Tucker. Meu bebê peludo imediatamente começa a lamber minhas pernas.

— Pare. — Dou risadinhas, jogando as cartas na mesinha ao lado da porta. Abaixo-me e aperto seu rostinho liso. — Amo você, Tuck Tuck Baby.

Tucker — também chamado de Tuck Tuck, Tuck Tuck Baby, Tucka Tucka Choo Choo, Tucky, Tuckers, Freckles e Piglet — é o mais recente amor da minha vida. Os dois últimos apelidos, Freckles (sardas) e Piglet (porquinho), são pelo fato de ele ter sardas marrons em todo seu pelo branco e, quando está dormindo, parecer um porco. É adorável.

Sigo uma página de resgate de cachorros no Facebook e eles resgataram esse carinha e seus irmãos de uma situação ruim em Detroit. Vejo os posts de resgate todos os dias e gosto de comentar em todos eles para garantir que o Facebook dê visibilidade, mas havia algo no post onde resgataram Tucker que eu não conseguia tirar da cabeça. Mandei mensagem para cada pessoa envolvida na organização até ser aprovada para adotar e conseguir os cachorros — os oito.

Definitivamente não pensei em tudo direito. Animais dão um trabalho imenso, e fico no hospital em turnos de doze a catorze horas. Felizmente, Landon entrou nessa para me ajudar. Ficamos com os animais por um mês e não acho que nenhum de nós já tenha se cansado tanto, mas foi ótimo. Todos os bebês foram adotados agora. Sinto a falta deles, mas amo passar um tempo apenas com Tucker.

Toda aquela provação me fez amar Landon ainda mais, o que não pensei ser possível. Não há nada mais sexy do que um cara que me deixa dormir enquanto limpa cocô de cachorro. Isso, sim, é amor verdadeiro.

— Pronto para ver a vovó, o vovô e a tia Kiki? — digo, na voz mais irritante de bebê possível, esfregando sua barriguinha. — O papai vai chegar aqui já, já e nós vamos.

Pegando uma xuxinha no banheiro, opto por trançar o cabelo, deixando a trança pendurada em meu ombro. Não faz sentido tentar lutar contra a umidade hoje.

Tucker sai do meu lado e vai latir no corredor, indicando a chegada de Landon.

Eu deveria realmente dar um jeito em conter seu imenso amor por esse latido desagradável.

Saio do quarto em direção à voz de bebê de Landon. Ele está de joelhos, coçando a barriguinha do cão.

— Você é o carinha mais fofo do mundo — Landon fala, a língua de Tucker pendurada para o lado.

Já percebi que nós dois, como pais de pet, somos, no geral, quase patéticos. Mas não poderíamos nos importar menos. Somos patéticos e extremamente felizes.

— Como foi?

Landon ergue o rosto, me dando um belo sorriso.

— Ótimo — responde, ficando de pé para me puxar em um abraço. Ele pressiona os lábios nos meus.

Landon sempre me cumprimenta com um beijo, e essa é uma das minhas partes favoritas a seu respeito. Seus beijos de olá são sempre lentos, suaves e cheios de promessas. Sou viciada. Ele nunca se apressa. Cada movimento de seus lábios é uma declaração e, quando ele se afasta, todo meu corpo está cantarolando em adoração.

— Então — seus braços ainda estão enrolados ao meu redor —, ela acha que vai vender por cerca de cem mil a mais do que eu devo.

Ofego, surpresa.

— Sério? Isso é maravilhoso.

— Eu sei. Não consegui acreditar quando ela me disse.

Landon encontrou uma corretora hoje de manhã. Ele está morando comigo desde que começamos a namorar e só vai para casa quando precisa de algo. Percebemos que podemos muito bem tornar isso oficial. Não faz sentido pagar a hipoteca de uma casa que não se usa.

— Pronta para hoje? — Beija minha testa antes de me soltar.

Sigo-o até o sofá. Tucker pula entre nós e, com alegria, nós o acariciamos.

— Com certeza. Estou muito pronta.

Landon franze os lábios.

— Ah, sério?

— Sim. — Rio baixinho. — Já era hora.

— Hmm, é sim. — Balança a cabeça, com um sorriso.

Nós dois vamos para casa dizer aos nossos pais que estamos namorando e eu deveria contar que moramos juntos.

Ele quis dizer ao mundo inteiro há nove meses, quando decidimos dar outra chance ao nosso relacionamento, depois do casamento do Jax e da Stella.

Mas eu não quis.

Provavelmente é estúpido da minha parte, mas tudo tem sido tão ótimo nos últimos meses. Amo morar a uma hora e meia dos nossos pais. Podemos ir para casa quando quisermos, mas é longe o suficiente para sentirmos que esta cidade, Ann Arbor, é nossa. Nosso lugar de felicidade.

Aqui, posso amar Landon sem me preocupar com o que minha família pensa. Posso mergulhar nessa vida que criamos sem nenhuma culpa que virá quando nosso relacionamento for esfregado no rosto da Lily e eu puder ver a dor não proferida em seus olhos. Ela perdeu um garoto Porter e eu ganhei um. Não parece justo, e eu queria que fosse diferente. Queria mais que qualquer coisa que minha irmã recebesse o seu 'felizes para sempre'. A última coisa que quero é causar sofrimento a ela. Talvez viver minha história de amor com Landon aqui, em Ann Arbor, longe da família, seja egoísta. Fico com todas as partes maravilhosas sem ter que lidar com a parte difícil. Levou muito tempo para encontrarmos nosso caminho de volta um para o outro desse jeito, então, sim, talvez seja errado ter escondido isso por tanto tempo de nossas famílias, mas eu precisava. Precisava guardar Landon para mim pelo tanto que pudesse.

Mas ele está certo. *Já era hora.*

Tecnicamente, Jax e Stella vivem em Ann Arbor também e pensei que os veríamos mais. Os dois irmãos eram bem próximos enquanto cresciam, mas Jax se afastou desde o casamento. Suponho que esteja apenas aproveitando uma alegre vida matrimonial. Espero que, assim que passar o período de lua de mel, eles apareçam mais.

Não tenho certeza. Talvez Jax não traga tanto a Stella porque sente a energia da família. Todos foram muito educados com ela. Mas estaria mentindo se dissesse que qualquer um de nós entende o par. Estamos ainda um pouco confusos. Talvez, se a encontrássemos com mais frequência, veríamos o que ele vê.

Apesar de saber que nossa visita em casa hoje é necessária, uma parte minha está com medo de falar para os meus pais sobre nós. Não quero que nada estrague nosso relacionamento. Estou mais feliz do que já estive e quero que continue assim. O último casal Porter e Madison ainda está partindo os corações de nossas famílias. Sei que os pais dos garotos ainda pensam que é com a Lily que Jax deveria se casar. Sei que meus pais pensam.

Ela está em Nova Iorque, tentando fingir que está tudo bem, mas tudo que sei é que não está. Suponho que ainda estamos de luto. Os Porter não perderam Lily e nós não perdemos Jax, mas, de alguma forma, perdemos, sim. Perdemos o futuro que visualizamos desde o momento em que o relacionamento deles se tornou romântico há tantos anos. Perdemos a vida que tínhamos tanta certeza de que eles teriam. Nossos corações doem, por eles e por nós. Separações são difíceis em famílias, mas no caso de Jax e Lily, foi mais difícil do que o normal.

Landon desliza as mãos pela lateral do meu corpo.

— Também temos o direito de ser felizes, Amy. Jax e Lily ficarão felizes por nós. Só porque o relacionamento deles terminou não significa que temos que parar de viver nossas próprias vidas. Você sabe disso — diz, sabendo exatamente o que estou pensando sem que eu diga uma palavra.

— E sei que eles estarão felizes por nós. — Aceno. — Só amo a gente, do jeitinho que somos, apenas nós.

E como se pudesse entender o que dizemos, Tucker reclama por mais atenção. Eu rio e coço sua barriga.

— Nós e Tuck Tuck Baby — esclareço.

— Você está com medo — Landon afirma. — Quer proteger sua irmã do nosso relacionamento, em caso de reavivar a tristeza por ter perdido o Jax. Está com medo de dizer ao mundo, porque significa que é verdade e, se por alguma razão maluca, nós não funcionarmos, não seremos capazes de fingir que nunca estivemos juntos. Você terá que encarar sua tristeza.

— Não. — Sacudo a cabeça e seguro sua mão. — Não quero fingir que não estivemos juntos. Não é isso.

Ele dá de ombros.

— Acho que em partes é, sim. Não estou tentando ser mau, Ames. Você sabe que te amo. Só sinto que nosso término foi tão difícil da última vez, quase impossível de se curar, e você não teve questionamentos da sua família. Perder alguém é mais difícil de certa forma em famílias próximas, porque elas são um lembrete constante do que se perdeu. Mas tem que se lembrar de que eles também são uma bênção, pois podem te ajudar a se curar. Algumas vezes, estar vulnerável permite que os outros emprestem o ombro para dividir uma parte da sua dor.

Realmente ouço suas palavras e percebo que, talvez, ele esteja certo.

— Talvez eu esteja tentando me proteger. Fiquei seriamente em depressão depois de perder você e o bebê da última vez. Foi um período tão sombrio na minha vida. No meu inconsciente, sei que faria qualquer coisa para evitar sentir aquilo de novo. Mas você está certo. Deixar minha família fazer parte do término na época poderia ter ajudado.

— Honestamente, amor, você não precisa se preocupar com nada. Estou tão incrivelmente apaixonado por você. Não vou a lugar nenhum. A menos que se canse de mim e me chute para longe, você está presa comigo.

— Eu sei — digo, suavemente.

— Sabe? Sabe *mesmo*? Ainda está guardando seu coração. Talvez você não veja, mas eu sim. — Ele para e me prende com um olhar. — Você me ama?

Meus olhos se arregalam, chocados com a pergunta.

— Claro que sim. Você sabe disso.

— Você está feliz?

— Sim, estou. Muito feliz — respondo a ele.

— Então, seja feliz. Passe por suas preocupações, pois, estou te dizendo, existe uma felicidade no outro lado do medo que é tão abrangente, que vai fazer sua mente explodir. Mas a única maneira de chegar a ela é passar por ela. Não tema, não mais. — Sua voz é tão reconfortante, e somente depois que ele para de falar é que percebo que há lágrimas escorrendo pelo meu rosto.

Meu lábio treme, assim como a minha voz.

— Estou aterrorizada de voltar lá. Não sei se serei capaz de sair de lá outra vez. — Ao falar sobre as sombras e a depressão que me prenderam por tanto tempo, meu coração imediatamente acelera de ansiedade.

Na maior parte, não penso no meu ano de caloura com muita frequência. Gosto de pensar que já superei. Ainda que Landon tenha acabado de me lembrar de que não estou lá, isso me aterroriza.

— Você seria — garante. — Agora você conhece os sinais. Sabe aonde ir para conseguir ajuda. — Segura meu rosto entre as mãos, gentilmente secando as lágrimas com os polegares. — Olha, quero dizer que você nunca vai passar por uma depressão de novo e, se tivermos sorte, não vai. Mas não posso prometer algo que não sei. — Abaixa as mãos e segura as minhas. — Mas posso te dizer isso: nós dois somos eternos. Se a depressão te encontrar de novo, não será porque te deixei. Se você escorregar para a escuridão, vou lutar para te tirar de lá. Vou ligar para cada médico no estado até encontrarmos um para te ajudar. Apenas, por favor, não deixe a possibilidade de isso acontecer te impedir. Nós só temos uma vida, Amy.

Tucker lambe nossas mãos unidas e meus lábios se transformam em um sorriso.

— Okay — concordo.

— Pronta para ir contar aos seus pais? — Retribui meu sorriso, fazendo meu coração doer, cheio de amor.

— Sim, pronta.

— Que bom. — Inclina-se e pressiona os lábios nos meus.

Todos os seus beijos comunicam muito, mas este é uma declaração de eternidade.

— Landon? — chamo, quando ele se afasta.

— Sim?

— Vou me casar com você um dia — aviso.

— Ah, sim, você vai mesmo, Amy Madison.

Seus lábios tomam os meus mais uma vez.

— Okay, pegou a tigela de comida do Tucky? — pergunto ao Landon.

— Sim.

— A de água?

— Sim.

— A comida?

Landon levanta o saquinho transparente de comida, mostrando que temos comida suficiente para vários dias, quanto mais uma visita.

— Coleira?

— *Check*.

— Brinquedos?

— Vários deles.

— Aquele de corda que é o favorito? — confirmo de novo.

— Sim. Mas você sabe que vamos passar uma tarde, não a vida toda, né? — Ri baixinho.

— Só quero ter certeza de que ele tem tudo de que precisa. Ah, e aqueles remédios de enjoo para cachorro para o trajeto de carro?

— Ele ama andar de carro. Nunca ficou doente.

— Só por precaução?

Landon nega com a cabeça, sorrindo largamente.

— Ele vai ficar bem. Prometo.

— Ah! O cobertorzinho?

— Diversos.

— Mas pegou o que ele gosta? O de lã com a cabeça da Miss Piggy?

— Cobertor da Miss Piggy decapitada, *check*. — Faz um sinal de "*check*" com o dedo no ar.

— O arnês para o cinto do carro?

— Amy, dê uma voltinha.

Viro-me para ver Tucker preso em seu cinto de cachorro no banco do passageiro, atrás do Landon. Sua língua está pendurada, enquanto ele ofega. Parece completamente despreocupado e feliz.

Olho para frente.

— Okay, tudo bem. Podemos ir.

— Tem certeza? — questiona, uma pontada de humor.

— Sim, tenho certeza. — Prendo o cinto.

Ele começa a sair da minha vaga.

— Espere! — digo, e ele freia. — Já te perguntei da comida dele? Ah, sim, perguntei. Okay, continue.

— Sua mãe é boba, não é, Tuck? — Landon diz, saindo em direção à estrada principal antes de se dirigir a mim. — Você é uma ótima mãe de pet, Ames. Mas sabe que ele é um cachorro, né? Ele vai ficar feliz com a grama da casa dos seus pais.

— Eu sei. Só estou nervosa, acho. Quero ter certeza de que tudo vai ser perfeito. — Esfrego as palmas das mãos nos braços, acalmando os arrepios que surgiram pelo vento gelado vindo das saídas de ar do carro.

Estico o braço na direção do controle do ar-condicionado e diminuo um pouco o fluxo. O telefone do Landon toca no centro do console. O nome de sua mãe aparece no painel do rádio pelo Bluetooth.

— Pode ignorar — pede.

Aperto o botão no painel do carro para mandar para o correio de voz. Olho para Landon, em dúvida.

— Nós vamos vê-la em uma hora. Conversamos lá. Quero que seja surpresa — explica.

— Ela não vai me ver pelo alto-falante — comento.

— Verdade, mas...

Tucker o interrompe com um latido desagradável, aparentemente para um homem mais velho que está passando por nós em um conversível amarelo.

— Aquilo. — Landon gesticula para o cãozinho no banco de trás.

Dou uma risada.

— É, verdade. — Giro para trás e dirijo-me ao Tucker. — O que houve, carinha? Você não é fã de homens no meio de uma crise de meia-idade? Ou é apenas esse amarelo horrível que está te incomodando?

Ele me responde ao morder a própria pata.

O restante da viagem passa rapidamente. Landon estaciona na garagem dos meus pais. Pegamos Tucker e colocamos em uma coleira para ele não correr pela estrada. Ele ainda não é bom em nos obedecer quando chamamos seu nome.

Minha mãe está sentada na cozinha, ao telefone. Não parece bem.

— Certo, avise o horário do seu voo. Um de nós vai te buscar no aeroporto — ela diz. Depois de uma pausa, encerra com: — Te vejo em breve, querida. — Ela olha para nós três parados na entrada da cozinha. — Ah, oi. Não sabia que você viria para casa hoje, amor. — Então olha para Landon, remorso surgindo em sua expressão. — Obrigada por trazê-la, Landon. Sinto muito pela perda em sua família.

Estreito os olhos, inclinando a cabeça para o lado.

— Do que você está falando, mãe? — questiono, lançando um olhar preocupado na direção dele.

Minha mãe pisca, os lábios se retorcendo.

— Vocês não sabem? Susie ia ligar.

Landon pigarreia ao meu lado.

— Ela ligou há pouco, mas eu estava dirigindo e não atendi. Queria surpreendê-la com uma visita. O que está acontecendo, Miranda?

Ela olha de Landon para mim, as sobrancelhas franzidas.

— Bem… — começa, antes de engolir em seco e respirar fundo. — Stella faleceu hoje.

Minha boca se abre em um ofego e levo a mão ao peito.

— O quê? O que você está dizendo? Como? O quê?

Minha mãe retorce as mãos no colo e solta um suspiro. Ela não se levanta, mas permanece sentada enquanto encara a parede ao lado da cozinha ao falar:

— Aparentemente, Stella tinha câncer no cérebro. Pelo que Susie disse, Jax sabia disso antes do casamento, mas não contou a ninguém.

— O quê? — eu a interrompo, minha voz estridente e desagradável.

O olhar da minha mãe encontra o meu. Ela dá de ombros.

— Sim, acho que Stella não queria que ninguém soubesse. Queria viver a vida como se não estivesse morrendo.

— Ela tinha câncer quando eles se casaram? — A pergunta de Landon é retórica, porque já tivemos a resposta, mas preciso ouvir a resposta de novo também.

— Foi o que ele disse para a Susie hoje de manhã — minha mãe explica.

Nego com a cabeça.

— Não entendo. Nós moramos na mesma cidade. Poderíamos ter ajudado. Sei lá… — Ergo as mãos, com as palmas para cima. — Levar comida para eles, ajudar com as consultas médicas… alguma coisa.

Penso em Jax lidando com uma esposa que está morrendo e meu coração se parte.

Por que ele quis fazer isso sozinho?

— Típico do Jax… sempre o mártir — Landon sussurra ao meu lado. — Tenho que ir para casa.

Solto a coleira, deixando Tucker correr dentro de casa, Landon e eu caminhando para fora. Fecho a porta.

Nós nos abraçamos. Seguro Landon apertado. Eventualmente, ele recua.

— Preciso ver meus pais. Pego você mais tarde, okay?

— Okay. — aceno.

— Amo você. — Beija minha cabeça.

— Também amo você — respondo, e ele se vira para sair.

Fico lá fora até seu carro desaparecer na longa estrada, deixando apenas sujeira e aflição em seu caminho.

Não consigo imaginar como Landon deve estar se sentindo. Ou Jax. E aí temos a Stella. Culpa me consome ao pensar no quanto a julguei e guardei um desdém em segredo por ela simplesmente não ser a Lily. Ela sempre foi legal comigo, mas nunca lhe dei chance. Fui cordial e gentil, mas era tudo superficial. Se eu me casar com Landon um dia, ela teria sido minha cunhada. Talvez nossa amizade tivesse se tornado algo real, mas agora nunca saberemos.

Não consigo imaginar como deve ter sido para ela viver o último ano sabendo que deveria ser o seu último.

Volto para dentro de casa.

— Como está o Landon? — minha mãe pergunta, logo que entro na sala, onde ela agora está sentada no sofá com Tucker.

— Não tenho certeza — respondo, com honestidade.

— A morte nunca é fácil. Especialmente quando é de alguém tão jovem. — Encara a janela.

— Lily sabe?

— Sim, eu estava desligando a chamada com ela quando você chegou. Ela vai pegar um voo hoje à noite.

— Ah, isso é bom — digo, por falta de algo melhor.

Ficamos em silêncio por um tempo.

— Pobre Jax — comento, e minha mãe concorda. — Pobre Stella — adiciono.

Um sorriso triste cruza o rosto dela.

— Sim, pobres pais da Stella. — Balança a cabeça em negação. — Não consigo imaginar. — Respira fundo e bate em meu joelho de leve. — Então, você só estava vindo para casa nos visitar por um dia?

— Sim — respondo.

— Como está a vida da minha garota e do seu cãozinho?

— Boa. — Uno os lábios em um sorriso falso.

— O hospital está te deixando ocupada?

— Definitivamente.

Nós nos atualizamos sobre a vida em uma tentativa de normalidade, mas nenhuma quantidade de conversa vaga poderia fazer a notícia do dia parecer normal.

Stella partiu.

Corações estão quebrados.

E Landon ainda é meu segredo.

Vinte e nove

AMY

Armários de casacos.
Landon.
Propostas falhas.

Abraço Jax.

— Foi um belo funeral — comento.

— Obrigado, Amy. Obrigado por vir. — Ele sorri, mas não chega aos olhos.

— Posso pegar algo para você beber? — questiono.

— Sim, seria ótimo.

— Do que você gostaria?

— Vou começar com uma cerveja. A que tiver. Tenho a sensação de que a noite vai ser longa. — Ele olha para a mesa onde seus amigos já começaram a tomar shots.

— Acho que vai — comento, com um ar de incerteza. Talvez uma noite de bebedeira seja justamente o que Jax precisa. Talvez não seja.

Sigo meus pais mais para dentro do restaurante onde Jax está oferecendo o velório de Stella, deixando Lily para trás para cumprimentá-lo.

Caminho até o bar.

É verdade que o funeral foi bonito — tão amável quanto pode ser, suponho. É um dia tão estranho. É difícil saber as coisas certas a dizer ou fazer neste tipo de situação. Estou tentando dar o máximo de apoio que posso.

Depois de pedir a cerveja do Jax, um corpo alto desliza ao meu lado.

— Vou tomar o mesmo, por favor — Landon diz ao garçom, acenando para a bebida na minha mão.

— Como você está? — questiono.

— É… — responde, com um grunhido evasivo. — Como você está?

— Na mesma.

— Senti sua falta — diz, esfregando o dedo em minha mão.

— Eu também.

Landon tem ficado em sua própria casa na última semana, hospedando seus pais, que estão por aqui também. Os três foram até a casa do Jax todos os dias para ajudá-lo a se preparar para hoje.

Ergo a garrafa em mãos.

— Tenho que levar isso para o seu irmão.

Todos os convidados entram no salão que Jax alugou por hoje à noite. Caminho para onde ele está parado, junto com alguns dos caras com quem jogou futebol na universidade.

Eles acabaram de terminar um shot de um líquido âmbar.

Estendo a garrafa de cerveja para ele.

— Aqui está — digo.

— Obrigado.

Deixo Jax e seus amigos em seu ritual de shots e encontro meus pais e irmãs sentados em uma mesa grande e redonda, coberta por linho branco. Há um enorme centro de mesa com rosas cor-de-rosa e lírios brancos que fazem o espaço ter um belo aroma. Meu pai deve ter pedido uma garrafa de vinho, porque está enchendo quatro taças no momento.

— Aí está você — fala, entregando-me uma conforme escolho onde sentar.

— Fui buscar uma cerveja para o Jax.

Depois de me acomodar, aproveito o momento para dar uma olhada em como o restaurante está belamente decorado.

— Está tudo tão bonito aqui. Quase parece um casamento.

— Eu sei — Lily concorda. — Jax disse que Stella planejou tudo.

— Que triste — solto.

— É sim — aquiesce.

Minha atenção é arrastada para Kiki.

— Vou fazer vinte e um mês que vem, pai. Sério — reclama, bufando.

— Então, no mês que vem, você pode tomar uma taça de vinho — ele retruca.

— Você sabe que bebo horrores na faculdade, certo? — diz ela, irritada, ao meu pai.

— Keeley, agora não é bem a hora para termos esta briga — minha mãe fala.

— Você está certa. — Kiki acena, ficando de pé.

— Então, o que todo mundo está comendo? — Lily questiona.

Minha mãe aponta para o lado do cômodo onde fica um grande bufê.

— Eles têm quase todos os pratos do cardápio, você pode provar todos, se quiser.

— Ah, legal. Estou faminta. — Kiki deixa a mesa e caminha até a comida.

Nós a seguimos. O quarteto de cordas faz uma serenata para nós a poucos metros de distância conforme nos servimos.

— Não estou surpresa de que até este evento seja perfeito. Claro que é, foi ela que planejou — Lily me diz, balançando a cabeça, tristeza em sua voz.

— Como Jax está lidando? — pergunto a ela e coloco um pedaço gigante de lasanha vegetariana no meu prato.

— Honestamente, não sei. Não conversamos muito essa semana. Estou mantendo a distância. É tudo tão estranho.

— Sei que é. Mas você é a melhor amiga dele e, mais que isso, tenho certeza de que ele precisa de você agora.

— Vou lá ficar com ele depois de comermos — concorda. — Como você está? Seu cãozinho é adorável. Está namorando alguém?

— Estou bem. Sim, Tucker é um doce. Eu o amo. Estou indo bem — repito a última declaração, em vez de responder sua pergunta final.

— Morando em Nova Iorque, eu me sinto tão isolada de todo mundo.

— Está pensando em se mudar?

— Não sei. Não. Sim. Talvez. Um dia. — Dá de ombros. — Acha que o Jax se casou com a Stella porque ela estava doente? — faz a pergunta que acho que todos estamos nos fazendo.

— De verdade, Lil, não tenho certeza. Parece algo que ele faria, colocar a própria felicidade de lado para fazer a coisa *certa*. Tipo aquela merda sobre o pai dele, o futebol e terminar com você. Mas quem vai saber? Pergunte a ele.

Lily nega.

— Não acho que ele admitiria se fosse verdade, de todo jeito. Tenho certeza de que ele acharia que é desonrar sua memória.

— Talvez sim — concordo.

Depois de terminarmos nossas refeições e outra taça de vinho, Lily se desculpa e vai falar com Jax. Logo depois, Landon caminha até nossa mesa.

— Com licença, posso pegar a Amy emprestada por um segundo? — dirige-se à minha família.

— Claro — minha mãe diz.

Fico de pé e o sigo.

Ele nos leva até os fundos do restaurante, por um corredor escuro, para dentro de um armário de casacos vazio.

— O que você está fazendo? — digo, em um sussurro, quando Landon tranca a porta.

— Sinto sua falta. Odeio isso. Não suporto termos que fingir que não estamos juntos. Porra, eu tenho vinte e nove anos, Amy. Não deveria ter que esconder minha namorada em um armário para poder beijá-la. É em um momento como esse que a gente precisa ter quem se ama ao lado. — Sua voz parece sofrida, o que causa uma pontada profunda no meu peito.

— Eu sei. Também preciso de você. Mas não podemos apenas anunciar nosso amor um pelo outro logo depois do seu irmão perder a esposa. Não é um bom momento — apelo.

Ele se aproxima e passa os dedos pelo meu cabelo, minha pele se arrepiando com seu toque.

— Jax me ama. Ele gostaria que eu fosse feliz. Não se importaria com isso. Já chega, Amy. Caramba, eles já deveriam saber. Estamos juntos por boa parte do ano e eu já te amo há bem mais do que isso. Cansei. Cansei de jogar esses joguinhos. Se você ama alguém, tem que dizer às pessoas.

— Eu amo você e estou pronta para dizer a todos. Mas não agora, por favor.

— Quando?

— Em breve. Prometo. — Beijo-o suavemente.

— Sim. — Aceno.

Ele aprofunda o beijo, fazendo minha pulsação acelerar. Todo meu corpo se inclina para o seu, desejando o calor.

Suas mãos se arrastam pela lateral do meu corpo até se acomodarem por baixo da minha saia, aproximando-se da minha calcinha.

Agarro seu punho.

— O que você está fazendo?

Ele puxa o lóbulo da minha orelha e sussurra:

— Você sabe o que estou fazendo.

— Não vamos fazer isso aqui — insisto, com o máximo de convicção que consigo reunir. — Estamos em um funeral. — Inspiro rapidamente quando seus dedos sobem por minhas coxas.

— Não, estamos em uma celebração da vida, e estamos celebrando.

Coloco a mão em seu peito e o empurro à distância de um braço.

— Não. — Minha voz expressa a carência que sinto. — Você estava lá, virando shots com Jax e os amigos, né?

— Sim. — Ele se inclina e me beija, seu hálito uma combinação irresistível de licor e menta.

— Quantos shots?

— O suficiente para saber que não posso passar mais uma noite sem você.

— Landon — gemo, enquanto ele deixa deliciosos beijos em meu braço.

— Sim, baby? Quer que eu pare?

Respiro fundo.

— Sim.

— Tem certeza?

— Sim.

Os seus lábios deixam minha pele e ele me encara.

— Acho que é um erro. — Ergue o polegar e passa por meus lábios.

— Talvez você esteja certo. Mas se não podemos nos controlar em um velório…

— Uma celebração da vida — ele me interrompe.

— Tanto faz. — Sorrio e dou um tapinha em seu peito. — Se não podemos parar aqui, então temos problemas.

— Tudo bem ter problemas desde que sejam com você. — Ele captura minha boca na sua. — Eu te amo — geme, contra os meus lábios.

— Também te amo.

— Vou para a sua casa hoje à noite e vamos terminar o que começamos. Quando fizermos isso, quero ouvir você gritar meu nome. — Seus dedos se afundam em meus quadris. — Amy, eu te amo, porra. Por favor, casa comigo.

Meus olhos se arregalam e eu me inclino para trás.

— Casar com você?

— Sim, baby. Fomos feitos um para o outro. Você sempre foi a mulher para mim. Não quero passar outro dia da minha vida em que você não seja minha de todas as maneiras possíveis.

Enlaço seu pescoço e lhe dou um selinho nos lábios.

— Amo você, mas, não.

Landon dá um passo atrás.

— Não?

Arrumo o vestido e o cabelo antes de passar por ele. Destravo a porta e viro para encará-lo.

— Dá próxima vez que me fizer o pedido, garanta que não seja depois de uma tentativa falida e bêbada de transar dentro de um armário em um funeral. E é melhor ter um anel junto. Te vejo mais tarde. — Lanço uma piscadinha e viro para sair.

— Espera, Amy — Landon pede, a voz suave.

Encaro-o.

— O que foi? — pergunto, preocupada.

Ele me prende em seu olhar, que tem um tom profundo de mel.

— Não se esqueça de contar ao Bass sobre isso.

Eu pisco.

— O que você está dizendo?

— Só conte tudo a ele, para ele saber quão gostosa nossa relação é — diz, todo sério.

— Você está brincando. — Balanço a cabeça, rindo baixinho.

— Não, ele deveria saber, porque nós — aponta do seu peito para o meu, e volta — somos gostosos.

Franzo a sobrancelha.

— Pensei que você tivesse dito que não era uma competição.

— Tudo é uma competição, baby, e nós somos os vencedores.

Trinta

AMY

Gatos gordos.
Acordos de uma semana.
Ar fresco.

O ar está meio fétido com uma mistura de desinfetante de limão e uma leve subcamada de urina. A combinação de cheiros me dá dor de cabeça.

— Tem certeza disso? — Landon questiona, a voz incerta. — Eu não sei.

— Não, isso é o certo. — Aceno, segurando a bola de pelos gorda nos braços. — Jax precisa dele.

— Jax precisa de um monte de coisas agora. Só não tenho certeza se um gato obeso é a resposta. — Landon caminha pelo local, olhando para os outros gatos em gaiolas de metal no abrigo.

— Ele precisa de companhia. Não é bom que ele esteja sozinho o tempo todo. Animais são terapêuticos. E este carinha é um doce. Escute-o ronronar. É perfeito.

— Você viu o Jax. Ele mal consegue cuidar de si mesmo. Quer mesmo arriscar a vida do Gordinho aqui?

— Para. — Eu rio. — Ele não é gordo, apenas agradavelmente rechonchudo. E mais, gatos são bem fáceis de cuidar. Comida, água, caixa de areia; isso é tudo que ele precisa. Jax pode lidar com isso e, se não puder, você ou eu podemos dar uma olhada todo dia. Podemos cuidar das tarefas do bichinho por um tempo. Ele fica lá apenas para se enrolar no Jax e fazer com que se sinta melhor.

— Certo, você é o cérebro desta operação. Eu confio em você. — Landon acaricia o gato em meus braços.

— Ele vai ajudar o Jax. Sei disso.

Animais têm essa qualidade mágica em si. Eles amam as pessoas incondicionalmente. Sei que o irmão do Landon precisa disso agora. É verdade, gatos podem ser complicados. Eles não são tão previsíveis quanto cachorros. Um cachorro amará seu dono sem questionar, mas Jax não está pronto para ter um. Gatos têm mente própria e podem ser mais independentes e menos amáveis que cachorros. Mas posso dizer pela personalidade deste carinha que ele é amável. E é por isso que quero resgatar um gato adulto. É impossível saber que tipo de personalidade um gatinho vai desenvolver, mas um adulto não esconde como se sente.

— Aqui. — Estendo o gato na direção do Landon. — Segure o senhor Snuggles, que eu vou preencher a papelada e pegar os suprimentos.

— Senhor Snuggles?

— Por enquanto. — Dou um sorriso largo. — Jax pode dar o nome que quiser, mas, pela próxima hora ou algo assim, ele será carinhosamente conhecido com senhor Snuggles.

Depois de terminar na Humane Society, dirigimos direto para a casa do Jax. Não avisamos que iríamos, mas nunca fazíamos isso. Ele não atende ao telefone de todo jeito.

Meu coração sente por ele, já que, honestamente, vejo muito de mim durante meus dias sombrios nele. Não é um bom lugar para se estar. Fico triste por ele. Sei que tem que passar por isso da melhor forma possível, mas farei tudo em meu poder para ajudá-lo a atravessar essa tristeza mais rápido.

Landon e eu nos revezamos em vir dar uma olhada nele, trazer comida e limpar a casa. Jax parece ter desistido de todos os aspectos vitais em sua vida, mas sei que isso não vai fazer com que ele se sinta melhor, sentado em uma casa suja, com fome. Não podemos resolver tudo, mas podemos corrigir algumas coisas. E o senhor Snuggles vai ajudar de formas que Landon e eu não podemos.

— Toc, toc — Landon chama, conforme entramos na casa do Jax.

Nós o encontramos deitado no sofá, assistindo um canal gastronômico.

— *30 Minute Meals*, da Rachel Ray? Eu amo esse programa. O que ela está fazendo hoje? — questiono.

— Não sei. Não estou vendo de verdade — solta.

— Bem, trouxemos algo para você — digo, animada.

— E o que é? — Jax pergunta, sem desviar o olhar da tela grande.

— Olha pra cá, cara — Landon pede.

O sorriso mais brega de todos está colado em meu rosto ao segurar o senhor Snuggles nos braços.

— Hmm, que graça. — Jax parece entediado. — Você tem um gato.

— Não, *você* tem um gato — Landon revela.

Jax revira os olhos e se senta.

— Eu não tenho a porra de um gato.

— Apenas ouça — digo a ele, suavizando minha voz. — Eu realmente acho que você vai amá-lo. Nós o pegamos em um abrigo. Ele era de longe o gato mais amável de lá. Você precisa de companhia, Jax.

— Agradeço a oferta. De verdade. Mas, por favor, levem de volta. — Jax passa a mão pela nuca.

— Okay, vamos fazer um acordo — digo. — Fique com ele por uma semana. Vamos deixar uma caixa de areia e a comida antes de sairmos. Temos tudo que você precisa. Em seguida, depois de uma semana, se você não o quiser, vou ficar com ele para mim.

Jax apoia os cotovelos nas coxas, seus olhos inexpressivos e céticos.

— Escute, Jax. — Sento-me ao seu lado. — Não são muitas pessoas que sabem disso, mas já estive em um lugar sombrio e, embora nossas situações sejam diferentes, consigo ter empatia pela forma como você está se sentindo. Quando tive depressão, não sabia como melhorar por um bom tempo. Não sabia que precisava de ajuda, então não pedi ajuda. Não estou dizendo que este carinha vai fazer tudo melhorar. Mas ele vai te dar um propósito, porque você terá que acordar todos os dias para alimentá-lo. Ele vai te fazer sentir que não está tão sozinho e, agora, este é um bom primeiro passo para recuperar sua vida.

— Uma semana? — pergunta, sério.

— Uma semana.

— Ele tem um nome? — Jax questiona.

Ouço Landon rir suavemente ao meu lado.

— Bem, eu dei um apelidinho, mas você não vai gostar. — Dou um largo sorriso. — Acho que você deveria dar um nome a ele.

— Ele parece um Buddha. — Jax estica a mão para acariciar a cabeça do gato.

— Então é Buddha. — Entrego a bola de pelos a ele. — Vamos buscar as coisas dele — aviso, antes de levantar.

Dou um sorriso esperançoso ao Landon conforme deixamos Jax com seu novo bichinho.

— Acho que ele vai se apaixonar por ele — digo, ao nos encaminharmos para buscar o restante das coisas no carro.

— Jax ou Gordinho?

— Os dois. — Rio baixinho. — Acho que vão amar um ao outro.

Lá fora, respiro fundo o ar fresco, ainda tentando me livrar das químicas com cheiro de limão do abrigo que ainda estão impregnados no meu nariz.

Landon me impede de continuar quando chegamos ao carro e segura meus quadris.

— Sabe, você realmente é ótima. Jax tem sorte de te ter. Eu tenho sorte de te ter. — E me beija docemente.

— Obrigada — falo, quando seus lábios se desprendem dos meus.

Pego a bolsa com a comida para gatos da caminhonete.

— Deveríamos falar para o Jax sobre nós — Landon diz, pegando a caixa de areia.

— Agora?

— Sim. Por que não?

— Não é hora, Landon. Jax não está em um bom momento agora.

Landon suspira conforme caminhamos para a casa.

— Nunca é hora, Amy. Quando é que vai ser a hora?

Paro e viro em sua direção, meus olhos entrecerrados.

— Isso é sério? Estamos aqui pelo Jax. Acredite em mim, quero contar a todo mundo, assim como você. Mas não é a hora certa. Quero que as pessoas estejam felizes por nós quando descobrirem. Se contarmos a ele agora, provavelmente vai fazê-lo se sentir pior.

— Não acho que vai. Sabe, é possível se sentir triste e se alegrar por alguém que você ama. Jax ficaria feliz por nós. Nossas famílias ficariam felizes por nós. Sinto que todos estão vivendo suas vidas e a nossa está sempre em espera. Está ficando bem cansativo, Amy.

— Argh — lamento, ao seu lado. — Você está sendo tão egoísta, Landon.

Ele gira para me encarar.

— Não, você está.

— Não estou!

Suspira, uma expressão magoada.

— Olha, eu entendo que você quer que tudo seja perfeito quando contarmos às nossas famílias. Mas o negócio, Amy, é que a vida não é perfeita e nunca será. Em algum ponto, você vai ter que começar a viver por si e não pelos outros.

Abro a boca para argumentar, mas fecho, incerta do que é que ele quer dizer. Landon está errado em querer contar ao Jax agora. Entendo que esteja ansioso de revelar sobre a nossa relação, mas seria cruel esfregar em sua cara, quando ele já passou por tanto.

O olhar do Landon baixa antes de voltar para o meu.

— Quero uma vida com você. Estou muito cansado de nos esconder. Adoro que se importe tanto com os sentimentos de todo mundo, mas, em algum momento, em breve, será que você pode se importar com os meus?

Fico boquiaberta. Antes que possa responder, Landon já entrou, me deixando sozinha.

Trinta e um

LANDON

— Saúde — digo para Tucker, depois que ele espirra. — Eu sei, esse lugar é uma bagunça. Não é muito romântico, né?

Olho ao redor do chalé velho e abandonado, repensando no local escolhido para fazer o pedido.

Não, ela vai amar. Tem mais a ver com o significado da localização em vez da estética.

Tucker espirra de novo.

— Cara, pare de espirrar em tudo — digo, rindo baixinho.

Acho que deveria ter feito uma faxina neste lugar antes de hoje, mas não teria sido a mesma coisa. Depois de cobrir o piso de madeira com pétalas de rosa, acendo um caminho de velas pequenas que levam ao lugar da sala onde nos sentamos e compartilhamos nossos segredos.

Amy e eu não éramos inseparáveis enquanto crescíamos. Eu nem diríamos que éramos melhores amigos. Ainda assim, apesar dos dois anos de idade de diferença, ela sempre foi minha 'pessoa' — a única a quem eu procurava se realmente precisasse falar com alguém. Nós sempre tivemos um profundo respeito um pelo outro, uma confiança. Sabia que qualquer segredo que contasse a Amy permaneceria aqui.

Nossa história de amor não tem sido convencional. Meio que me atingiu quando eu menos esperava. Fui em uma festa universitária de um antigo amigo e, por alguma razão, subitamente a vi de outra forma. Ela não era mais minha parceira, minha confidente. Era uma tentação irresistível que eu faria qualquer coisa para ter.

E eu a tive — por um tempo.

Mas mesmo quando ela não era minha… eu a amei como se fosse.

Acho que essa é a coisa sobre o amor verdadeiro. Quando você o encontra, nunca mais será capaz de desistir dele. Sinto que quero Amy por toda a minha vida e, para ser honesto, estou cansado de querer. Quero que ela saiba, e a quero para sempre.

Amy pensa que estou em casa com Tucker, vendo o jogo de futebol americano da Michigan, enquanto ela está visitando a casa dos pais.

Pego o telefone e mando mensagem:

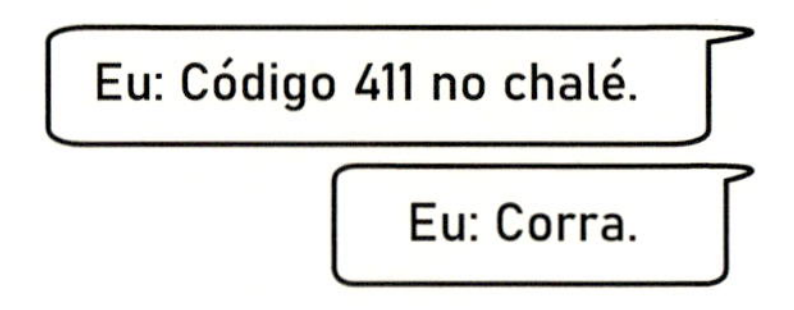

Pego uma grande gravata borboleta da bolsa que eu trouxe.

— Tudo certo, parceiro. Vamos colocar isso em você. Mamãe está a caminho. Vai chegar aqui em breve. — Coloco a gravata ao redor de seu pescoço.

Esticando-me para o cooler, tiro o pote de sorvete de cookies e creme e coloco na minha frente, com duas colheres. De todas as verdades que já disse para Amy neste lugar ao longo dos anos, a que estou prestes a dizer é a mais importante.

Trinta e dois

AMY

> *Meu cachorro de gravata borboleta.*
> *Landon de joelhos.*
> *Dizer sim.*

Meu coração acelera enquanto dirijo pelo campo, meu corpo sacudindo no assento pelo chão acidentado.

Quando me aproximo do limite do campo, o chalé entra em meu campo de visão, escondido entre altas árvores de carvalho. Trepadeiras crescem na frente da casa, cobrindo a maior parte do tapume com um manto verde. Não parece negligenciado, apenas pitoresco.

Lembra muito o tipo de casa que um escritor teria. Uma morada de um mundo antigo fora do caminho, reclusa e adorável — um local onde um autor poderia se sentar em paz e escrever belas palavras. Eu fico imaginando: as histórias na mente e os segredos do coração que poderiam fluir facilmente para o papel nesses arredores. Tem alguma coisa sobre esse lugar. É encantador.

Meus segredos sempre estiveram seguros aqui, neste ambiente cativante feito para Landon e eu, para nossa amizade, as preocupações e comemorações de nossas vidas.

Fiquei incrivelmente surpresa quando o código 411 do Landon chegou por mensagem há alguns instantes. Pensei que ele estava em casa, vendo futebol americano. Ele vive esperando os sábados da primavera. Para os homens Porter, o time da faculdade de Michigan é vida.

As coisas têm estado ótimas entre nós. Vivemos em nossa bolha de felicidade em Ann Arbor por quase um ano agora. Ele não trouxe mais o assunto de falar com a sua família desde a nossa briga do lado de fora da casa do Jax, há alguns meses. Embora tudo esteja bem no mundo das nossas famílias agora. Jax e Lily estão juntos. Todo mundo está ótimo e não tem tido nenhum drama há algum tempo.

Estou pronta para contar a todos sobre nós agora. Queria falar isso com Landon. A vida está tão perfeita com ele que não tenho pensado sobre isso recentemente. Agora, ele me convoca para nosso lugar de verdades e estou rezando para não ter esperado demais.

Sinto-me segura por saber que posso garantir que os outros estejam bem, porque ele sempre está lá, esperando por mim… Me amando. Cuidando de mim.

Ainda assim, não consigo impedir o nervosismo que sinto nas entranhas. Seja lá o que Landon quer me dizer, é coisa séria. E se minha escolha de continuar a atrasar nosso anúncio acabou o afastando? No meu coração, sei que Landon nunca me deixaria. Mas minhas inseguranças querem me convencer do contrário. Ou pior, e se ele estiver doente ou houver algo errado?

Paro o carro ao lado do dele e desligo o motor.

Respiro fundo para me acalmar e seco as palmas das mãos contra o jeans com uma ansiedade desconfortável.

O chalé está quieto conforme me aproximo, exceto pelo som do esmagar da grama sob meus pés, mas este local é sempre assim. Nossos sussurros têm sido o único barulho dentro destas paredes por décadas.

Viro a maçaneta e me assusto ao ser recebida por um som estridente — um latido. Pulo, levando a mão ao peito.

Tucker.

Estou esperando Tucker me receber na entrada, mas, em vez disso, encontro o brilho de um caminho de velas. As luzes suaves aquecem meu coração.

Meus medos de momentos atrás se dissolvem em uma pilha de vergonha por já ter duvidado do amor de Landon por mim — apesar de quão pequenas essas reservas eram.

Incerteza é substituída por uma gratidão e um amor desenfreados pelo homem de pé no fim do caminho. Ele está usando meu jeans favorito. Alguns acham ternos sexy, mas nada me excita mais do que um par de jeans gastos e bem ajustados que mostrem a bunda do meu homem com perfeição. A camisa de botão azul-claro que ele está usando também é um dos meus itens favoritos dos seus, por causa do jeito que destaca seus olhos, como eles estão agora. O brilho castanho está cheio de amor por mim, tão forte que me atinge, roubando meu fôlego.

Passo pelo caminho de pétalas, meus lábios tremendo e meus olhos se enchendo de lágrimas. Landon me espera, Tucker ao seu lado em uma gravata borboleta e um pote de sorvete do outro.

— Ei — diz, segurando minhas mãos.

Ele umedece os lábios e tenho um desejo intenso de beijá-lo.

— Oi. — Contemplo seu belo rosto e não consigo acreditar quão sortuda sou de ter seu amor.

Ele começa a falar, a voz cheia de amor.

— Trouxe você aqui hoje, Amy, chamando um código 411, porque há uma verdade séria que tenho que te contar. É um segredo tão poderoso, que tem que ser dito aqui, no lugar onde as lembranças dos nossos maiores segredos moram. Vejo você escrever no seu diário de gratidão todos os dias. Mas o que você não sabe é que eu também tomo notas das coisas pelas quais sou agradecido. Toda noite, antes de dormir, penso sobre o que quero agradecer. Não escrevo, porque não há necessidade. É sempre a mesma coisa. Você é meu maior presente, Amy Madison. Você.

Inspiro fundo, em uma respiração instável, e ele continua:

— Você estava no topo da minha lista de agradecimentos na noite passada. É por você que estarei grato hoje à noite, amanhã e em todas as noites daqui para frente. Veja, não sabia, quando era mais novo, que você era a única para mim. Você era minha amiga e minha confidente. Sou agradecido por ter tido você em todas as maneiras que tive e todas as experiências que compartilhamos juntos e separados, porque elas nos trouxeram até aqui. Toda escolha que fizemos nos preparou para sermos as pessoas que somos agora e as pessoas que somos agora estão destinadas a estar juntas, sempre.

Landon continua segurando minhas mãos com uma das suas ao se ajoelhar na minha frente. A que está livre retira um anel de diamantes do bolso e segura na minha frente.

— Amy, a verdade que tenho a te oferecer é que te amo mais que qualquer homem já amou uma mulher. Você é a única com quem quero compartilhar a minha vida. Vou te amar, cuidar e agradecer por te ter a cada segundo de cada dia pelo resto da minha vida. Por favor, quer se casar comigo?

Solto suas mãos e cubro a boca, pulando e cantando:

— Sim! Sim! Sim!

Landon fica de pé e estende a mão, a palma para cima, solicitando a minha. Apoio a esquerda na sua e ele desliza o anel em meu dedo.

Começo a rir enquanto as lágrimas deslizam. Quando o anel está no lugar, ele leva minha boca à sua e eu o beijo com tudo que tenho, porque sou sua.

Tudo que há em mim ama tudo que é Landon Porter.

Mente, corpo e alma estão em paz, sabendo que estou exatamente onde preciso estar, com Landon, agora e para sempre.

Quando nossos lábios se abrem, encaro-o em seus olhos compassivos e ele sussurra:

— Melhor?

Pisco algumas vezes, com medo de ter esquecido alguma piada interna. Landon ri baixinho.

— Meu pedido? Foi melhor do que da última vez?

— Ai, meu Deus… sim! — Rio. — Bem melhor.

Ele inclina a cabeça para o lado, me encarando com um sorriso sexy.

— Você ainda não curtiu o pedido no armário?

— Não. — Rio novamente. — Este foi perfeito.

— Bem, que bom. Fico feliz que você tenha aprovado.

Ergo os braços e enlaço seu pescoço, puxando seu corpo para mais perto.

— Definitivamente aprovei.

Seus polegares deslizam pela base das minhas costas e dançamos lentamente com uma música que apenas nossos corações escutam. Seu peito é firme e reconfortante por baixo da minha bochecha. Inspiro, querendo saborear cada detalhe deste momento. Como sempre, o cheiro de Landon é irresistível, um mix de limpeza e sensualidade — a combinação perfeita de amaciantes, sabonete e perfume. Em seguida, vem o cheiro de anos de poeira, o que estranhamente deixa ainda melhor.

Amei este homem a vida toda e, ainda que na maior parte do tempo, nunca teria adivinhado, em milhões de anos, que estaria dançando neste chalé degradado com a promessa de Landon para sempre em volta do meu dedo.

Ainda assim, aqui estou eu. E é perfeito. Não conseguiria ser mais feliz.

Landon para e olho para ele.

— Ames, já que estamos no nosso lugar de falar a verdade, há mais uma coisa que preciso dizer.

— Okay.

Landon dá um passo para o lado e estende a mão, indicando que eu me sente.

Olhando para baixo, vejo Tucker enrolado em uma bola, dormindo, e não consigo evitar o sorriso. Passo por ele e sigo até o sofá. Landon coloca o sorvete na ponta da mesa entre nós.

— Oh, oh. Hora do sorvete. Isso está ficando sério — brinco.

— Está — diz, tirando a tampa do pote para revelar o que só pode ser descrito como sopa de creme com pedaços de cookies flutuando.

Os olhos de Landon disparam para o meu e nós dois imediatamente começamos a rir.

Ele tampa novamente o sorvete derretido e dá de ombros.

— A conversa vai ser sem gostosuras hoje.

Dou um sorriso.

— Podemos lidar.

— Então, andei pensando... — Ele para e me encara, fazendo um tremor nervoso em minha espinha.

— Okay... — Aceno, desejando que ele continue.

— Sinto que levou um tempo para chegarmos aqui, ao noivado, sabe? Há sempre alguma coisa; alguma preocupação que nos impede de ir adiante. Eu te quero desde o seu primeiro dia na faculdade, há alguns anos. Somos caso resolvido na minha cabeça desde então. — Gesticula entre nós. — Sei desde o segundo em que voltamos que é eterno. Para mim, é como se estivéssemos noivos há um ano. Moramos juntos. Temos um filho peludo. Estamos seguros em nossos trabalhos. Não há motivo para um noivado longo. Quero que você seja minha, oficialmente, até que a morte nos separe; e pode me chamar de egoísta, mas não quero esperar.

— Você definitivamente não está sendo egoísta, Landon — garanto.

Ele segura minhas mãos.

— Então vamos nos casar agora.

— Agora? — Recuo a cabeça, semicerrando os olhos.

— Não agora, mas em breve. Tipo, no próximo fim de semana. Vamos para Vegas.

— Vegas?

— Por que não? Vamos apenas nos casar logo.

Encontro-me concordando.

— Sim. Por que não? — Rio com o pensamento, o que, curiosamente, parece ser o plano perfeito para nós.

— Que bom. — Seu sorriso se amplia e, mesmo em um cômodo aceso por velas, posso ver a alegria em seus olhos.

Levo a mão ao peito.

— Ah, espera. Temos que contar a todo mundo.

— Você confia em mim?

— Sim — digo, hesitante, inclinando a cabeça.

Ele se estica para pegar o telefone.

— Landon, o que você está fazendo? — Meu coração martela nervosamente no peito.

— Escrevi algo mais cedo e só preciso apertar… enviar. Pronto, está feito. — Seu polegar sai da tela.

Meus olhos se arregalam.

— O que você acabou de fazer?

— Algo que estava morrendo de vontade de fazer há bastante tempo.

O celular do Landon começa a vibrar e meu coração acelera.

Trinta e três

AMY

Contar segredos.
Planos de casamento.
Meu noivo.

Estico-me inteira para tentar pegar o celular que Landon segura longe do meu alcance.

— Por favor, me diga que você não acabou de contar por mensagem de texto para nossas famílias que estamos noivos. — A oitava acima em minha voz acorda Tucker, que começa a rolar no chão.

— Não contei — diz, simplesmente.

— Não? Então por que seu celular está vibrando igual doido agora? Deixe-me ver. — Estico a mão, com a palma para cima.

— Escuta, não mandei a mensagem para dizer que estamos noivos. Bem, acho que essa parte meio que está implícita, porque os convidei para nosso casamento.

— O quê? — surto. — Diga que não fez isso. — Emoções brotam em meu peito e sinto meus olhos se encherem de lágrimas.

— Amy, pare. — Landon me puxa em um abraço, numa tentativa de me confortar.

Afasto-me dele.

— Não quero que meus pais descubram que a filha deles está noiva por mensagem. Isso é horrível, Landon. Você não deveria ter feito isso! —

lamento, frustrada. — Eles nem sabiam que estávamos namorando. Não é justo com eles.

— Acalme-se, baby, e escute.

Cruzo os braços por cima do peito. Claro que estou parecendo uma criança petulante no momento, mas estou tão furiosa que nem ligo.

— Amy, eu queria contar para nossas famílias há muito tempo. Você continuou adiando por motivos diferentes. Você concordou em se casar comigo no próximo fim de semana e eu não queria que tivesse que lidar com a ansiedade e o estresse que sentiria por finalmente revelar nosso grande segredo para nossas famílias. Agora está feito. Todo mundo terá tempo de processar a informação antes de os encontrarmos. É como arrancar um curativo. A dor do início é um pouco chocante, mas aí você sente o alívio por ter terminado.

Ele esfrega as mãos pela minha cintura. Um sorriso afetuoso brilha em seu rosto e minha raiva se desfaz.

— Tipo um curativo, né? — questiono.

— Exatamente.

— Posso ver a mensagem?

— Claro. — Ele me entrega o celular.

Respiro fundo antes de ler.

> Ei, família. Landon e Amy aqui.
> Uma curiosidade: nós começamos a namorar há oito anos e, após um período de hiato, estamos juntos durante o último ano. Estamos loucamente apaixonados e vamos nos casar. Desculpem por só estarmos contando agora. Ficamos esperando o momento perfeito de dizer a todos, mas sempre havia algo. Esperamos que possam se juntar a nós em Las Vegas na semana que vem para comemorar nosso casamento.
> Só uns parênteses: Amy não faz ideia de que estou mandando essa mensagem. Ela é muito melhor de dar notícias do que isso aqui, mas ela me ama e vai me perdoar.
> Partiu Vegas?

Leio a mensagem várias vezes, absorvendo cada palavra. Balanço a cabeça negativamente, segurando a risada.

— Você é tão inacreditável. Sério, não acredito que fez isso. — Devolvo o telefone.

— Mas? — questiona com um sorriso.

— Mas pelo menos já foi. Agora, vamos falar com meus pais.

— Viu?

Empurro seu peito.

— Não fique todo felizinho. Eu ainda não teria dito para toda a nossa família sobre nosso relacionamento por mensagem. Mas o que está feito, está feito.

— Admita. Você está feliz por eu ter quebrado o gelo.

Abaixo-me e pego Tucker antes de voltar a atenção para Landon.

— Você não apenas quebrou o gelo, amor. Você jogou a família inteira na água congelada. — Rio. — Vamos lá. Temos certo controle de danos a fazer.

— Ótimo. Assim podemos ir para casa e começar a planejar nossas núpcias.

— Você é insano. — Rio de novo. — Mas eu te amo.

Estou percebendo que não sou grande fã da teoria do curativo do Landon. Tenho quase certeza de que os últimos trinta minutos têm sido piores do que teriam sido se tivéssemos dado a notícia gentilmente — ou, pelo menos, de qualquer outra forma que não fosse uma mensagem em grupo.

— Eu sei, sinto muito — falo para minha mãe, depois que ela deixa claro o quanto a magoou saber só agora sobre nosso relacionamento.

Sorte foi ter todos os membros da nossa família em um único lugar — na casa dos meus pais, vendo o jogo de futebol americano da Michigan. Sempre se pode contar que eles estarão juntos todo sábado nos meses de outono.

Sinto-me estranha e estúpida de termos que nos explicar para todo mundo de uma vez. Embora eu suponha que, por mais desconfortável que seja, pelo menos foi feito — ou será, assim que minha mãe parar de chorar.

— Não estávamos tentando magoar ninguém — Landon começa. — É só que…

Eu o paro, antes que ele possa continuar a assumir mais da culpa injustificada:

— É minha culpa, na verdade. Landon queria contar a todo mundo desde o começo. Fui eu quem quis guardar isso conosco.

— Não, fizemos isso juntos — garante, seu apoio constante por mim inabalável.

— Amy — Lily fala —, não pense que não estamos todos felizes por vocês, pois estamos, tipo, loucamente felizes. Só estamos confusos. Vocês acharam que não os apoiaríamos?

— Não, não foi isso — afirmo.

— Quer dizer, eles estão juntos o tempo todo. A gente provavelmente deveria saber — Jax comenta.

— Sim, mas todos nós ficamos juntos. Você e a Lily estão sempre juntos — Keeley rebate.

— Exatamente. — Ele dá uma risada. — Meu ponto é esse.

Ela dá de ombros.

— Eu sei, mas você me entendeu.

— Então vocês estão namorando há o quê? Oito anos? Em segredo? — minha mãe repete, obviamente confusa com a linha do tempo.

Sento-me no braço do sofá ao seu lado.

— Namoramos por dois meses ou algo assim quando entrei na faculdade, e então terminamos, sendo apenas amigos por sete anos. Em seguida, ficamos juntos de novo na época do casamento.

Não tenho que especificar qual, pois estamos todos bem cientes. Há um silêncio desconfortável no cômodo por um momento.

— Foi, obviamente, um período difícil para alguns e não queríamos piorar nada — continuo. — Então, esperamos até as coisas se acalmarem um pouco. Só que veio o funeral e, de novo, tudo ficou complicado, e esperamos mais. Nunca foi nosso plano esconder nada de ninguém. Vocês me conhecem. — A atenção de todos estava em mim. — Eu tinha um plano de como queria contar a todos e queria que fosse perfeito. Fiquei esperando a hora certa, mas ela nunca veio. — Meus lábios se transformam em um sorriso ao me virar para Landon. — Felizmente, Landon cansou se esperar.

Olho para todas as pessoas naquela sala, que significam tanto para mim, e, embora eu saiba que ainda existem sentimentos de confusão, em sua maioria, eu vejo apenas amor. Então me dou conta de que Landon e eu, finalmente, somos algo oficial. Pela primeira vez, eu verdadeiramente sei, no fundo do meu coração, que ele é meu felizes para sempre.

Tem havido uma parte minha sempre esperando para a próxima bomba estourar, para a minha sorte mudar, para eu perdê-lo. Medo de que vou, de alguma forma, me perder de novo para a escuridão que fui tão incapaz de vencer antes.

A depressão, o desespero de retorcer minhas estranhas a ponto de não conseguir nem ver direito no momento, me tornou alguém que eu não era. A perda se transformou em tristeza, que virou a melancolia que tomou conta da minha vida. Minha força foi substituída por desespero e incapacidade de brigar pela mulher que merecia muito mais do que se permitia ter.

Meus olhos se enchem de lágrimas.

— Sabe, essa família já passou por muita coisa. Porém Landon e eu...

Com os olhos marejados, deparo com o olhar dele, à minha frente e perto de seu pai. Ele me encara com uma imensa devoção.

Meu peito dói.

Eu simplesmente o amo.

Engulo o soluço que ameaça escapar.

— Nós também passamos por muito. Temos sido a rocha um do outro por bastante tempo. E talvez houvesse uma parte minha que não quisesse que a felicidade que ele me traz fosse diminuída de alguma forma. Então, eu mantive Landon, nos mantive, para mim tanto quanto pude.

Minha mãe coloca a mão sobre a minha perna, apertando meu joelho gentilmente. Ela apoia a cabeça contra a minha.

— Eu te amo, Amy. Estou absolutamente emocionada por você ter encontrado um amor como o que vocês dois obviamente compartilham. Nós amamos o Landon, claro. Estamos muito felizes. Sinto muito eu ter ficado brava. Como sua mãe, amaria ter feito parte do seu início também. Teria amado ouvir tudo sobre como o amor cresceu e se tornou algo mais. Mas tudo bem. Estou encantada de participar disso agora. Todos nós temos que trilhar nosso caminho do jeito que funcionar para nós. Não é justo eu te fazer sentir culpada por suas escolhas.

Apoio a cabeça na sua.

— Tudo bem, mãe.

Subitamente, minha mãe ofega e seu corpo se enrijece. Levanto a cabeça e a encaro. Compreensão enche seus olhos arregalados.

— Landon é o... George?

Aceno, provando as lágrimas que caem livremente agora.

— Landon é o George? — indaga de novo, perplexa.

Engulo o nó em minha garganta.

— Sim, é.

Lágrimas escorrem pelo meu rosto. Penso em oito anos atrás e na conversa que tive com a minha mãe depois do aborto espontâneo quando disse a ela que o pai, "George", não estava mais comigo.

Ela leva a mão à boca, disfarçando o choro. Fica de pé e me puxa junto consigo, acenando para Landon se aproximar. Em poucos passos, ele está ao nosso lado e minha mãe nos envolve em um abraço. Choro com ela, anos de segredos e dor se libertando. Ela sabia sobre a perda do bebê, claro, mas perceber agora que também foi uma perda dele adiciona outra camada de emoção.

— Quem diabos é George? — Jax questiona.

— Aparentemente, o Landon — Keeley responde.

— Mas o que isso significa? Estou tão confusa — Lily retruca.

— Tenho a sensação de que essa é uma história para outro dia — meu pai afirma às minhas costas, ao se juntar ao abraço de três pessoas. — Estou feliz por vocês — fala, beijando minha bochecha.

Nós nos separamos do abraço e minha mãe e eu secamos os olhos.

— Então, Vegas? — A voz estrondosa de Jax irrompe pela sala e ele bate palmas, o que é uma distração bem-vinda.

— Sim, Vegas — Landon responde. — Cara, estou pronto para me casar com ela. — Ele observa o ambiente, fazendo contato visual com todos. — Entendo que seja novo para todos vocês, mas eu amo a Amy por bastante tempo e quero que ela seja minha esposa. Tipo, agora. — Solta uma risada.

— Digo o mesmo — concordo. — Nenhum de nós está interessado em um casamento chique. Só queremos nos casar.

— Vegas parece divertido e romântico — Susie, mãe do Landon, diz.

— Então todo mundo consegue ficar livre no próximo fim de semana para fazermos uma viagem para o oeste? — meu noivo indaga.

Uma variedade de acenos e respostas afirmativas ecoa, causando uma onda de animação que me domina.

Seu olhar prende o meu e damos um largo sorriso.

— Então está marcado. — Volto-me para o meu noivo.

— Está marcado — concorda.

Trinta e quatro

AMY

Votos em Veneza.
Família.
Ser a senhora Porter.

Casamentos em Vegas não recebem o crédito merecido. Fico abismada com a beleza dos meus arredores.

Não há nada de brega na capela com o tapete vermelho-carmesim que foi instalado nos anos oitenta. Elvis não está nos casando e não estamos muito bêbados. Este momento não é nada como foi retratado nos filmes. Claro, se quiséssemos essas coisas, elas definitivamente estariam disponíveis. Afinal, aqui é Las Vegas. Mas nossa versão é bem melhor.

Meu vestido é elegante, simples, branco e fluido. Comprei imediatamente em uma loja de vestidos essa semana e não poderia ter sido mais perfeito. Lily e Keeley estão paradas ao meu lado em vestidinhos pretos.

Landon me encara, mais lindo do que nunca em seu smoking, o irmão orgulhosamente ao seu lado. A ministra é uma mulher que conhecemos há poucos minutos. Ela tem olhos gentis, um sorriso amigável e o certificado para nos casar, o que é tudo que pedimos.

Além da festa de casamento, toda nossa lista de convidados está a poucos metros de distância — todos os quatro. Nossos pais e irmãos são tudo que queríamos. Eu amaria ter meu melhor amigo, Bass, mas ele está tomando conta de um bebê na Califórnia.

Algumas garotas sonham com grandes casamentos, cada detalhe sendo planejado com meses ou anos de antecedência. Eu sonhava com Landon. Nunca precisei de pompa e circunstância. Só o queria. Apenas ele.

Isso não quer dizer que não estamos envolvidos em beleza. Estamos em um terraço deslumbrante. Colunas brancas modeladas pela arquitetura italiana nos separam dos luxuosos jardins venezianos abaixo. Videiras de rosas brancas crescem nas colunas. O verde cria um pano de fundo pitoresco e deixa o cheiro de primavera e alegria.

Landon segura minha mão na sua. Seus olhos castanhos brilham com amor inquestionável. Ele envia um olhar cálido, que enche minha alma de alegria pura.

— Eu, Landon, recebo você, Amy, como minha legítima esposa e prometo te amar e respeitar na alegria e na tristeza, na saúde e na doença, na riqueza e na pobreza, por todos os dias da minha vida, até que a morte nos separe. — Suas palavras ditas com convicção e saem trêmulas pela emoção, e sei sem sombra de dúvida que ele quer dizer cada uma delas.

Landon Porter cuida de mim mais do que qualquer ser humano nesta terra poderia. Ele foi feito para me amar e eu para amá-lo.

Quando a ministra diz que ele pode beijar a noiva e seus lábios encontram os meus, sei que eles me beijarão para sempre.

Depois de um fotógrafo tirar algumas fotos nossas, saímos os nove em um passeio pelas ruas do resort *The Venetian* até chegarmos ao restaurante onde fizemos reservas.

— Não acredito no quanto este lugar é bonito. Realmente parece que estamos na Itália — Lily me diz, enquanto admiramos a praça da cidade veneziana da varanda no segundo andar do restaurante.

— Realmente parece — concordo.

Estou muito feliz por termos decidido fazer nosso casamento aqui no *The Venetian*. Parece que estamos realmente em um restaurante chique na Itália, observando a cidade abaixo. Cada loja tem uma aparência bem autêntica, assim como o rio que corre pelo centro.

— É loucura que até os tetos pareçam um céu de verdade — Keeley comenta.

Olho para o teto alto acima de nós, que está pintado em tons de azul. Existem nuvens brancas que parecem bem realistas.

— Eu sei, veja como o céu está escurecendo, como se o sol estivesse mesmo se pondo. É surreal — comento com as minhas irmãs, vendo o céu acima de nós mudar da luz do dia para noite.

— Sim, se alguém quiser se casar em Veneza sem atravessar o oceano, aqui é o lugar.

— Ouvi que dentro do Hotel Paris é tão bonito quanto, só que parece com a cidade de lá, claro. Deveríamos visitar amanhã. E você deveria ver se seu marido quer vir. — Keeley me dá uma piscadinha e nós todas rimos.

É uma loucura que Landon seja oficialmente meu *marido*.

— Minha orelha está coçando. Essas belas garotas estão falando sobre mim? — Landon comenta, por trás de nós.

Viro para ele, que me entrega uma taça de vinho importado da Itália.

— Obrigada — digo, aceitando. — Kiki acabou de dizer que deveríamos visitar Paris amanhã.

— Sim, parece divertido. Podemos visitar vários hotéis — afirma.

— Aah, deveríamos jogar! Vi umas máquinas de 'Topa ou não topa' e 'Roda a roda' mais cedo. Parecem divertidas — Kiki fala, quando Jax chega na varanda para se juntar a nós.

Ele entrega uma taça para Lily e beija sua bochecha.

— Eu poderia jogar um pouco de Vinte-e-um — Jax concorda.

— Está se sentindo sortudo? — Lily pergunta a ele com uma risadinha sedutora, que é a nossa dica para voltar à mesa para o jantar.

— Está se sentindo sortuda, senhora Porter? — Landon sussurra em meu ouvido, quando adentramos o restaurante.

Viro-me para encará-lo. Enlaço seu pescoço.

— Não preciso de sorte. Já tenho você.

O jantar é como as outras refeições em família que temos, exceto que estou usando um vestido de casamento e estamos fingindo estar em Veneza. A noite de hoje é exatamente como eu queria.

A conversa flui livremente e não existe preocupação ou segredos escondidos. Todo mundo está perfeitamente contente. Hoje é um presente que sempre vou valorizar.

Keeley e Jax soltam insultos leves um para o outro como sempre fazem.

Ele levanta a mão, os dedos abertos.

— Ei, para. Não fale mal do Buddha. Ele é o melhor de todos — Jax diz para Kiki, em resposta à sua piadinha de gato, e todos rimos.

Lily se dirige para mim e Landon:

— Ainda não acredito que vocês transformaram o Jax em alguém que gosta de gatos.

— Foi a Amy — Landon indica.

— Já conheceu o Buddha? Ele é ótimo — comento.

— Ele é. Eu o amo — Lily concorda. — Embora eu o amasse mais se não fosse tão mala. Ele praticamente me despreza.

Landon nega, erguendo a sobrancelha.

— Sabe, Lily, nós escolhemos o Buddha porque ele era praticamente o gato mais gentil que já vimos. Não consigo imaginá-lo sendo um idiota. Tem certeza de que não está puxando o rabo dele quando ninguém está olhando?

— Não. — Lily bufa. — Sério, não sou nada além de legal com aquele mala, mas ele ainda me odeia.

Jax termina de enrolar o macarrão no garfo.

— Ele não te odeia. Só me ama e é ciumento. Você tem que lembrar que éramos apenas ele e eu por um tempo. Ele só tem que se acostumar com você. — Enfia o garfo de comida na boca.

— Gatos, particularmente, podem ser assim — comento. — Ele vai gostar de você. Só precisa de tempo.

Lily terminou o trabalho em Nova Iorque e mudou para cá há um mês. Está morando com Jax desde então, e Buddha ainda não gosta muito dela.

— Toda noite, acordo com aquela bunda enorme na cara — Lily comenta, o que nos faz rir. — Tipo, essa bunda gigante de gato, que provavelmente acabou de sair da caixa de areia, colada na minha cara. É nojento.

— Ele está se aconchegando em você, Lil — Jax argumenta.

— Ou limpando suas fezes em mim. — Ela torce o nariz.

— Ele é um gato legal. — Landon ri.

— Ainda prefiro cachorros. Eles amam todo mundo. A propósito, quem está cuidando do Tucker? — Lily indaga.

— Minha amiga, Kylie, do trabalho — respondo. — Ele a ama. Tenho certeza de que está no paraíso.

Lily serve um pouco mais de vinho em seu copo.

— Claro que ele a ama, pois cachorros são legais.

Jax nega.

— De novo, não culpe o Buddha. Gatos não apenas rolam e se entregam. Você precisa merecer o amor deles. Ele vai gostar de você. Prometo. — Beija Lily na cabeça.

Meu pai bate o garfo na taça e fica de pé. O ar ao nosso redor muda, o clima jovial sendo substituído por incerteza. Meu pai não costuma fazer grandes discursos. Ele é o tipo de pessoa que fala quando tem algo útil a dizer. Então, se isso acontece, todo mundo ouve.

Ele sorri para mim.

— Quero falar algumas coisas, se me permitem. Sei que você cresceu e é independente há um tempo agora, Amy. Mas, não importa quanto mais velha fique ou o que alcance, sempre será minha garotinha. E é um... sentimento interessante quando sua garotinha se casa. Por um lado, estou feliz porque você encontrou alguém com quem dividir a sua vida. Por outro, é um pouco triste, já que meu coração sabe que não sou mais o homem mais importante da sua vida.

Ele engole em seco, os olhos brilhando com lágrimas.

— Ainda assim, tem sido um privilégio te criar. Eu não poderia ficar mais feliz pela mulher que você se tornou. Você é gentil e compassiva. É tão linda por dentro quanto por fora. Você pega tudo ao seu redor e aprecia. Não consigo dizer que presente é pensar desse jeito. Somos sortudos como família, financeiramente. Mas, de verdade, as coisas que você tem, sua casa, seus bens materiais; nada disso te fará feliz. Alegria verdadeira de viver com aqueles que se ama. Não tenho um desejo maior para as minhas meninas do que vocês encontrem a pessoa certa com quem dividir a vida.

Ele olha para Landon, depois para Jax e Lily, e volta para mim.

— Posso falar com honestidade que é um pouco agridoce quando suas meninas perdem os sobrenomes para outros. Mas o fato de que agora você é uma Porter e sua irmã será uma em breve me deixa mais feliz do que você pode imaginar. Encaixa muito bem, na verdade. É uma honra te chamar de filho agora, Landon. Sempre te vi como família e agora é oficial. Somos muito abençoados. — Meu pai ergue a taça de vinho. — Então eu gostaria de fazer um brinde para Amy e Landon. Que suas vidas sejam preenchidas de amor, risadas e alegria... sempre. Saúde.

— Saúde. — Todos unimos nossas taças.

— Obrigada, pai. Foi lindo — digo a ele.

— Sim, foi um amor — Kiki concorda, sua voz carregando um ar de sarcasmo. — Então, agora os garotos Porter estão comprometidos e não há ninguém à vista. Estou me sentindo ótima com o meu futuro. — Solta uma risada. — Sinto como se houvesse uma mensagem subliminar nesse brinde, pai.

Várias risadas soam ao redor da mesa, diversão pela Kiki e sua bobeira evidente.

— Você tem tempo — minha mãe garante a ela. — Ainda é jovem.

— Sabe que dizem que a maioria das pessoas encontra seus pares na faculdade ou no trabalho. Todas as minhas colegas de trabalho são mulheres. Minhas chances não são boas. — Ela faz biquinho de um jeito exagerado.

— Há sempre opções on-line — Jax sugere, com um sorriso afetado.

Landon se vira para ela.

— Bem, Kiki, o mais importante é lembrar que o dia de hoje é sobre mim. E Amy. — Ele joga o meu nome como se tivesse lembrado depois. — Então vamos focar nisso, beleza? — brinca, cutucando seu braço.

Todos rimos de novo, o que parece incrível. Uma das minhas coisas favoritas na nossa família é a química que dividimos. O tempo que passamos juntos nunca é entediante. Sempre deixo nossas reuniões com a sensação de ter feito duzentos abdominais. Uma boa-noite é aquela em que os músculos de nosso estômago e as bochechas doem de tanto rir.

E agora sei que sempre compartilharei isso com Landon. Ele e eu estamos nessa para sempre, o que é maravilhoso.

Uma enxurrada de tinidos começa com todo mundo batendo os talheres nas taças e cantando:

— Beija, beija, beija…

Sorrio e olho para Landon, seu sorriso brilhante encontrando o meu.

Então, eu beijo meu marido.

E é perfeito.

Epílogo

LANDON

Cinco anos depois.

> *Novo cliente maravilhoso.*
> *Alarme falso do papai.*
> *Minha bela esposa.*

Minha frequência cardíaca acelera enquanto manobro a caminhonete na nossa longa entrada de automóveis. Quanto mais me aproximo da casa, mais nervoso fico.

Hoje é o dia.

Amy e eu compramos esta bela casa no condado, uma viagem de vinte minutos da cidade de Ann Arbor, há alguns anos. Queríamos um pedaço de terra longe da cidade, onde pudéssemos criar nossa família no tipo de arredores que tivemos ao crescer — árvores, campos de milho e paz. O único aspecto da propriedade que não gostei tanto foi a incomum longa entrada entre a casa e a estrada. Ainda que tenha passado a gostar do trajeto de oitocentos metros depois de um longo dia. Ele sempre me dá alguns minutos para mudar meus pensamentos do trabalho e focar na minha família — Amy, minha deslumbrante esposa — bem, ela e a quantidade abundante de animais que adotamos desde o casamento há cinco anos.

Estaciono e desço da caminhonete, onde sou recebido por três caudas que se abanam.

— Ei, galera — digo para nossos três "bebês peludos", como Amy os chama. Abaixo-me, dando atenção a cada um deles. — Como a mamãe está hoje? — sussurro, em direção ao nosso cão, que é uma mistura de mastiff, Blue, acariciando sua enorme cabeça.

Ele responde ao lamber minha bochecha.

Tucker, nosso primeiro pet, enfia o nariz em minha perna, e afago sua lateral. Erguendo o olhar, vejo Bo de pé, tremendo, esperando ansioso pela sua vez.

— Venha aqui, BoBo — chamo baixinho, e ele se aproxima para receber amor.

Bo, que ganhou esse nome por causa do maior treinador de futebol americano que a Universidade de Michigan já teve, é nosso último resgate. Achamos que ele é algum tipo de mistura entre um pitbull e um hound, mesmo que seja possivelmente o cachorro mais doce do mundo. Embora ele seja tão tímido e assustado com tudo. Deixa-me triste pensar no que ele deve ter passado antes de nós o encontrarmos.

Beijo Bo no topo da cabeça antes de voltar a atenção para grasnido excessivo que vem do jardim a alguns metros.

— Estou te vendo, Sunny — aviso para nossa pata resgatada, que está tentando chamar minha atenção. — Volto depois. Preciso entrar e ver a mãe de vocês.

Sim, essa é a minha vida agora. Eu falo com animais como se eles me entendessem.

Respiro fundo algumas vezes e colo um sorriso tranquilo ao me aproximar da porta da frente. Estamos esperando por este dia há muito tempo e, independente do resultado, vou ficar bem. Só me preocupo com a Amy. Ela tem sido forte até este ponto, mas nunca deixarei de me preocupar com ela.

Estamos tentando engravidar desde a noite do nosso casamento. Amy estava com vinte e oito anos, pronta para começarmos nossa família. Ironicamente, embora tenha sido fácil para ela ficar grávida há tantos anos, quando não estávamos tentando, agora que estamos, tornou-se uma tarefa impossível.

Fizemos diversas tentativas — testes, dietas especiais, procedimentos, remédios de fertilidade. Todas as vezes que fiz amor com a minha esposa nos últimos anos terminou com ela deitada de costas, com as pernas para o ar por pelo menos trinta minutos para "ajudar os nadadores a chegarem ao seu destino".

Tentar ter um bebê sem sucesso por tantos anos tem sido difícil — para Amy, para mim, nossa família e nosso casamento. Ao mesmo tempo, nunca estivemos mais firmes. Por mais que a infertilidade tenha tentado nos afundar de estresse, nosso amor um pelo outro continua nos trazendo para a luz, onde tudo que sentimos é eterna devoção e gratidão. Se é para estarmos nesta jornada, só posso agradecer por fazermos isso juntos.

Nós dois sabemos que a necessidade da Amy de resgatar animais e adotar mais do que provavelmente deveríamos é para preencher o vazio em seu coração onde seu afeto por nossas crianças deveria estar. Embora eu não me importe de abrigarmos um zoológico inteiro em nosso jardim, desde que ela esteja feliz. Eu faria qualquer coisa por ela.

Os cachorros me seguem para dentro da casa e a porta se fecha atrás de nós.

— Ames — chamo.

O cheiro de manjericão me leva até a cozinha. Há uma panela de sopa aquecendo no fogão, mas sem sinal da minha esposa.

— Onde está a mamãe? — pergunto aos meus acompanhantes de quatro patas, que sentem que precisam me seguir pela casa o tempo inteiro.

Suas bundas balançam em resposta.

Coloco a concha na panela e provo um pouco do que agora vejo que é minha sopa de pesto favorita. É uma receita que Amy inventou um dia, jogando os ingredientes que tínhamos em uma panela, e se tornou um dos nossos pratos de sempre.

Levo a concha aos lábios e assopro suavemente.

— Vai queimar os lábios. Você sabe disso. — Amy ri baixinho, da porta.

— Assoprei para esfriar — respondo, devolvendo a concha para o lugar.

— Não o suficiente.

Enlaço sua cintura e a levanto até nossos lábios se encontrarem.

— Teria ficado tudo bem — sussurro contra os seus lábios.

— Não teria, não. — Ela ri. — Você se queima toda vez que faço essa sopa, depois passa a noite inteira reclamando dos seus lábios chamuscados.

— Não reclamo. — Dou-lhe uma carranca fingida e abaixo-a, até seus pés tocarem o chão.

— Okay, amor. — Apoia as mãos em meu peito. Ergue-se para plantar um beijo casto em meus lábios. — Erro meu. — E lança-me uma piscadinha.

— Como foi o seu dia? — questiono.

Ela dá de ombros.

— Ah, você sabe, tentei me manter ocupada. — Suspirou.

— Sim, bem… está pronta?

Ela nega.

— Ainda não. Deveríamos fazer nosso quadro primeiro.

Segurando minha mão, ela nos leva até a parede mais distante na cozinha, onde o antigo quadro de giz reside, nossos três pontos de gratidão de ontem na letra da Amy escritos na superfície escura.

— Não quer fazer isso depois do teste?

Ela apaga as palavras de ontem com um trapo velho.

— Não, porque, independente do que o teste disser… nós temos sorte, Landon. Temos uma vida linda e, se hoje não for do jeito que queremos, ainda precisamos nos lembrar disso.

Amy continuou fazendo seu diário de gratidão — agora, um quadro de gratidão — desde o primeiro semestre da faculdade, há catorze anos. Ela diz que focar nas coisas boas de cada dia sempre a manterá longe da escuridão.

— Okay, você primeiro — pede.

— Bem, consegui um novo cliente hoje, aquele grande que estava te falando — comento.

— Landon, isso é maravilhoso. Estou tão orgulhosa de você. — Ela agarra meu rosto com as mãos e me beija. — Você é tão bom no que faz, amor.

Ela vira e escreve *Novo cliente maravilhoso* no quadro e continua com *Alarme falso do papai.*

— Sério? Falou com a sua mãe?

— Sim. — Sorri. — Advinha o que era?

— Não sei. Indigestão?

Ela ri.

— Não. Ansiedade. Acho que os gêmeos da Lily o levaram ao limite. Minha mãe disse que faz sentido. Ele estava tão preocupado que eles fossem escapar e cair na piscina ou algo do tipo. Minha mãe passa a maior parte do tempo dentro de casa cozinhando com a Ava, enquanto meu pai fica do lado de fora com os garotos. Aparentemente, ele está no limite o dia inteiro.

O senhor Madison foi para o hospital na noite passada, reclamando de dores no peito depois de um dia tomando conta dos três filhos da Lily e do Jax. Todos ficamos preocupados que algo estivesse errado com seu coração. Ele fez testes incontáveis e, depois de determinarem que ele não estava tendo um ataque cardíaco, foi mandado para casa. Tinha uma consulta com seu médico hoje para olhar os exames.

— Achei que a aposentadoria diminuiria o estresse.

— Sim, mas, pelo que parece, crianças aprendendo a andar aumentam. Papai trabalhava muito quando éramos pequenos. Minha mãe ficou com a maior parte da preocupação, sabe? Ele nem sempre estava lá para ver as lutas do dia a dia de manter os pequenos a salvo. Definitivamente foi algo que o despertou. — Amy ri. — O médico disse que o coração dele está completamente saudável.

— Isso é engraçado — Rio baixinho. — Seu pai pode mandar em uma sala com cinquenta CEOs cabeça-dura sem perder o ritmo, mas brincar com dois meninos de três anos faz isso com ele.

— Eu sei. Não consegui parar de rir no telefone. Minha mãe disse que ela deveria saber que era isso.

— Bem, estou muito feliz que o coração dele está bem. Definitivamente essa é uma boa notícia — afirmo.

— É, sim — concorda. — Quer fazer a última?

— Sim. — Seguro sua cintura e a puxo para mim. — Hoje, meu maior agradecimento é pela minha linda esposa.

— Não. — Discorda com a cabeça. — Te falei que você só pode me colocar uma vez por semana.

Amy começou aquela regra porque eu queria colocá-la todo dia.

— Já faz uma semana — argumento. — E essa é a minha resposta final.

Seus olhos castanhos me encaram. Ela bate o indicador contra o meu nariz.

— Okay, vou deixar passar hoje. — Virando-se, escreve: *Minha bela esposa.*

— Perfeito. Agora, sim, é um bom-dia. — Aceno.

— É, sim. — Passa os braços pela minha cintura. Nós dois damos uma olhada para o quadro. — Pronto para ver se funcionou?

Encaro o quadro por mais um momento, desfrutando do quanto ele é bom.

— Sim, vamos lá.

Sigo Amy pelas escadas até o banheiro de nosso quarto. Ela abre o armário para pegar o teste de gravidez.

— Me dá um minuto — pede, e eu saio para que ela faça suas coisas enquanto ando nervosamente ao pé de nossa cama.

Este é o primeiro round da fertilização *in vitro* e temos a sorte de sermos financeiramente capazes de tentar de novo se não funcionar desta vez. Ainda que não seja com o dinheiro que estamos preocupados. Este é o último passo que temos disponível no sonho da Amy de carregar seu próprio filho. Parece tão definitivo. Se não funcionar — o que, dada a nossa história, há uma boa chance de que não irá —, terei que descobrir outra maneira de dar à minha esposa o seu sonho de uma família.

Vai acontecer para nós de alguma forma — dessa vez, estou confiante. Só rezo para que aconteça mais cedo ou mais tarde.

Amy sai do banheiro, segurando a varinha branca de plástico na mão. A telinha virada para o chão.

— Quatro minutos — avisa.

Olho para o relógio ao lado da cama.

— Quatro minutos — repito.

Ficamos de pé, encarando um ao outro.

— Lembre-se, pode não funcionar desta vez, e tudo bem — fala, seus olhos indo de mim para o teste em sua mão.

— Certo. Podemos tentar de novo. — Ela acena, mordendo o lábio inferior trêmulo.

— Venha aqui — convido, puxando-a para um abraço. Ela passa os braços ao meu redor, e a seguro apertado por quatro minutos inteiros. Beijo sua testa antes de soltá-la. — O que queremos ver?

— Duas linhas indicam que estou grávida — explica, inspirando profundamente.

— Duas linhas — repito.

— Pronto?

— Estou.

Ela expira e vira o teste. Nós dois encaramos, incapazes de nos mover por alguns segundos.

— Landon, aqui tem duas linhas — solta em um sussurro, lágrimas involuntárias escorrendo por seu rosto. — Aqui tem duas linhas! — Suas palavras são um soluço quebrado.

As linhas azuis ficam borradas pelas minhas próprias lágrimas. Seguro Amy e a giro, chorando na lateral do seu pescoço.

Em toda a minha vida, nada me deixou mais feliz do que ver este teste de gravidez positivo. Amy e eu vamos ter um bebê. Uma onda de alegria diferente de tudo que já senti passa por mim e sei que é desse jeito que era para ser. Cada escolha que tomamos nos trouxe até aqui, para esta vida maravilhosa.

Seguro a mão de Amy e a levo para fora do quarto.

— Venha.

— O quê? — Ri, apesar das lágrimas.

Corro para o quadro na parede da cozinha e, abaixo do que Amy escreveu há poucos momentos, coloco:

DUAS LINHAS AZUIS.

AMY

Três anos depois.

Esta vida.

Encaro a grande imagem na parede, mostrando três bundas nuas subindo as escadas correndo. Inclinando a cabeça contra o sofá de veludo, tenho que me esforçar para manter os olhos abertos e focados.

Lembro-me do momento que tirei aquela foto há alguns anos. Segundos depois, fiz uma oração para o universo, implorando para sempre me deixar com o dom da memória daquele momento. Daqui a cinquenta anos, quero me lembrar das risadinhas quando meus três meninos preciosos deram um golpe em sua mãe com poucas horas de sono, escapando de sua tentativa de prender as fraldas. A pura energia necessária para meus membros cansados agarrarem meu telefone e tirar a foto foi uma conquista que quero guardar de um tempo em que escovar os dentes diariamente era uma façanha. E mais, quero me lembrar da enorme gratidão que senti por tudo isso — as risadinhas, a travessura, a pele macia e as coxas gordinhas de bebê, seus sorrisos quando os cumprimento no berço toda manhã, o peso deles contra o meu peito ao dormir, o choro, as primeiras palavras, as etapas da vida e, especialmente, a completa exaustão que senti porque foi, e ainda é, uma lembrança tangível de que Landon e eu conseguimos nossos milagres.

Na nossa primeira e única tentativa de fertilização *in vitro*, tivemos dois embriões implantados. Um não sobreviveu e o outro — em algo que acontece uma em um milhão de vezes — se dividiu em três, nos dando trigêmeos.

Sei que tivemos que esperar o tempo que foi para uma gravidez de sucesso, porque era para termos os nossos pequenos querubins loiros, de olhos castanhos. Colton, Camden e Caden são miniaturas de seu pai, e sou sortuda de viver em uma casa cercada por garotos Porter.

— Está acordada? — Landon sussurra antes de me entregar uma xícara quente de chá de ervas.

— Obrigada. — Pego dele. — Por pouco. — Sorrio fraquinho e ele senta na ponta do sofá.

Viro-me para encará-lo, apoiando-me no descanso de braço. Ele dá um tapinha em suas pernas como sempre faz e ergo as minhas para colocar em seu colo.

— Dormiram bem? — pergunto.

— Absolutamente bem. — Esfrega o polegar no arco do meu pé, fazendo-me gemer. — Apagaram fácil. Devem ter tido um dia cheio.

— Brincamos bastante lá fora. Eles correram muito.

Landon e eu conversamos sobre o nosso dia. Meu marido me presenteia com um dia de um executivo de negócios enquanto o deleito com histórias de como manter vivas crianças que estão aprendendo a andar e a batalha monumental conhecida como treinamento para usar o penico. Amo nossas conversas noturnas que quase sempre incluem massagens nos meus pés, o que agradeço, porque a verdade é que os garotos Porter não facilitam para sua mãe. Susie, a mãe de Landon, tem falado isso para mim há anos, mas não foi até ter os meus que entendi o que ela queria dizer. Ainda assim, não tenho do que reclamar, porque, embora os garotos Porter peguem pesado, eles amam intensamente e este presente me deixa de joelhos em agradecimento diariamente.

— Você quer que eu encha a banheira? — Landon pergunta, pegando minha xícara agora vazia e levando para a cozinha.

— Não, eu vou pegar no sono. Vamos apenas tomar uma chuveirada hoje — digo por cima do ombro.

Landon volta até mim e estende a mão, tirando-me do sofá. Ele passa os braços ao meu redor e mergulho em seu abraço.

— Amo você, baby. — Sua voz é um sussurro rouco.

— Amo você.

Três palavrinhas que nunca foram mais verdadeiras e, ainda assim, a gravidade do que elas significam nunca poderia ser explicada em meras palavras. É um amor de esmagar a alma que só pode ser sentido, vivido.

Landon deposita beijos suaves no meu rosto antes de seus lábios encontrarem os meus. Ele já me beijou incontáveis vezes e ainda assim cada um deles rouba o meu fôlego.

— O que devemos escrever no quadro hoje? — indaga.

Embalo seu rosto nas mãos.

— Não há espaço o suficiente nesse quadro para o peso das nossas bênçãos hoje. — Esfrego o polegar em sua bochecha antes de baixar a mão.

Landon me segue para a cozinha, onde apago minhas palavras de ontem.

Pegando o giz, escrevo:

Estou agradecida por esta vida.

FIM.

Se você não leu os primeiros livros da série Escolhas, Um amor bonito *e* Um amor eterno, *que são a história de Jax e Lily, não deixe de garantir no site da The Gift Box ou em e-book.*

Agradecimentos

Espero que você ame a jornada de Landon e Amy assim como eu! Enquanto escrevia *Um amor bonito*, chamei a irmã da Lily pelo nome da minha amiga literária, Amy. Na época, eu não tinha planos de escrever um *spin-off*, mas conforme contava a história de Lily e Jax, ficava imaginando o que Amy e Landon estavam fazendo nos bastidores. Quando os leitores me pediram a história dela, eu sabia que tinha que escrever.

Este livro é dedicado à Amy Malek Concepcion. Amy foi a primeira pessoa a betar meu livro de lançamento, *Forever Baby*. Nós nos conectamos imediatamente e estamos juntas a cada passo do caminho. Sua autenticidade e gentileza são tão grandes quanto parecem. No mundo literário, onde amizades on-line não são como vemos, Amy é coisa séria. Não consigo expressar quão grata estou de ter alguém com quem posso contar e que sei que só quer o melhor para mim. Amo você, Amy. Toda cena de sexo contra a parede que escrevo é dedicada a você. ;-)

É tão doido para mim que eu esteja publicando meu décimo segundo livro. É tão surreal! Maravilhoso. Sonhos se realizam! :) Que presente. <3

Quero agradecer muito aos meus leitores. Obrigada por lerem as minhas histórias e amarem as minhas palavras! Eu não estaria vivendo esse sonho sem vocês. Obrigada, do fundo do meu coração!

Em todas as minhas sessões de agradecimento, eu fico meio prolixa para expressar minhas palavras para todas essas pessoas maravilhosas que tenho na vida. Sou muito sortuda pela vida que recebi. Tenho um marido maravilhoso, filhos saudáveis e felizes, uma família estendida incrível, a melhor mãe do mundo e amigos que fariam tudo por mim. Sou abençoada e grata por estar cercada de tanto amor que quero gritar do alto dos prédios.

Um beijo especial para os meus irmãos, que foram minhas primeiras almas gêmeas. Você os encontra em cada história que escrevo, pois muito do que sei sobre o amor vem deles. Um dos meus maiores desejos para os meus filhos é que sempre amem uns aos outros de maneira incondicional e feroz, do jeito que eu e meus irmãos nos amamos.

Há um grupo central de pessoas que vão além para me ajudar a escrever meus livros — muitos dos quais eu não conhecia antes de me tornar parte deste louco mundo dos livros — e sou muito agradecida.

Para minhas betas e revisoras — Gayla, Kylie, Amy, Tammi, Kim e Steffini —, vocês são todas maravilhosas. Sério, cada uma de vocês é um presente e me ajuda de diferentes e inestimáveis maneiras. Amo muito vocês. Beijos.

Gayla, obrigada por usar um tempo da sua vida ocupada para me ajudar, não importa do que preciso. Você é tão inteligente e talentosa. É uma bênção para mim e eu te amo mais do que poderia expressar.

Tammi, já disse isso antes e vou dizer de novo. Para sempre continuarei escrevendo, desde que você continue lendo, pois seu *feedback* por si só é suficiente. *Você me entende*. Obrigada por ser você, pois você é perfeita. Não apenas enche meu coração de gratidão, mas também me torna uma escritora melhor. *Abraços apertados* Caramba, eu te amo!

Amy, minha maior parceira da vida, o que posso dizer que ainda não disse? Você sabe o quanto te amo! Aprecio seu apoio desde o começo. Doze livros depois, você continua a me abençoar com seu *feedback* e apoio. Você entende a mim e minha escrita. Deixa meus livros melhores. É uma das pessoas mais gentis e apoiadoras que conheço. Amo cada parte sua! <3

Kylie, te amo, garota! Obrigada por amar minhas palavras. Sua positividade constante, apoio e amor não têm preço.

Kim, obrigada por sempre estar aqui comigo. Agradeço muito mesmo. Sou muito grata por você ter sido colocada comigo no Texas! Te amo.

Steffini, quanta gratidão por ter sua opinião neste livro! Obrigada por tirar um tempo da sua vida para fazer minha história ficar melhor. Te amo. <3

Para a minha capista original, Letitia Hasser. Trabalhar com você nesta capa foi uma das experiências mais fáceis que já tive nos negócios. Você pegou exatamente o que eu disse que queria e transformou em realidade — na primeira tentativa. Sério, você é um sonho para se trabalhar e farei isso muito mais no futuro. Obrigada por trazer minha visão para a vida. Você é maravilhosa! Beijos.

Para minha revisora e diagramadora da *Unforeseen Editing*, Jovana Shirley. Você é, simplesmente, a melhor. Seu talento, profissionalismo e o cuidado que você toma com os meus romances valem bem mais do que posso te pagar. Te encontrar foi um presente de verdade, que espero sempre ter nesta jornada. Obrigada, do fundo do meu coração, por não apenas deixar minhas palavras lindas, mas também por fazer o interior do livro ficar tão bonito. Obrigada por sempre me encaixar! Sou muito agradecida por você e por tudo que fez para deixar este livro o melhor possível. Beijos.

Por último, aos blogueiros. Ai, meu Deus! Eu amo vocês! Desde o lançamento de *Forever Baby*, conheci tantos de vocês pelo Facebook. Em seus corações gentis, tantos me procuraram para ajudar a promover meus livros. Há pessoas seriamente ótimas na comunidade e fico honrada pelo seu apoio. De verdade, obrigada! Por causa de vocês, autores independentes divulgam suas histórias. Obrigada por apoiarem todos os autores e as ótimas histórias que escrevem.

Leitores, vocês podem me achar em vários lugares e eu amaria ouvi-los.

Encontre-me no Facebook: www.facebook.com/EllieWadeAuthor

Encontre-me no Instagram: @authorelliewade

Encontre-me no BookBub: www.bookbub.com/profile/ellie-wade

Venha passar um tempo comigo no meu grupo de leitores: www.facebook.com/groups/wadeswarriorsforthehea

Visite meu site: www.elliewade.com

Lembre-se, o melhor presente que você pode dar a um autor é uma resenha. Se sentir vontade, por favor, deixe uma nos vários sites. Não precisa ser nada chique. Algumas frases já estão ótimas!

Eu poderia honestamente escrever outro livro inteiro sobre todos neste mundo a quem sou extremamente grata. Sou abençoada de muitas maneiras e estou além de agradecida por esta vida maravilhosa. Beijos.

Para sempre,

Ellie ♥

Sobre a autora

Ellie Wade reside no sudoeste de Michigan com o marido, três filhos pequenos e dois cachorros. Ela é mestre em educação pela *Eastern Michigan University* e é uma grande fã dos esportes da Universidade de Michigan. É apaixonada pela beleza do seu estado natal, especialmente pelos rios e pelo belo clima de outono. Quando não está escrevendo, está lendo, aconchegada com os filhos ou passando tempo com a família e os amigos. Ela ama viajar e explorar novos lugares com a família.

A The Gift Box é uma editora brasileira, com publicações de autores nacionais e estrangeiros, que surgiu no mercado em janeiro de 2018. Nossos livros estão sempre entre os mais vendidos da Amazon e já receberam diversos destaques em blogs literários e na própria Amazon.

Somos uma empresa jovem, cheia de energia e paixão pela literatura de romance e queremos incentivar cada vez mais a leitura e o crescimento de nossos autores e parceiros.

Acompanhe a The Gift Box nas redes sociais para ficar por dentro de todas as novidades.

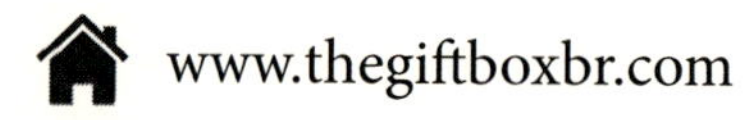

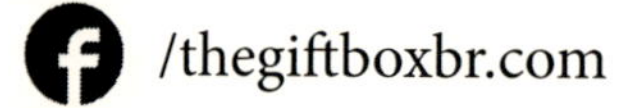

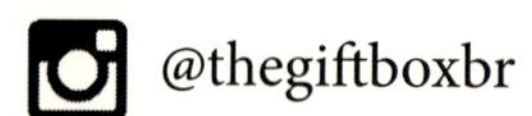

Impressão e acabamento